チグリジアの雨

THE RAIN OF TIGRIDIA

Kobayashi Yuka

小林由香

角川春樹事務所

THE RAIN OF TIGRIDIA

目次

CONTENTS

――この国だけじゃない。世界を壊してやりたい。

君の放つ言葉は、いつも血なまぐさくて、静かな狂気を内包していた。

だからこそ、世界中に届いたのだろう。

理知的で狡猾《こうかつ》な君の企《たくら》みは、まだ幼くて純粋な人間を利用することで成功した。

計画を実行に移した者たちは、今頃《いまごろ》どうしているだろうか。

ある人は、君の計画を偽善に満ちたものだと批判した。また別の人は、子ども騙《だま》しの無謀な行為だと罵《ののし》った。

僕たちは、人々を不幸へ導いてしまったのだろうか?

未《いま》だに正しい答えがわからないから、哀《かな》しい記憶がよみがえるたび、泣きたくなるような罪悪感に襲われるんだ。けれど、どれほど残酷な記憶だとしても、君と一緒に過ごした日々を、僕は永遠に忘れることはできないだろう。

今も世界のどこかで、紫色の雨が降り続いているはずだから――。

チグリジアの雨

THE RAIN OF TIGRIDIA

第一章　ゴーストリバー

THE GHOST RIVER

1

【――現地時間の午後五時頃《ごろ》、シドニーのオペラハウス付近で拳銃《けんじゅう》を持った少年が発見されました。現在、少年は自分の頭に拳銃を突きつけ、何か大声で叫んでいるとのことです。まだ動機は明らかになっていません。警察は今もなお説得を試みていますが、膠着《こうちゃく》状態が続いている模様です。

治安当局は観光客を安全な場所に避難させ、オペラハウスの周辺を閉鎖しました。これまでに怪我人《けがにん》の情報は入っていません。

先ほどまで、現場上空では無人航空機のドローンが飛び交い、少年の映像がインターネットでライブ配信されていたようで、大きな波紋を広げています。警察は、他にも仲間がいると見て捜査に当たっています――】

大人がひとりもいない教室は、奇妙な熱気に包まれていた。

椅子《いす》も机もなく、窓ガラスは叩《たた》き割られている。

砂埃《すなぼこり》でざらついている床には、ガラスの破片、スナック菓子の袋、古びた文庫本、潰《つぶ》れたペットボトル、タバコの吸い殻、週刊誌が散乱していた。文庫本の表紙には、『孟子《もうし》』と書いてある。性善説——なんとなくこの場に似つかわしくないな、と思った。

窓から西日が射《さ》し込み、床を赤く染めていた。ゆらゆら揺れる光の塊を眺めていると、大きな血溜《ちだ》まりに見えてくる。

下品な絵や言葉で埋め尽くされているせいか、黒板にはかつての威厳はなかった。色とりどりのスプレーで野蛮な言葉が書かれている。第三次世界大戦、消えろ、世界恐慌、全員死ね、地球滅亡。ふと、黒板の端の『ＧＯＤ』という白い文字に目が留まった。

この世界に、神なんていない——。

顔を伏せると、僕の胸のあたりから血液が流れ出ている。

海老《えび》や蟹《かに》と同じように無色透明な血。誰《だれ》かに暴言を投げつけられるたび心が深く傷つき、出血はひどくなっていく。本物の血液と同じように少しずつ生命力を奪っていくのに、心から流れる血は透明だから誰も気づかない、見えないから痛みがわからない、色がないから罪悪感も生まれない。いっそ心が傷つくたび、どす黒い血が飛び散ればいいのにと思った。

正面にいる雰囲気イケメンの絹川淳也《きぬかわじゅんや》が、冷笑を浮かべながら口を開いた。

「こいつ恥ずかしくないのかよ」

生きるためには、羞恥心《しゅうちしん》を捨てるしかなかった。そう胸中で反論した途端、視界が滲《にじ》んでいく。足が震えて今にも倒れてしまいそうだった。こんな場面で気を失ったら、もっと屈辱を受けることになる。どうにか堪《こら》えろ、もう少しだけがんばれ。両足に力を込めた。

僕は身体《からだ》に巻きつけている薄汚いカーテンをバサッと音を立ててマントのように広げる。

次の瞬間、女子たちの悲鳴が飛び交い、男子たちの乾いた嘲笑《ちょうしょう》が響いた。

透明な血が飛び散り、雨のように降り注ぎ、血溜まりは蠢《うごめ》くように広がっていく。

カーテンで隠している僕の身体は、全裸だった。

もう一度、カーテンを身体にさっと巻きつける。隠れていないのは顔だけ。色褪《いろあ》せて黄ばんでいる布は埃っぽい匂《にお》いがした。

この教室にいるのは、高校のクラスメイトの約半数。目玉だけを動かし、記憶に焼きつけるように一人ひとりの顔をじっくり眺めていく。

机の上に座り、薄い笑みを浮かべている男子。腕を組み、蔑《さげす》んだ視線を投げてくる女子。教室の隅にいる数名のクラスメイトたちは、憐《あわ》れんでいるような表情で肩を寄せ合っていた。あいつらは敵から身を守るように擬態するカメレオンだ。

人間の世界も弱肉強食。その事実を隠さず、真っ先に授業で教えるべきだ。きっと、何よりも心に残る大切な授業になるだろう。

この世界に正義や友情なんてないし、どれだけ助けを求めてもヒーローは現れない。小学生の頃は戦隊モノが好きだった。けれど、今は大嫌いだ。この世界にヒーローなんて存在しないから。それなのに夢を持たせるような安っぽい物語を創《つく》る大人は、みんな偽善者だ。

生徒がタバコを吸っても、髪を染めても、援交しても、スカート丈をどれだけ短くしても、僕の生活に影響を及ぼさない。校則は、たったひとつあればいい。生徒手帳の最初のページに『虐《いじ》めをした者は即刻退学』と記載してほしい。

「早くやれよ！」

その怒声に心臓が縮み上がり、どんどん自己嫌悪が増していく。

感情を無にしてカーテンを広げると、女子たちの「キャー」という悲鳴が耳に突き刺さった。嫌なら目をそらし、教室から出ていけばいい。それなのにこの場に留《とど》まり、顔を歪《ゆが》めて悲鳴を上げるのはなぜだろう。矛盾している言動を目にするたび、心に蓄積した殺意がプチプチと音を立てて発芽していく。

東京にいた頃、僕は中高一貫の進学校に通っていた。けれど、母の再婚が決まり、山深い田舎町に引っ越すことになった。転居先は母の故郷で、継父はこの町で高校教師の職に就いていた。夏休みの間に引っ越しを済ませ、僕は二学期から継父の勤務する高校へ転入したのだ。

親の離婚も再婚も反対だったけれど、唯一学校が変わるのは嬉《うれ》しかった。

東京の学校では授業の進度が速く、勉強についていけず苦労していたからだ。月一で行われる小テストも基準点に満たない教科が多く、クラスメイトから軽視されるようになっていた。陰湿な誰かが、「馬鹿と一緒にいると頭の悪さが伝染する」と触れ回ったせいで、友だちはどんどん離れていき、あっという間にスクールカーストの最下層に落ちた。教室に行くのが怖くなった僕は、いつも図書館に逃げ込み、授業が終わるまで小説を読み漁《あさ》った。物語に没頭しているときだけは、心の痛みを忘れられた。

最悪な学校生活を送っていたから、引っ越しの話が出たときはチャンスだと思い、すぐに賛成した。けれど、今ではあのときの浅はかな考えを後悔している。いつか読んだ小説に書いてあった。——嫌なことから逃げても、必ず同じような出来事に遭遇する日がくる。だから逃げてはいけない。

あの物語に書いてあった言葉は正しかったのだ。

転入して間もなくは、すべてが順調だった。東京の大学に進学を希望しているクラスメイトも多く、都会から来た転入生はちやほやされ、みんなに優しく接してもらえた。そのうえ、前の学校に比べれば授業の難易度も低く、新しい学校では優等生でいられたから、すべてが絶好調だった。

穏やかな環境が一変したのは、ちょうど一週間前。クラスメイトの男子四人に「肝試しに行こう」と誘われたのが崩壊の始まりだった。

僕はなんの疑いもなく、彼らと一緒に山の麓《ふもと》に建っている『南河原小学校《みなみがわら》』に向かった。住民の多くが『南原小《なんばらしょう》』と省略して呼んでいる場所だ。

五年前、南原小は少子化の影響で閉校になり、建物は廃墟《はいきょ》と化していた。大人たちは「倒壊の危険性があるので、校舎に立ち入ってはいけない」と注意を促していたけれど、子どもたちの目には非日常的な雰囲気が楽しめる魅惑的な空間に映った。

心霊スポットとして有名だったので覚悟はしていたのに、実際に行ってみると想像以上に廃《すた》れていて、身震いした。

背の高い鉄門は錆《さ》びつき、グラウンドは雑草に覆われ、校舎の外壁は薄汚れて細かい亀裂《きれつ》が走り、窓ガラスはすべて割られていた。

校内に足を踏み入れると、廊下は仄暗《ほのぐら》く、ひんやりと静まり返っていて寒気がしたのを覚えている。図書館、理科室、視聴覚室、互いに身を寄せ合い、順番に教室を回っていく。

空気が変わったのは、三階の教室にたどり着いた時だ。

突然、僕は男子四人に足と腕を拘束《こうそく》され、あっという間に服を脱がされた。最初は悪ふざけだと思い、「やめろよ」と軽く抵抗した。けれど、淳也がポケットからスマホを取りだして撮影を開始する姿を見て、全身の血の気が引いた。

これまで大きな問題はなかったから、彼らの突然の豹変《ひょうへん》ぶりに思考が追いつかず、僕は激しく抵抗することしかできなかった。

どうして急に嫌われてしまったのだろう——。

必死に考えても思い当たる理由が見つからない。気づけば南原小にひとり取り残されていた。しばらくは身動きできず、日が暮れる頃、こぼれてくる涙を拭《ぬぐ》いながら立ち上がり、どうにか校舎を出た。恥ずかしくて情けなくて、誰にも相談できないから、帰宅途中、同じ状況の人はいないか強張《こわば》る指で検索した。

スマホで検索してみると、他の高校でも似たような虐めが起きていた。加害者はＳＮＳに『拡散希望』と書き込み、ある男子生徒の全裸動画をネット上に拡散した。動画を見て不快に感じた視聴者が警察に連絡し、虐めが発覚したようだ。もしも明るみに出なかったら、今頃被害者の生徒はどうなっていただろう。

僕の場合は、まだ動画を晒《さら》されていない。もしも教師や警察に訴えたら、彼らはネット上に晒して報復するはずだ。虐めは終わるかもしれないけれど、一度晒された動画を消去するのは難しい。前の学校のクラスメイトに動画を発見され、笑い者にされるのも嫌だ。そんなことになったら、ますます生きていくのが辛《つら》くなる。

どうすればいいのかわからない。誰か助けて——。

結局、どれだけ祈っても悩んでも、虐めを回避する術《すべ》は見つけられなかった。

焼身自殺は、相当もだえ苦しむという。飛び降りて即死できなかったら、複雑骨折や内蔵破裂など最悪な状況に陥る可能性もある。最近は楽に死ねる方法ばかり探していた。

南原小の忌々《いまいま》しい記憶がよみがえるたび、胸が苦しくなり、食べたものを吐いてしまうので、食後は何気なさを装いながらトイレに駆け込んで嘔吐《おうと》した。

親に気づかれたくないから、平静を装って学校に通い、食べ残した弁当は河に流して必死に誤魔化し続けた。教科書に落書きされ、廊下で足を引っ掛けられるのは当たり前になった頃、どうして嫌がらせを受けるようになったのか理由が明らかになった。

以前、クラスメイトの石井利久斗《いしいりくと》から「この町、何もなくてつまらなくない？」と訊《き》かれたとき、僕は軽い気持ちで「東京の大学を受験するつもり。二年ちょっと我慢すれば、戻れるから問題ない」と答えたのだ。あのときは、みんなにちやほやされ、有頂天になっていた。卒業後、実家の農園を継ごうとしている利久斗からしてみたら、軽率で頭にくる発言だったのかもしれない。それだけでなく、虐めの原因は他にもあった。

継父は、僕の通う高校で体育教師をしていた。彼は一年生を担当していなかったので、僕らのクラスと関《かか》わることはなかったが、部活のときに問題が起きたようだ。クラスメイトの噂《うわさ》によれば、体育倉庫に女子部員を呼びだし、筋肉をほぐすマッサージだと称し、セクハラ行為に及んだという。

その話を聞いたとき、継父と同類だと思われたくなくて、血の繋《つな》がりはないと説明した。けれど、僕に対して悪印象を持っていた男子たちには理解してもらえなかった。実父でなくても、継父が変態なら、そいつに養育されている子どもも変態になるという。

幼稚な考えだし、納得もできない。けれど、身を守る方法も闘い方もわからなくて、奥歯を噛《か》み締めて震えて過ごすことしかできなかった。せめて成瀬《なるせ》という姓を捨てて、実父の苗字《みょうじ》に戻りたい。

今日の昼休み、クラス全員が参加しているグループチャットに名指しで書き込みがあった。

——成瀬ちゃん、動画を拡散されたくなければ、放課後に南原小で『変態ごっこ』。

午後の授業は、まったく耳に入ってこなかった。ずっと考えを巡らせた。教科書をどれだけ捲《めく》っても、正しい答えはどこにもない。何時間も逡巡《しゅんじゅん》した挙げ句、導きだした結論は虚《むな》しいものだった。

裸の動画がネット上に半永久的に残り、何十億もの人間に見られる可能性があるなら、『変態ごっこ』をするほうがマシだと覚悟を決めた。卒業まで我慢すれば、楽しい大学生活が待っているかもしれない。けれど、動画を晒されてしまえば、未来は真っ暗だ。

放課後、どうしようもない哀《かな》しみと脱力感に襲われながら、重い足を引きずるようにして南原小に行くと、グループチャットを見たクラスメイトたちが待ち受けていた。

小学生の頃、読書感想文を書くため、虐めが題材になっている本を選んだことがあった。虐めに加担した人物が、大人になってから後悔するという内容だ。

あの物語と同じように、クラスメイトたちはいつか大人になり、自分たちは愚かだったと気づく日が来るだろうか。痛みを伴うような悔恨の日々は訪れるのか——。

現実の世界は甘くない。都合の悪い記憶は簡単にデリートし、彼らはこの先も楽しく生きていくはずだ。そう思うと、未来に希望なんて少しも見いだせなかった。

ふいに気配を感じて、僕は教室のドアに視線を移した。

そこには、同じクラスの男子が立っている。彼は奇妙なほど痩《や》せていて、身長もあまり高くない。びっくりするほど色が白く、首が長くて顔が小さい。シャツの上から自前の濃紺のベストを着ている。どことなく気味が悪い、そんな第一印象を持った。

咄嗟《とっさ》に、先生からもらった座席表を頭に思い浮かべた。

たしか、同じクラスの月島咲真《つきしまさくま》だ。ほとんど学校に登校していないので、すぐに名前が出てこなかった。

咲真の姿を目にしたとき、危険な気配を感じた。

彼の表情は、他のクラスメイトたちのどれとも違っていたのだ。まったく感情の読み取れない顔をしている。ドアにもたれかかり、マネキンのように微動だにしない。切れ長の目は澄み切って、落ち着いている。

異様な熱気に満ちている周囲の奴《やつ》らとは違い、彼はひとり、静けさの中に身を置いているようだった。存在感が薄くて、まるで幽霊みたいだ。

「変態、早くやれよ！」

淳也の非難めいた声と同時に教科書が飛んでくる。

数学の教科書の角が上腕に当たり、腕に痛みが走った。次に腹に衝撃を受け、国語の教科書が足元に転がる。

痛みに堪《た》えながら顔を上げると、淳也が僕の鞄《かばん》を漁っていた。教科書を取りだし、次々に投げてくる。どれも落書きされ、ひどく汚れていた。

目を伏せると、近くに落ちている物理の教科書に目が留まった。裏表紙に書かれている『成瀬航基《こうき》』という自分の名前が滲んでいく。その名前を油性ペンで記入したとき、胸は希望に満ち溢《あふ》れていた。

目の奥が熱くなる。僕は唇を噛みながら、ドア付近を盗み見た。

どくどくと心臓が騒ぎ始める。

さっきまで無表情だったのに、咲真は少し顎《あご》を上げ、目を細めて狡猾《こうかつ》そうな笑みを浮かべていた。

――あいつがクラスを仕切っているリーダーなのかもしれない。

僕は咲真を見つめながら、怒りを込めてカーテンを勢いよく広げた。

咲真はほとんど学校に登校してこないのに、なぜか担任は彼にだけ優しかった。遅刻しても、掃除をサボっても注意しない。特別扱いされているのは明らかなのに、クラスメイトたちはみんな不平不満を口にしなかった。もしかしたら教師から見放されるくらい、彼は問題児なのかもしれない。

一瞬、思考が停止し、軽い目眩《めまい》を覚えた。

僕はカーテンを引き寄せ、急いで身体に巻きつける。捨てたはずの羞恥心がよみがえると、突如、巨大な手に首をつかまれ、締め上げられる感覚がして苦しくなった。

見間違いだろうか——。

咲真の顔が、悲哀に染まった気がしたのだ。目には哀しみが滲んでいた。それを悟られたくないのか、彼は教室の外へ姿を消した。

あいつは虐めの主犯格ではないのだろうか。いや、すべては気のせいかもしれない。哀しげに見えたのは、ひとりでも同情してくれる人がほしかったからだ。

周りは全員敵なのに、仲間がほしいと思ってしまう自分の弱さが情けなくなる。思わず苦笑がもれた。

「こいつ笑ってるよ。本物の変態だな」

淳也の歪んだ顔を見ながら、もっと深く笑みを刻んでみせた。もしも僕が変態なら、それをやらせているお前も相当の変態だ。

「頭おかしいんじゃない。自分の裸を見せて笑うなんて、露出狂じゃん。本気で怖いんだけど」

宮辺瑠美《みやべるみ》が、顔をしかめながら女子たちに賛同を求めている。

彼女の取り巻きは素早く空気を読み取り、「マジで怖い」「ああいう奴が大人になってから痴漢とかするんだろうね」「父親そっくり」と迎合する。

頭が悪すぎて話にならない。僕は露出狂とは違う。自ら望んだのではなく、脅されて仕方なく『変態ごっこ』をしているのだ。なぜその前提を簡単に忘れられるのだろう。

「お前、何考えてるかわからないからムカつくんだよ。露出狂、変態、変態！　変態！」

そう呼びかけながら淳也が手拍子をすると、他のクラスメイトたちも「変態」と唱和して囃《はや》し立て始めた。

僕は鞄から真っ黒な銃を取りだし、笑っている奴らの顔をバンバン撃ち抜く姿を想像しながら、カーテンを勢いよく広げた。直後、女子たちの悲鳴が飛び交う。

そういえば先月、アメリカの学校で十六歳の少女が銃を乱射し、教師や生徒が殺害される事件が起きた。銃社会って、最高じゃん。銃がほしい、銃がほしい、銃がほしい。どこに行けば手に入るのだろう。どうせなら連射できるマシンガンがいい。銃撃を受けたクラスメイトたちの身体から、だらだらと薄汚い血が流れる。そこまで想像して、はっと息を呑《の》んだ。

奴らの血は、鮮やかなほど赤かったのだ。

急激に虚しさに襲われ、もう一度ドア付近に目を向けた。そこには誰の姿もなく、西日が木目の床を静かに染めていた。

2

見渡す限り、絵に描《か》いたような田舎の風景が広がっている。

この寂《さび》れた町には、主だった産業、特産物、有名な観光名所は一切なかった。

周囲は哀しくなるほど畑と田んぼだらけ。人と高層ビルが密集している華やかな街が懐かしくなる。あんなにも嫌いだったのに、東京に戻りたいという気持ちが芽生えていた。

都会はすぐに身を隠せる場所が見つかる。群衆に紛れてしまえば気配を消すことも簡単だった。

それとは対照的に、この町は全方位から監視されているようで警戒心が解けない。校舎を出てからも、常に気を張っていなければならなかった。

突如クラスメイトに小石を投げられたときの痛みがよみがえり、気を引き締めた。

僕は警察に追われている犯人のように素早く後方を確認し、辺りに目を走らせる。歩きながら何度も確認してみるも、周囲には自転車に乗った年配の男性しか見当たらなかった。

疑心暗鬼になっている姿が怪しかったのか、年配の男性は横を通り過ぎるとき、不審者を見るような不躾《ぶしつけ》な視線を投げてきた。

冷たい眼差《まなざ》しに心が塞《ふさ》いだ。情けない気持ちでいっぱいになる。

歯噛みしながら、両サイドに田んぼが広がる一本道を足早に進んでいく。

風が通り抜けると、夕日に照らされた稲穂がさわさわと鳴る。黄金色に輝く稲穂の姿が鬱陶《うっとう》しくてたまらなかった。端から引き抜いてやりたくなる。

自死を決意したとき、この世界のなにもかもに憤りを感じた。

稲穂は控えめに頭《こうべ》を垂れているけれど、いずれ誰かの腹を満たすことを知っている。あいつらは生きる価値があるのだ。

そこまで考えたとき、口から重い溜息《ためいき》がこぼれた。

いつから人や物に対して、価値があるかどうか判断するようになってしまったのだろう。

ついさっきまでは、自分の未来を守りたくて仕方なかった。継父の悪行を僕が償う必要はないとわかっているのに、どうすれば許されるのか、そればかり考えていた。けれど、今はすべてがどうでもよくなっている。不条理な目に遭《あ》うたび、心は削られ、あらゆる感情がなくなっていく。心が空っぽになると、決まって『死』という文字が力強く頭に浮き出てくる。

死ぬのは怖いけれど、恐怖を乗り越えたら楽になれる。もう我慢の限界だった。

最後の遺書を書き終えたら、静かにこの世を去ろう。

心の中で決意を固めながら、絶望に向かって進んでいく。

どこまでも続く一本道は、他の選択肢は存在しない僕の人生をあらわしているようだった。大人になったら自由に生きられるという人もいる。それが正しいなら、子ども時代のほうが苦しい環境なのだろうか。もう少しがんばって生きてみたら、何かが変わるのか——。きっと無理だ。

懸命に想像を膨らませても、暗黒な未来しか思い描けない。

去年、ネット上に暴言を書かれた著名人が自殺した。先月は、SNSに悪口を書かれた小学生が校舎から身を投げて死亡した。そんな事件が相次いでも、決して嫌がらせはなくならないし、この世界はなにひとつ変わらない。

もしも神様がいるなら、弱い人間は死に、強い人間だけが生き残ればいいという考えなのだろうか。そもそも自殺した人は、本当に弱い人間だったのか？　それならば、自殺にまで追いつめた奴が強者だというのか——。

この世界は納得できないことばかりだ。理不尽に感じても深く考えず、うまく対応していかなければ、生き残るのは難しくなる。たとえ間違っていると感じても、自分の本心に気づかないふりをしなければ生きづらくなるだけだ。

両の拳《こぶし》を固く握り締め、真《ま》っ直《す》ぐ続く道の先を睨《にら》んだ。

分厚い暗雲が夕日を隠し、辺りが急に薄暗くなる。

この道の先にあるものは、やっぱり絶望だ。死は希望だ。ダサい過去、情けない記憶、堪えられないほどの痛みも、すべて消し去ってくれるから。

どうしてみんな死を悪者にするのだろう。

今の僕には、これほど魅力的なものはないと思えた。

築四十年の古い二階建ての庭付き一軒家。家屋の隣には、大きな物置がある。

僕の母は、この家で生まれ育った。ばあちゃんが亡くなってからは、じいちゃんがひとりで住んでいる。

先月、母が再婚してから、僕らはこの家に引っ越してきた。残念だけれど、じいちゃん、母、弟の悠人《ゆうと》だけでなく、今はあの変態教師も一緒に住んでいる。

しばらくの間、この古い家で生活し、いつかオシャレな南欧風の家を建てるのが母の夢らしい。

玄関のドアを開けると、僕は急いで靴を脱いだ。

廊下の奥からじいちゃんの「おかえり」という呑気《のんき》な声が聞こえてきたけれど、無視して階段を駆け上った。

二階の自室に足を踏み入れ、ドアを閉めた途端、雨粒が屋根を叩く音が響いてくる。雨に濡《ぬ》れなかったのは運がよかったけれど、やけに脅迫的な音に聞こえた。

壁に沿うように腕を伸ばしてスイッチを押す。安っぽい明かりが室内を照らした。勉強机とベッドだけが並ぶ簡素な部屋。投げるように絨毯《じゅうたん》の上に鞄を置き、窓辺のカーテンに手を伸ばした。

指がカーテンに触れた瞬間、胸に痛みが走り、嫌な光景がフラッシュバックする。

汚れた教室、黒板の落書き、クラスメイトたちの蔑んだ笑み――。

恥ずかしさと悔しさが溢れてきて奇声を上げそうになる。その衝動をどうにか堪え、乱暴にカーテンを閉めた。埃っぽい幻臭に襲われ、目の奥が熱くなる。

崩れるように勉強机の椅子に座り、深呼吸を繰り返して心を鎮めた。

鞄のポケットから鍵《かぎ》を取りだすと、勉強机の引き出しを開ける。中に入っている水色の便箋《びんせん》と封筒を机の上に置き、ペン立てからボールペンを引き抜いた。

便箋の上でボールペンを強く握り締める。決意が変わらないうちに書き上げたい。逃れられない状況を作って、臆病《おくびょう》な自分を追い込みたかった。初めて遺書を書いたのは、両親が不仲になり、前の学校で図書館に逃げ込むようになった頃だ。そのときから遺書が五通になったら死のうと決めていた。

食べ物に消費期限があるように、僕の命にも期限を作ったのだ。

大好きな小説の主人公が「五回やってみろ。それでダメならやめてもいい」と言っていた。小説の中の子どもたちは、みんな苦手なことに挑戦し、五回目には必ず成功して自分の人生を取り戻した。けれど、僕にはできなかった。

ちゃんと五通になるまで堪えたんだ。もう充分だよね。答えは出ているのに、なぜか意志に反して手が動いてくれない。

本当は死にたくないの？　まだ生きたいのだろうか？

覚悟はできているはずなのに、笑えるほど手が震えている。

静寂に包まれた部屋に、秒針の刻む音だけが響いていた。

いくら考え続けても、ポジティブな未来は見つけられない。時間が無駄になるだけだ。

便箋の端を指先で押さえると、五通目の遺書を書き始めた。死神と契約を結ぶ。

もう泣く必要なんてないのに、視界がぼやけていく。細かく震えている手に力を込めた。目を閉じると涙が頬《ほお》を伝い落ちる。

胸にある想《おも》いを綴《つづ》っていく。死んだあと、誰かが読む可能性がある。できるだけ綺麗《きれい》な字で書き遺《のこ》したい。

――自分がいなくなれば、家族は幸せなままでいられるから、この世から消え去りたい。

涙がこぼれて文字が滲んでしまったので、新しい便箋を用意して、もう一度書き直した。

準備してある封筒の表に、大きな字で『遺書5』と書き込んだ。便箋を封筒の中に入れたあと、勉強机の引き出しから残りの遺書を取りだし、一枚ずつ机の上に並べていく。『遺書4』の隣に、書き上げたばかりの『遺書5』をそっと置く。

ついに自殺する日が決まった。

決行日は、明日――。

もう一枚、便箋を取りだすと、様々な自殺方法を書き込んでいく。悩み抜いた末、死に方を決めた。死に方が決まれば、自ずと場所も定まってくる。手元の便箋をくしゃくしゃに丸め、ゴミ箱の中に放《ほう》り込んだ。

徐々に心が穏やかになり、恐怖心や不安が遠のいていく。生への執着から解放された途端、晴ればれとした高揚感に包まれた。

自殺を決意した人は妙に明るくなる、という内容を何かで読んだことがあった。今ならその心境がとてもよくわかる。すべてを終わりにできると思うだけで、心がふわりと軽くなり、幸せな気持ちに満たされていく。

「航基、ご飯よ」

階下から聞こえてくる母の声は現実感に乏しく、遠くで響いている幻聴のように聞こえた。

遺書を書き始めた理由は、抱えている苦しみを少しでも楽にしたかったからだ。最初は気軽に決めたルールだったけれど、今は紛れもなく遵守《じゅんしゅ》すべきものになっている。

僕だけの大切な、大切な法律――。

自死は許されない行為だと言う人がいる。けれど、現行法では自殺しても罰せられない。みんな自分だけの法律があり、それに従って生きているのだ。

「航基、ご飯だって言っているでしょ」

弾《はじ》かれたようにドアを振り返ると、母の派手なエプロンが目に飛び込んでくる。

肩紐《かたひも》や裾《すそ》がフリルになっているハート柄のエプロン。全然似合っていない。コスプレみたいで落ち着かない気分になる。

僕は慌てて一番上の引き出しに遺書を隠すと、平静を装って言った。

「なんで部屋まで来るんだよ」

「あなたが返事をしないからじゃない。悠人は夕食の時間になれば、ちゃんとリビングで待っているのに」

母は不満を吐き終えると、スリッパを鳴らして階段を下りていく。

ひとりになった部屋で、相反するふたつの感情が押し寄せてくる。

泣いていたのを気づかれなかった安堵《あんど》感《かん》。気づいてもらえなかった寂しさ――。

母は、息子の異変にまったく気づかなかった。それを恨んだりはしない。彼女も大変なのだとわかっているから。みんな、自分のことで精一杯なのだ。

僕はゆっくり立ち上がり、ドアの横にある電気のスイッチを押した。

暗闇《くらやみ》の中、激しい雨音だけが響いていた。


まるで電流が流れているかのように、つかんでいたドアノブから手を離した。

リビングから楽しそうな笑い声がもれてきたのだ。

僕は身動きできず、ドアの前で佇《たたず》んでいた。家族の明るい声を聞いているうち、継父に対する憎しみが湧《わ》いてくる。家族団欒《だんらん》を演じているようで気持ちが悪い。

「変態教師死ね」

そう小声でつぶやき、どうにか怒りを鎮めてからドアを開けた。

ダイニングテーブルに、継父と母が並んで座っている。母の正面にはじいちゃん、お誕生日席に悠人がいる。誰かが決めたわけではない。気づいたらこの席順が守られるようになっていた。

過去に戻れるなら、僕は継父の正面には絶対に座らないだろう。

みんなの表情が微《かす》かに強張り、リビングの空気が悪くなる。

僕は気づかないふりをして、空いているじいちゃんの隣の席に座った。

「航基、たくさん食べろ」

そう言うとじいちゃんは、意味もなく微笑《ほほえ》みかけてくる。

今年六十八歳になるじいちゃんは、定年退職するまで町役場で働いていた。公務員は真面目《まじめ》というイメージがあったけれど、じいちゃんは他人の目を気にせず、いつも自分のやりたいように自由気ままに生きている人だった。定年後、紫や赤に髪を染めたこともあり、今はオレンジが気に入っているようだ。僕が東京で暮らしていた頃、髪色を変えるたび、スマホに写真が送られてきて返信に困った。褒《ほ》めたらますます派手になりそうで不安だったのだ。

じいちゃんの信条は「やってみなければ、自分に似合うものなんてわからない」というものだった。そんな自由人のじいちゃんでも、僕にだけは気を遣ってくれている。

朝、学校に登校するときは、必ずというほど玄関まで見送ってくれた。たまに、高校が終わる時間を見計らって、自転車で迎えに来る日もあった。洋楽を口ずさみながら、何気なさを装って現れるのだ。

「お父さん、醤油《しょうゆ》取って」

悠人は緊迫した空気を破るように声を上げた。

違和感だらけの『お父さん』という言葉に嫌悪感を覚え、僕は弟の顔を睨んだ。調子のいい悠人は、やたらと笑顔をふりまいている。

継父は『お父さん』という響きが嬉しかったのか、とびきりの笑顔で醤油差しを手渡した。母は、彼らのやり取りを柔らかい笑みを湛《たた》えて見つめている。

「お父さん、ありがとう」

悠人は人懐っこい笑顔を見せた。

腹の底から怒りが込み上げてくる。一緒に暮らし始めてから、まだ一ヵ月も経《た》っていないのに、なぜ赤の他人を「お父さん」と呼べるのだろう。

悠人の演じているような態度に苛立《いらだ》ち、足を蹴《け》ってやりたくなる。けれど、弟を責められない。継父の醜い正体を知っているのは、この家では僕ひとりなのだ。

実父は昼間でもウイスキーを飲んでいたのに、継父がアルコールを口にしているところを見たことがなかった。酔うと本性が出るので控えているのだろうか。

「航基、学校はどうだ?」

じいちゃんはそう尋ねたあと、コリコリと胡瓜《きゅうり》の漬物を嚙んでいる。

継父は、黙している僕に目を向け、哀しそうな表情を浮かべた。その顔を見た途端、瞬く間に嫌悪感が高まった。

「別に普通だけど」

僕はどうにか感情を抑えて答えた。

じいちゃんは小さな声で「そうか……普通か」とつぶやきながらご飯を口の中に運んだ。

悠人は、もっとうまい返しはないのか、と不満そうに眉根《まゆね》を寄せている。母は心配そうに、家族みんなの顔色を窺《うかが》っていた。

「普通なら、つまらないよなぁ」

じいちゃんが言うと、母は顔を歪めながら口を開いた。

「普通っていいことじゃない」

「普通に、いいも悪いもないさ。強いて言うなら、つまらない」

じいちゃんはシーザーサラダに箸《はし》を伸ばしながら冷ややかに返した。

「航基君も部活に入ればいいのに」

険悪な雰囲気を感じ取ったのか、継父が余計なことを口にすると、母は煽《あお》るように「そうよね」と相槌《あいづち》を入れてくる。

「お母さんはバドミントン部だったのよ」

「そうそう。聡美《さとみ》ちゃんは部長だったんだよね」

「ジャンケンで負けて仕方なく引き受けただけ」

いい年して「聡美ちゃん」って気持ちが悪い。無意味に微笑んでいる悠人も不気味だ。いつもより甘えた声で話す母に苛立ちが募ってくる。

この場に、よそよそしい空気が漂っていると感じている人はひとりもいないのだろうか。まるでシナリオのあるホームドラマのようだ。きっと家族にもシナリオが存在するのだろう。そこに僕の配役はない。

「部活なんてやりたくないです」

僕の宣言に、継父は驚きの表情で訊いた。

「どうしてやりたくないの」

「運動が苦手なんです」

「そんな、運動音痴でも大丈夫だよ」

継父の言葉に、じいちゃんは「音痴は言いすぎだな」と笑いながら突っ込んだ。

気まずそうな顔で、継父は「ごめん」と言ったあと、すぐに取り繕うように続けた。

「部活は体力だけじゃなくて、精神力も鍛えられる。心が強くなるんだ。だから十代の頃に経験したほうがいいと思う」

目の前が、ぱっと赤く染まり、腹の底に溜まっていた怒りが爆発する。僕は継父の目を見つめながら言葉を吐き捨てた。

「精神力が強いって、どういう人ですか」

場の空気が一気に張り詰める。食卓が沈黙に包まれた。

家族団欒を乱すのは、いつだって僕だ。それでも棘《とげ》のある言葉を止められなかった。

「争いが起きたとき、周りにいる人間をぶっ殺してでも最後まで生き残ろうとする。それが精神力の強い人なのかもしれませんね。個人的にはそんな人間にはなりたくないから、部活には入らない」

悠人は「意味わかんねぇ」とうんざりした表情になり、母の頬は引き攣《つ》っていた。

自分でも幼稚な発言をしているのはわかっている。でもうまく言えないもどかしさが、くだらない言葉に変換されてしまう。

継父は「いや、そういうことではなくて」と言いながら、助けを求めるように母に視線を送った。教師のくせに、母を頼ろうとする態度が余計に頭にくる。

「まぁ、そういうことかもな」じいちゃんは軽い口調で肯定した。

「お父さん。適当に発言しないで」

母の怒りを含んだ声にも物怖《ものお》じせず、じいちゃんは何も聞こえなかったかのように大根のそぼろ煮を口に入れる。

悠人はわざとらしく大きな溜息をつくと、低い声で言い放った。

「兄ちゃんって、陰湿」

僕が悠人を睨むと、弟はとびきりの笑顔で叫んだ。

「やっぱりお母さんのコロッケ最高！　マジでうまい！」

「嬉しいな。褒めてくれるのは悠人だけだもん」

「なんだよ、僕だって聡美ちゃんの料理は美味《おい》しいって、いつも言っているだろ」

「最近は聞いてないな」母は甘えた声をだした。

「お父さんは、いつも言ってるよね」

弟は助け舟をだし、継父の顔を見て笑った。継父も嬉しそうな表情を浮かべて微笑み返す。

「悠人はいつもお父さんの味方なんだから」

母がふてくされたように言うと、三人は声をだして笑い始めた。

身体に震えが走り、背がすっと寒くなる。

この奇妙な『家族ごっこ』は、一体なんだろう。

みんな裏の顔を隠すように、くだらないお喋《しゃべ》りをしているようで心がざわつく。

再婚した途端、母や弟が遠い存在になってしまった。昔は本当の家族だと思えたのに、今は見知らぬ他人と過ごしている気分になる。

学校でうまくいかないから、神経質になっているのだろうか――。

ひとつだけわかるのは、僕が家族不適合者だという事実だけだ。予《あらかじ》め決められた暗黙の役割を演じられない人間は、社会や家族から弾かれてしまう。

食卓に響く三人の笑い声が、耳障りなほど頭の中に反響していた。

ちらりと隣を見ると、じいちゃんは静かにコロッケを食べている。もしかしたら、じいちゃんも役割がないのかもしれない。

「コロッケ、美味しい？」

僕の問いかけに、じいちゃんはちょっと眉を上げながら答えた。

「普通」

無表情のじいちゃんに安堵し、僕は初めて笑った。じいちゃんも悪戯《いたずら》っ子のように、黄色い丈夫そうな歯を見せた。

今度は三人が奇妙な顔つきで、笑っている僕らを眺めていた。


夕食後、風呂に入ってから勉強机の前に座り、スマホでネットニュースを読んだ。

今日の夕方、高校一年の男子生徒が、線路の上に仰向《あおむ》けに寝転がって命を絶ったようだ。彼と同い歳《どし》だから親近感が湧いたけれど、死に方には共感できなかった。人を轢《ひ》き殺してしまう運転手が少し不憫《ふびん》に思えたからだ。

雨は衰えることなく、さっきよりも勢いを増している。屋根を叩く雨音を聞きながら、ニュースのコメント欄をクリックし、順番に上から読んでいく。

——虐めが原因かな？　学校はちゃんと調査してほしい。

——死ぬのは勝手だけど、線路はやめてくれ。

——まだ若いのに可哀想《かわいそう》。合掌。

——同年代。俺も死にたい。もし虐めが原因なら、こいつと仲間になって一緒に復讐《ふくしゅう》したかった。まぁ、原因は不明だけど。

――死にたい奴は死ねばいい。俺は強いから生きる。

――自殺志願者を助ける駆け込み寺みたいなところがあればいいのに。

様々な意見を目でなぞり、僕はゆっくり息を吐きだした。

匿名だから簡単には素性は割れないし、彼らは適当に書き散らかしているのかもしれない。けれど、たくさんのコメントの中で「一緒に復讐したかった」という言葉がいつまでも胸に留まっていた。生前、自殺した男子生徒と巡り会えていたら、僕らは友だちになれただろうか。苦しみを抱える者同士、励まし合いながら、ふたりで強く生きていけたかもしれない。

どうして彼と出会えなかったのだろう――。

自殺した男子生徒の最後の願いが、僕にはわかる。苦しまずに死にたい、そう願ったはずだ。やはり、なぜ電車に轢かれるという終わり方を選んだのか不思議だった。もしかしたら冷静な判断ができないほど追い詰められて、衝動的に実行に移したのかもしれない。

弾む指で画面をタップし、他にも自殺のニュースはないか検索してみる。

未成年が自殺したというニュースを見つけるたび、高揚感が湧き上がり、徐々に奇妙な安堵感が胸に満ちていく。自分の選択は間違っていないと思えるからだ。

突然、足音が耳に飛び込んでくる。わざと床を強く踏み鳴らしているような音だ。

急いで引き出しにスマホを隠したとき、乱暴にドアが開いた。振り返ると、ふくれっ面の悠人が立っている。黙っていても、苛立ちが手に取るように伝わってきて、室内の空気が淀《よど》んでいく。

「開けるときはドアをノックしろよ」

兄の不満を蹴散《けち》らすように、悠人はドアを強く閉めた。無言のまま、ずかずかと部屋に踏み込んでくる。

弟の高圧的な態度に気圧《けお》されたが、僕は負けじと強い口調で言い放った。

「なんの用だよ」

悠人はふてぶてしい態度でベッドの上に座り、言葉を発した。

「兄ちゃんは小学生なの？　それとも中二病？　もう高校生だよね。なんでそんなに精神年齢が低いんだよ。一度、ＥＱの検査してみたら」

「義務教育のとき何回かやったよ」

「それはＩＱだろ。ＥＱは心の知能指数のことだよ」

弟は聡《さと》いうえ、昔から自分の意見をはっきり言うタイプだったので、ストレートな物言いには慣れている。けれど、ひとつだけ許せないことがあった。

僕が抗議の意味を込めて沈黙を貫いていると、悠人が今度は諭すような口ぶりで言った。

「少しは空気を読めよ」

「いつからママチチを『お父さん』なんて呼ぶようになったんだよ」

「カズちゃんのほうがよかったの？」

「そういう問題じゃない」

「新しい父親が嫌いじゃないなら、お父さんって呼べばいいじゃん」

「本当の父親は『カズちゃん』って呼ぶくせに、偽者を『お父さん』って言うんだな」

悠人は面倒くさそうに舌打ちしてから、少し掠《かす》れた声を上げた。

「カズちゃんは父親らしくなかったじゃん。それに兄ちゃんだって大学行きたいだろ」

そう尋ねる悠人の顔は、切ないほど大人びて映った。

急に弟が可哀想になり、僕は少し視線を落とした。

「兄ちゃんと同じだよ。カズちゃんは嫌いじゃない。でも、未《いま》だにミュージシャンの夢が忘れられなくて、自分の幸せばっかり考えて……僕らふたりとも、父親に捨てられたんだよ」

「あいつなら、僕らを幸せにできるのか」

「経済的にはね。だってアルバイトの父親なんてクソ恥ずかしいしさ、教師のほうがマシじゃん」

悠人は顔を伏せて小声で続けた。「本気で僕らが大切なら、自分の夢なんて捨てて、子どもの将来をいちばんに考えるのが普通だろ」

顔を上げた悠人は、挑戦的な眼差しでこちらを見た。

正論に打ちのめされ、僕は逃げるように目をそらした。

まさか悠人が、そこまで考えているとは思わなかった。けれど、僕もずっと前から気づいていた。本当の父親のカズちゃんは、家族を愛していなかった。父親の役割を果たさず、自分の夢を選んだのだ。

悠人はゆっくり立ち上がると、ドアに向かって歩きだした。

「兄ちゃん」

ドアノブに手をかけてから言葉を継いだ。「ガキっぽいからさ、少し大人になりなよ。じゃなきゃ、カズちゃんみたいなダメ人間になるよ」

「ダメ人間って、どんな奴だよ?」

寂しそうな背中に問いかけると、悠人はゆっくり振り向いた。

視線がぶつかった瞬間、胸が塞がれ、両目の奥が熱を孕《はら》んだ。

悠人は笑いながら目に涙を溜め、憐れんでいるような表情で口を動かした。

「ダメ人間は……自分が生みだした家族さえ大切にできなくて、手の届かない夢ばかり追いかけて、最後までクダラナイ人生だったな、そうつぶやいて死んでいくクソみたいな大人だよ」

ドアが閉まったあとも、弟の残像がいつまでも漂っていた。

ずっと同じ疑問が頭をぐるぐる巡っている。

——なぜ父と母は出会ってしまったのだろう。

上京する前、母は優等生だったらしい。成績は常に上位をキープし、運動神経もよかったという。教師になるのを夢見て東京の大学に進学したところまでは順調だった。けれど、大都市の片隅で悲劇へと導く人物に巡り会ってしまう。

大学の友だちに誘われ、母は父がボーカルを務めるバンドのライブに足を運んだ。小規模なライブハウス。観客は少なかったけれど、白熱した演奏を間近で見た母はすっかり魅了された。ライブハウスに何度も通ううち、ふたりの仲は深まっていったという。

じいちゃんは、定職につかない父を不安視し、ふたりの交際に反対した。あまり口うるさくない自由人のじいちゃんでも、娘のことは心配だったのだろう。

悪い予想は現実のものとなる。母は十九歳のときに僕を身籠《みごも》り、夢だった教師を諦《あきら》め、大学を中退して結婚したのだ。父は結婚後も音楽活動と居酒屋のバイトを続けていたけれど、収入は不安定だったため、弟を生んでから母は事務の仕事を始めた。

大学を中退して夢を諦めたことを、母は深く後悔しているようだった。

子どもが生まれてからは、かつての夢を取り戻すかのように教育熱心な母親になった。優等生だったせいか、勉強を教えるのがとても上手で、僕の学力はどんどん向上し、中高一貫の進学校に合格できた。

母がおかしくなったのは、父の浮気が発覚してからだ。

父はバイト代を浮気相手と遊ぶ交際費に使っていたのだ。自分の夢を諦めて、夫の音楽活動を支えてきた母は、「私の選択は間違いだった」と泣きだしてしまう日が増えた。否定的な言葉を耳にするたび、僕と弟は居たたまれない気持ちになり、底のない哀しみに沈んだ。

母の人生が間違いなら、僕らが生まれてきたのも誤りだったのだろう。

父はあまり家に帰らなくなり、たまに帰宅すると大喧嘩《おおげんか》が始まる。

母は鬼のような形相で「いつまで音楽活動を続けるの？　そろそろ才能がないって気づきなさいよ。いい年してヒモみたいな生活して恥ずかしくないの。なぜあなたみたいな利己的な人間と結婚したんだろう。今なら父が結婚を反対した意味がわかる。私の人生、返して」と泣き叫んでいた。

ふたりの罵倒《ばとう》し合う声が、今も脳裏に焼き付いている。

母は勉強を教える余裕がなくなり、成績はみるみる悪くなっていった。

中等部二年の頃、担任から「このままだと高等部への内部進学はできなくなる」と忠告されたけれど、両親が罵《のの》り合う家で勉強するのは難しかった。授業中に居眠りしてしまうことが多くなり、教師から怒られるたび、友だちの数が減っていく。

苦しい生活が一年ほど続いた頃、ふたりは離婚した。

離婚後、母は朝から晩まで多量の酒を飲み、死にたいとつぶやくようになった。優等生だったせいか、成功体験が多く、傷つくことに慣れていなかったのかもしれない。

悠人から相談を受けたじいちゃんは、夏休みに遊びにおいで、と誘ってくれた。帰省したとき、中学の同窓会があり、母と継父は再会したようだ。二次会でお互い初恋相手だったと知って、気持ちが高まったという。かつての初恋相手は、夢を叶《かな》えて高校教師になっていた。着実に夢を実現した姿は、とても頼もしく映ったのかもしれない。

母は酒を飲む日が少なくなり、次第に元気を取り戻していった。

僕はどうにか高等部に内部進学できたけれど、中等部のときよりも勉強についていくのが大変になり、気づけば教室に足を踏み入れられなくなっていた。

その頃、再婚話が浮上し、真面目で完璧《かんぺき》主義の母はとても怖い宣言をした。

——あなたたちをたくさん傷つけてしまって、本当にごめんなさい。お母さんにもう一度チャンスをください。今度は失敗しないように、あなたたちのお父さんとして素晴らしい人を選んだから、再婚を許してほしい。

悠人が「もしも、またダメだったら」と尋ねると、「今度失敗したら、私には母親の権利も生きる資格もないわね」と泣きながら答えた。

だから悠人は、今度の結婚生活が破綻《はたん》しないように努力しているのだ。

僕だって最初は同じ気持ちだった。

もしも継父の悪行に気づかれたら、母はまた酒を頼るようになり、自暴自棄になってしまうだろう。しかも、悠人は医学部を目指している。年金暮らしのじいちゃんには、多額の学費は払えない。どんなに嫌な継父だとしても、いてくれなければ困るのだ。

継父を呼びだして、生徒に気持ち悪い行為をするな、そう罵ってやろうと何度も思った。けれど、それで継父が気分を害したら、母や弟はどうなる。また捨てられてしまうかもしれない。そう考えると怖くて行動に移せなかった。

ぼんやりドアを眺めていると、なぜか幼い頃の弟の姿がよみがえってくる。

柔らかい髪、甘えた声、クッキーみたいな匂い、澄んだ瞳《ひとみ》。小さな手を伸ばし、「兄ちゃん」と言いながら抱きついてきた。

あの頃、悠人にとって僕は、たぶん頼もしい兄だったのだろう。手を繋いであげると、いつも嬉しそうに微笑んだ。それが今では、鬱陶しい存在に成り下がってしまった。自慢できる要素などひとつもない、恥ずべき兄になったのだ。

思い出を消すように、ドアから視線を引き剝《は》がした。

弟が目指しているのは、僕が通っている高校ではなく、県下一の進学校だ。頭のいい悠人なら絶対に合格できる。そこに行けば、虐めに遭う心配もないだろう。

もしも神様がいるなら、弟の人生だけは幸せになるように導いてください。

情けないけれど、震えながら祈ることしかできなかった。

3

カーテンを開けると、窓から強烈な陽光が射し込んでくる。

眩《まぶ》しくて目を細めたとき、口から溜息がもれた。爽《さわ》やかな天候とは裏腹に、心は暗く、感傷的な気分に支配されていた。寝不足のせいか、身体がやけに重い。頭と目の奥が痛み始める。こめかみを指で押さえながら空を見上げると、昨夜の雨とは打って変わり、雲ひとつない青空が広がっていた。

急に脱力感に襲われ、再びカーテンを閉めると、部屋を見回した。ゆっくり歩き、僕はドアノブをつかんだ。思い切ってドアを開け放ち、そのまま階段を下りて、洗面所まで向かった。

当たり前のように過ごしてきた日常が、すべて特別に思えてくる。あとは死ぬだけだから身綺麗にする必要はないのに、いつもより丁寧に歯を磨き、顔を洗い、髪を整える。

洗面台の鏡をぼんやり眺めていると、不思議な感覚に襲われた。

映っているのは自分ではなく、見知らぬ人物に思えたのだ。目の下のクマが濃くなり、哀しそうな瞳で僕をじっと凝視している。訴えかけてくるような眼差しに我慢できなくなり、そっと顔を伏せた。

二階の自室に戻り、クローゼットの中から制服を取りだして着替えを済ませたあと、勉強机のいちばん上の引き出しを開けた。昨夜、鍵をかけ忘れていたことに気づいた。遺書が入っているのを確認してから、奥に隠してあるナイフをつかみ、ズボンのポケットにそっと忍ばせる。最後の日なので、引き出しの鍵をかけずに立ち上がった。

計画に抜かりはないか確認してから鞄を手にリビングに向かうと、ダイニングテーブルには見慣れたメニューが並んでいた。ベーコンエッグ、ロールパン、ミルク入りのコーヒー。いつもと同じメニューなのに、普段よりもずっと美味しく感じた。昨日までとは違い、楽しそうに母と会話を交わしている弟の姿を見ても、不思議なほど不快な気分にならなかった。

悠人が傍《そば》にいてくれたら、この先も母は大丈夫だろう。

継父は部活の朝練、じいちゃんは地区対抗のペタンク大会があるようで、ふたりとも定席にいなかった。じいちゃんは、隣町にライバルがいるらしく、ここ最近、「あいつには絶対に負けられねぇ」と練習に励んでいたので、ぜひとも優勝してほしい。

朝食後、僕は二度と帰らないのに、小声で「行ってきます」と言ってリビングをあとにした。玄関で靴を履き終えてから、静寂に包まれた廊下の先を見つめた。

ふいに、ミシッという哀しげな音が響く。家族は誰も気づいていないのに、古い木造家屋だけは僕の計画を知っているようだった。

もうこの家には、永遠に戻れない。短い期間だったけれど、じいちゃん、母、悠人と過ごした楽しい時間だけが脳裏に立ち現れる。別に未練があるわけじゃない、自分に言い聞かすように胸の内でつぶやいた。

さようなら――。

この世界を終わりにするのは、夕方の五時二十五分にしようと決めている。

今日は僕の誕生日。生まれたのが間違いならば、誕生した時刻にすべてを終わりにしたかった。

それだけでなく、タイムリミットがあれば、逃げずに決行できる気がしたのだ。

時間が来るまで、どこかで暇を潰そうと思っていたけれど、登校することにした。心に棲《す》むどす黒い憎しみたちが、学校に行け、と囁《ささや》いてきたからだ。

最後の日なら、クラスメイトたちに凄惨《せいさん》な仕返しができるかもしれない。

自分の命と引き換えに——。

仄暗い期待を胸に抱きながら玄関のドアを開けた。

次の瞬間、思考が空回りし、すべての動きを停止した。

青空の下、自転車に乗ったじいちゃんが笑っている。大好きな家族の顔を見たら、泣いてしまいそうだったので、今日はどうしても会いたくなかった。

「航基、おはようさん！」

じわじわと嫌な予感が迫ってくる。ペタンク大会の日ではなかったのだろうか——。

「おはよう」

僕は平静を装いながらどうにか続けた。「今日は隣町のライバルと闘う日だよね？」

じいちゃんは眉根を寄せてから口を開いた。

「俺《おれ》のライバルは自分だけだ。あんなクソじじいなんて、どうでもいいさ。少し膝《ひざ》の調子が悪いから大会は休んで、これから運龍寺《うんりゆうじ》のセッちゃんの家に行くことにしたんだ。途中まで、じいちゃんと一緒に行かないか」

ここから三十分ほど歩いた場所に運龍寺はあった。そこの住職は、近隣住人たちから『セッちゃん』と呼ばれている。じいちゃんの幼馴染《おさななじ》み。僕と悠人もじいちゃんに倣《なら》って、セッちゃんと呼んでいた。

初めてセッちゃんに会ったのは、ばあちゃんの葬儀の日だった。見上げるほどの大男で驚いた。とても背が高く、横幅もある。それとは対照的に、じいちゃんは背が低くて、線の細いタイプだった。けれど、ふたりは笑うと目尻《めじり》が垂れてそっくりな顔になる。幼い頃から仲がよかったので、自然と笑顔も似てきたのかもしれない。

運龍寺は学校に行く途中にあるので、断る理由を見つけられなかった。

庭に置いてある自転車に乗り、じいちゃんと並んで道を走りだした。

思い返せば、僕の複雑な心境を理解してくれるのは、じいちゃんだけだった。

小学三年のとき、『手紙の書き方』という授業を受けた。家から切手を持参し、大好きな人に手紙を送るという授業内容だ。手紙を郵送するのは初めてだったので、みんな緊張しながら懸命に文面を考えた。

郵送してから数週間後、ばあちゃんの一周忌のため、じいちゃんの家に親戚《しんせき》が大勢集まった。そこでじいちゃんは、僕の手紙を自慢げに披露した。

直後、僕は声を殺して泣いたのを覚えている。手紙の文面を読んだ従兄弟《いとこ》たちが腹を抱えて笑いだし、大人たちは憐れむような視線を向けてきたからだ。

――僕、は、じいちゃん、の、こと、が、大好き、です。

手紙はあまりにも句読点が多かったのだ。

叔母さんや叔父さんたちも顔を伏せて忍び笑いをもらしていた。母は恥ずかしそうに顔を赤らめ、「いつもはしっかり句読点を打てるのに」と必死に弁明し、父は「俺でもちゃんとやれるのに」と大笑いした。

あのとき、じいちゃんは急に立ち上がって怒鳴りつけた。

「バカヤロウ。航基は俺のためにたくさん句読点を打ったんだ」

じいちゃんは若い頃から肺が弱かった。だから、たくさん息継ぎができるように句読点を打ったのだ。わからなくても当然なのに、じいちゃんだけはいつも感じ取って理解してくれた。普通の人は奇行だと解釈するのに、大きな手で僕の頭を撫《な》でながら「お前は優しい子だ」と言ってくれる。

長い一本道を走りながら、懐かしい思い出ばかりが頭をよぎっていく。

僕らは自転車のペダルを漕《こ》ぎながら、「今日は天気がいいね」などと他愛もない会話を繰り返した。けれど、分かれ道に差しかかると、じいちゃんはゆっくり自転車を降りた。

右折すれば、高校。左折すれば、運龍寺だ。

僕は自転車を停止し、じいちゃんの横顔を見つめた。じいちゃんは少し間を取ってから、掠《かす》れた声で訊いた。

「航基は、俺に相談したいことはないかな」

やはり、膝の調子が悪いというのは嘘《うそ》なのだ。自転車のペダルを悠々と踏んでいたので怪しいと思っていた。

「急にどうしたの。相談なんてないよ」

声に動揺を滲ませながら答えると、じいちゃんは困った様子で頭の後ろを掻《か》きながら尋ねた。

「悩みがないなら……何か俺にできることはないか」

すっと体温が下がった気がした。もしかしたら、じいちゃんは学校で虐めに遭っているのを知っているのかもしれない。いや、いくら勘がいいとはいえ、気づくのは難しいだろう。

僕は誤魔化すように笑みを浮かべながら慎重に言葉を選んだ。

「お母さんが嫌いなニンジンを料理にいっぱい使うから困る。あと、ハート柄のエプロンはどうかと思うんだよね」

じいちゃんは驚いたような表情を見せたあと、沈んだ声で「それが悩みか」とつぶやいた。ふたりの間に不穏な沈黙が降ってくる。

「それなら、じいちゃんから『ニンジンは控えめに』ってお願いしてみるよ。でも、ファッションについては、俺もよく髪色を注意されるから、どうこう言える身じゃないんだよなぁ」

「ニンジンだけでいいよ」

笑いながら即答したあと、前から訊いてみたかった質問を投げた。「昔、お母さんがカズちゃんと結婚するとき、じいちゃんに反対された、って聞いたことがあって……ずっと、どうしてなのか理由が知りたかったんだ」

じいちゃんは困惑顔で首を傾《かし》げたあと、意外な真実を口にした。

「ふたりが付き合うと聞いたときは反対した。だが、結婚のときは反対しなかったぞ」

母が口にしていた内容とは違う真実だった。

深夜、東京の狭い部屋で耳にした怒鳴り声がよみがえる。

――今なら父が結婚を反対した意味がわかる。私の人生、返して。

なぜ母は、あんな嘘をぶつけたのだろう。その疑問は別の問いに変わった。

「どうして反対しなかったの」

「聡美はね、昔からとても真面目な子なんだ。親の言いつけをしっかり守る子だった。もし俺が本気で反対したら、あの子は結婚を諦めると思ったんだよ」

じいちゃんは目尻を下げて言葉を紡いだ。「結果、大正解だった」

「正解？　離婚したのにどうして」

「優しくて可愛《かわい》い孫に出会えた。航基と悠人が生まれてきてくれて、本当に嬉しかった。今日は誕生日だな」

僕はペダルに足を乗せ、まだ何か言い足りなそうなじいちゃんに向かって必死に言葉を吐きだした。

「学校に遅れそうだから、もう行くね。またね」

ひどく声が震えていた。これ以上、一緒にいるのが辛かった。苦しくて、視界が霞《かす》んで、うまく呼吸ができない。急いでペダルを漕ぎ、ハンドルを切って右折し、自転車を走らせる。

自分の「またね」という言葉が鋭い刃となり、胸を幾度も突き刺す。また会う日は来ないのに、嘘の言葉しか口にできなかった。

大正解なんかじゃない——。

僕の惨めな動画を目にしたら、じいちゃんだって恥ずかしいと思うはずだ。心の中で何度も「じいちゃん、ごめん。ごめんね。ごめんなさい」と謝罪しながら、自転車を加速させた。風が涙を吹き飛ばしてくれる。腿《もも》が千切れそうなほど全力でペダルを踏む。

ひどい胸騒ぎがする。もしかしたら孫の死を知ったとき、じいちゃんは自分を責めてしまうかもしれない。計画がひとつ増えた。死ぬ前に、家族のことは恨んでいないという内容を書き遺さなければいけないと思った。

黒板の上にある丸い時計は、いつから時を刻んでいるのだろう。

時針と分針は正常に動いているけれど、秒針はさっきから同じ場所に留まっていた。よく見ると、秒針は最後の力を振り絞るようにして微かに揺れている。動かなくても支障はないのに、それでも前へ進もうとしている姿は痛々しく感じた。

転入する前、母はこの高校について「真面目な生徒が多い学校だから安心よ」と言っていた。安心かどうかなんて、卒業するまで誰にもわからない。今まで安全だったとしても、突然変異が起きるのが学校だ。

登校しても、なぜか淳也たちに対する怒りが湧いてこなかった。本気で死を決意したからかもしれない。いつもならクラスメイトの高笑いや悪口が気になるのに、今日はまったく耳に入ってこなかった。

幸運なのか、不運なのかわからないまま時が流れていき、気づけば英語の授業が終わり、昼休みを告げるチャイムが鳴り響いていた。

教師が教室からいなくなるのを見計らい、女子たちは仲のいいグループごとに分かれ、机を寄せ合い、楽しそうに弁当を広げている。

僕は鞄を机に置くと、真っ暗な底を眺めた。普段どおりの生活を心がけているつもりだったのに、ぼんやりしていて家に弁当を置いてきてしまったようだ。小遣いがあるので売店に行けば、おにぎりやパンが手に入る。けれど、まったく食欲が湧かない。復讐心も湧き上がらないなら、もう教室にいる意味はないだろう。

机の中に入っている教科書を鞄に入れながら、手を叩いて笑っている淳也と利久斗の姿に目を向けた。親が忙しいのか、それとも弁当を持ってくるのが恥ずかしいのか、男子の多くはパンを齧《かじ》っている。近くにいる女子のグループは、不倫疑惑が発覚した俳優の話題で盛り上がっていた。

今日、僕がこの世を去っても、哀しむクラスメイトはひとりもいないだろう。明日、自殺したことが知れ渡っても、彼らはとびきりの笑顔で笑っているかもしれない。

今すぐ消えたいという衝動に駆られ、立ち上がろうとしたとき、いちばん会いたくない人物が廊下から入ってきた。

どこまでついてない人生なのだろう。頬が痙攣《けいれん》するのが自分でもわかり、惨めな気持ちが押し寄せてくる。

「今朝、キッチンに弁当を置いていっただろ。忘れ物があって家に帰ったら『渡してほしい』って頼まれたんだ」

継父がそう言いながら、どんどん近づいてくる。耳を塞ぎたくなった。距離が縮まるたび、身体は強張り、目の前が暗くなる。

一瞬にして、教室の空気が張り詰めていく。

クラスメイトたちの鋭い視線を感じる。もう騒いでいる者はひとりもいない。さっきまで楽しそうに笑っていたのに、みんなの顔は一様に引き攣っている。

僕が目を伏せて身を固くすると、継父は弁当箱をそっと机に置いた。

「しっかり食べろよ」

クラスメイトたちは、変態教師が教室を出ていく姿を黙って目で追っている。

息が詰まりそうなほど周囲は静まり返り、緊迫感が漂っていた。

息が浅くなり、身体から血の気が引いて、気が遠くなっていく。

怖々と顔を上げると、四人グループの中にいる安藤菜々子《あんどうななこ》と視線がぶつかった。彼女は、僕と同じように固まったまま、今にも泣きだしそうな表情をしている。

安藤菜々子は美しく整った顔立ちをしているから、男子から人気があった。

転校して間もなく、男子たちに「このクラスでいちばん可愛いのは誰か」と聞かれ、僕が返事に困っていると、淳也と利久斗が彼女の名を挙げたのを思いだした。

安藤菜々子を励ますように、瑠美が彼女の背を優しく撫でている。瑠美は目鼻立ちがはっきりしていて性格がきつい。女子たちのリーダー的存在だった。

教室の中の温度がじわじわと上昇していく。

瑠美の鋭い目に狂気がこもる。殺気立った雰囲気を感じて、僕は慌てて鞄をつかんで廊下へ飛びだそうとした。けれど、逃げられなかった。

行く手を阻むように、ドア付近に数名の男子が待ち構えていた。

淳也に後ろ襟をつかまれ、ネコを持ち上げるように無理やり自分の席に戻される。目の前には、女王様のように腕を組んだ瑠美が立っていた。

「なんの嫌がらせ。どういうつもり？」

悪意を剝《む》きだしにして瑠美は迫ってくる。「菜々子が嫌がっているのを知ってるでしょ」

僕は言い返す言葉が見つからず、素早く目を伏せた。

「お前は、餓死しろ」

利久斗が、継父が持ってきた弁当箱の蓋《ふた》を開け、逆さにして僕の頭にぶちまけた。冷たい野菜炒めの汁が髪を濡らす。涙のように頬を伝って落下していく。

淳也は歪んだ表情で、僕の顔を覗《のぞ》き込むようにして尋ねた。

「ごめんなさい、は？」

僕はぎこちなく首を動かし、黙したまま淳也の顔を見上げた。

こいつに復讐するなら今だ、やれ、今だ！　全身の血が滾《たぎ》り、自分の中に住んでいる憎しみたちが一斉に立ち上がって叫び声を上げた。

「なんだよ。その反抗的な目は？」

淳也は眉を寄せ、今にも殴りかかりそうな鋭い眼光を放つ。

僕はポケットに手を入れ、ナイフをつかんだ。痛いほど強く握り締める。

「やめてよ」

切羽詰った声を上げたのは、安藤菜々子だった。

「成瀬君は悪くない」

なぜか彼女だけは、僕の虐めに加担しなかった。時々、こうやってかばってくれる優しさも持ち合わせている。それなのに、あいつは彼女にひどい行為をした。

継父は陸上部の練習が終わったあと、グラウンドに隣接している倉庫に安藤菜々子を呼びだし、マッサージと称してセクハラ行為に及んだらしい。いかがわしい行為をしたのは一度だけだったが、噂はクラスメイトの耳にも入り、密《ひそ》かに大問題に発展していた。けれど、親に知られたくないからという理由で、彼女はクラスメイトたちに大事にしないでほしいとお願いしたようだ。

納得できなかった瑠美たちは、継父の裏の顔を暴くためにセクハラが行われたという倉庫に隠しカメラを仕掛けたようだ。けれど、証拠は手に入れられず、彼らのストレスは膨らんでいく一方だった。行き場のないストレスの捌《は》け口として、僕への嫌がらせが始まった。

自分の好きな相手が被害に遭ったため、淳也たちは姫を守るヒーローの如《ごと》く、頼もしい姿を見せようと躍起になっている。

去年、他県で高校生の集団リンチ殺人事件が発生した。残虐な暴行を受けて亡くなったのは、まだ十五歳の少年だった。被害者の少年に、恋人を取られたのが原因らしい。一昨年もそれに似た未成年の事件が起きた。ある少女が仲間を集め、自分の彼氏を奪った十六歳の女子高生に暴行を働いたのだ。命は助かったが、女子高生は左目を失明し、脳障害を負ったようだ。異性問題が絡むと、十代の怒りの熱量は高まり、恐ろしい結末に突き進んでしまう気がする。

次の瞬間、腹に激痛が走り、気づけば僕は床に叩きつけられていた。淳也が机を強く蹴り飛ばしたのだ。

「もうやめて、成瀬君は関係ない！」

安藤菜々子の悲痛な叫び声が教室に響き渡り、みんなは一斉に動きを止めた。

普段はおとなしい彼女の怒鳴り声は、クラスメイトたちを黙らせる威力があった。男子だけでなく、安藤菜々子は優しい人柄から女子の信頼も得ていた。だから彼女の言動に対して不満を口にする者はいなかった。

淳也は好意を寄せている相手に怒鳴られたせいか、少しバツが悪そうに自席に戻っていく。

僕は立ち上がり、クラスメイトたちをぐるりと見回してから言葉を吐き捨てた。

「喜べよ。この世界からいなくなってやるから」

震えている手で鞄をつかみ、教室を飛びだした。

すべてが虚しく感じる。人間は何か意味があって生まれてくるなら、僕のカルマはなんだろう。この世に意味のない『生』は、本当に存在しないと言えるのか。少なくとも自分には生まれてきた意味はなかった。生きている価値なんてないのだ。

廊下を全力で走り、階段を駆け下りる。弁当で汚れた頭や肩が臭くて不快だった。

できるなら海に沈みたい——。

惨めで汚い人生をすべて洗い流してほしかった。

せめて魚の餌《えさ》になり、最後くらい何かの役に立ちたい。けれど、ここから海までは距離があったので、別の場所で自死しようと決めていた。

上履きのまま外へ飛びだすと、校門の近くにある駐輪場まで走っていく。誰かが追いかけてくるような気がして振り返ると、校舎の屋上に掲げられている横断幕が目に飛び込んできた。

――希望ある未来へ！　一人ひとりが輝ける学校。

嘘だらけの横断幕を睨みながら、駐輪場から自転車をだした。

サドルにまたがり、いずれ海へと繋がる大きな河を目指してペダルを踏み締めた。

もう死ねる。すべて終わりにできるのだ。そう思うと急に足が軽くなる。自転車はどんどん加速していく。競輪選手のように前かがみになり、腿が痛くなるのも気にせず、ペダルを漕ぎ続けた。

通りすがりのおばさんが、不審人物を見るような視線を投げてくる。僕は睨み返し、猛スピードで自転車を走らせた。

十分ほど走ると河が見えてきたのでブレーキをかけた。

サドルにまたがったままの姿勢で顔を伏せ、荒い呼吸を鎮める。気持ちが穏やかになるのを待ってから自転車を降りると、前カゴから鞄を取りだし、ゆっくり土手を下っていく。足がだるいし、鉛みたいに重い。雑草が生い茂っているせいで、何度も滑って転びそうになる。それでも目の前に広がる河を目指して進んでいく。

夏休みにこの河に遊びに来たとき、じいちゃんから「河幅が広く、流れが速いので気をつけるように」と忠告された。幾度も大雨で氾濫《はんらん》している危険な河らしい。

悠人がクラスメイトから聞いた話によれば、昔、この河で女の人が溺《おぼ》れて死亡してしまう事故が起きたようだ。自殺だったという噂も流れ、幽霊の目撃情報も多数あるという。子どもたちの多くが、この河を幽霊が棲み着く『ゴーストリバー』と呼んでいた。

死に場所を目の前にした途端、手の力が抜け、鞄がドスンと音を立てて砂の上に落ちた。そのまま崩れるように河辺に腰を下ろし、光の粒が弾けるように輝く水面《みなも》をぼんやり眺めた。

緩慢な動きで鞄から筆箱とノートを取りだし、僕は家族に向けて手紙を書き始めた。

じいちゃんの哀しそうな表情が脳裏をよぎり、視界が滲んで文字がうまく書けない。何度も書き直す。思い悩んだ末、『僕の死の原因は、血の繋がりのある家族とは無関係です』と綴った。

腕時計に視線を落とすと、まだ午後の二時を回ったところだ。

決行時間まで三時間以上もある。

終焉《しゅうえん》を迎えるというのに情けないくらい何もすることがない。本当にくだらない人生だったと自分でも思う。気持ちと連動するように辺りが急に暗くなる。天を仰ぐと、雲が太陽を覆っていた。ふいに、悠人の寂しそうな声が耳の奥で再生された。

——僕らふたりとも、父親に捨てられたんだよ。

死を目前にして、なぜか弟が放った言葉が真実かどうか確かめてみたくなる。

無性に父の声が聞きたくなり、鞄からスマホを取りだし、衝動的に電話をかけた。

コール音が鳴り響くたび、鼓動が速まっていく。

声が聞きたい、留守電になればいい——ふたつの感情が綯《な》い交《ま》ぜになり、スマホを持つ指が少しだけ震えている。もしも父が生きる意味を与えてくれたら、死への誘惑を断ち切れるかもしれないという期待が心の隅に隠れていた。

『はぁ〜い、俺でーす』

スマホを通して、酒やけした上機嫌な声が聞こえてくる。

僕は唾《つば》をごくりと飲み込み、必死に声を振り絞った。

「あの……僕だけど」

『うぁ、コウからの電話嬉しいな。どうしたんだ？』

昼夜逆転生活を送っているのか、寝ぼけているような口調だった。離れて暮らし始めてからそれほど経っていないのに、眠そうな声がやけに懐かしく思え、一気に緊張が緩んだ。

「お父さんは、元気？」

『おぉ、俺はいつだって元気だよ。それしか取り柄がないからな』

父の穏やかな笑い声に背を押され、僕は核心に迫った。

「あのさ……お父さんは本当に家族を捨て——」

そこまで言葉にしてから、唇を引き結んだ。女性の「カズ、早くしないと遅れるよぉ」という甘い声がスマホを通して響いてきたのだ。

『コウ、ごめん。またあとで電話する。今ちょっと仕事で忙しいんだよ』

「大丈夫……特に用はなかった——」

親子の絆《きずな》を鉈《なた》で切断するように、もう通話は切れていた。

指先の感覚がなくなり、スマホが手から離れていく。

何も考えられず、しばらく放心したように河を眺めていた。思考を巡らすと胸が激しく痛み始めるから、ただ瞬《まばた》きを繰り返す。緩慢な動きで腕を伸ばし、砂の上に転がっているスマホを拾い上げて発信履歴を消去した。

最後に父に連絡したことを誰にも知られたくない。薄情な父を頼った自分が情けなくて、胸が哀しみでいっぱいになる。間抜けな兄とは違い、弟は真実を正確に見抜いていたのだろう。憎しみを込めて、スマホを鞄の中に投げ入れた。

——もう死ぬ時刻なんてどうでもいいよね。

魂が得意そうな顔で、肉体に語りかけた。

返事を聞くまでもない。立ち上がると、吸い寄せられるように少しずつ河に近づいて行く。遠目で見ていたときとは違い、濁った水の流れはかなり速かった。昨夜の雨のせいで、河は普段よりも増水しているから死ぬには最適だ。

上履きと靴下を脱ぐ。上履きの中に靴下を突っ込み、つま先を揃《そろ》えて河辺に並べた。

裸足《はだし》で砂の上を歩き、小刻みに震えている右足を河の中へ入れる。想像以上に水が冷たくて、哀しみが増していく。ぎこちない動きで左足を一歩前へ動かした。

何かに突き動かされているかのように、どんどん河の中央に向かって歩いていく。自分の意志ではなく、誰かに操られているような感覚がした。

この河で亡くなったという女性の霊が、僕の手を引き、死へ導いているのかもしれない。そんな非現実的な妄想を思い浮かべながら河の深みへ進んでいく。

顔を伏せると、膝まで水に呑まれていた。足を高く上げ、次の一歩を踏みだしたとき、激流に足をすくわれ、バランスを崩した。前方に倒れ、四つん這《ば》いになる。弁当で汚れた髪を洗うように何度も河の中に頭を突っ込んだ。全身びしょ濡れだった。

どうにか顔を上げ、懸命に立ち上がり、もっと深い場所を目指して歩を進める。一歩ずつ死に向かっていく。ズボンもシャツも水浸しで重くなって歩きづらい。それでも両腕を前後に振り、水深の深い河の中央に向かってどんどん進んでいく。抵抗できないほどの濁流に呑み込まれ、沈み、流され、溺れ死にたい。

目の奥が熱くなり、呼吸が荒くなる。頬にこぼれる雫《しずく》は、水滴なのか涙なのかわからない。

そのとき、下半身に激痛が走った。

左腿の裏に硬いものがぶつかる衝撃を受けたのだ。手で腿を触って確認する。今度は背中に痛みが走る。

心臓が縮み上がり、思考が停止した。

気配を感じて振り向くと、異様な光景に目を奪われた。

冷たい恐怖が足元から這い上がってくる。金縛りに遭ったように身体が動かなくなり、焦るほど思考が空回りして、うまく口が動かせない。

河辺には、不気味な少年がひとり佇んでいた。彼は胸にクマのぬいぐるみを抱えている。

月島咲真——。

制服ではなく、白いシャツに黒のスキニーパンツ姿だった。シャツの上から紺色のロングカーディガンを羽織っている。足元には藤色のデイパックが転がっていた。体型が華奢《きゃしゃ》なせいか、遠目からだと高校生には見えない。少年合唱団にいそうな品のいい雰囲気を漂わせているけれど、抱えているクマのぬいぐるみは小さな女の子が好むようなもので、彼には似つかわしくなかった。こちらを見つめてくる目に感情はなく、黙したまま無表情を貫いているのも気味が悪い。

気づけば、腕に鳥肌が立っていた。

今まさに死のうとしていたのに、危機感を覚えている自分が奇妙に思えた。

たしか、彼は今日も学校を休んでいたはずだ。

咲真はクマのぬいぐるみを片腕で抱え、腰を屈《かが》めて石を拾っている。その姿を見たとき、唐突に忌まわしい記憶が掘り起こされた。

学校の帰り道、クラスメイトに石を投げられたときの苦々しい記憶だ。投げてきたクラスメイトの中に、彼はいただろうか——まったく思いだせない。けれど、さっき石をぶつけたのは、間違いなくあいつの仕業だ。

なぜ死ぬ直前まで傷つけてくるのだろう。心を持つ人間だとは思えない。強い嫌悪感が湧き上がってくる。

「もう死ぬんだ。それで充分だろ！」

肩に痛みが走り、次に小石が頬をかすめた。

咲真はロボットのように同じ動きを繰り返している。石を拾い、投げ、また拾う。さっきまでとは違い、どこか蔑んでいるような表情を浮かべている。身を捩《よじ》って逃げても、すべては避《よ》け切れなかった。

「なんでだよ。胸、膝、腹、次々に痛みが走る。身体が痛むたび、憎しみが増幅していく。どうしてこんなことするんだよ」

「邪魔」

咲真は、驚くほど透きとおる声で言った。

「だから死ぬって言ってんだろ」

そう叫んだあと、僕は言葉を失った。

彼が投げた石が、すぐ近くの水面を五回跳ねていったのだ。頭では現実だと認識しているのに、景色がぼんやり霞んでみえた。

冷たい河に両足を浸したまま立ち尽くしていると、彼は冷淡な口調で言葉を放った。

「調子に乗るな。お前は特別な人間なんかじゃない。この世に死にたいと思っている奴なんて大勢いる」

また石を拾うと、咲真は素知らぬ顔で水切りを始めた。投げた石は、水面を六回跳ねていく。まるで石が生きているみたいに躍っていた。

小学生の頃、父がキャンプ場の近くにある川で、水切りを教えてくれた。弟はすぐにコツを覚えたのに、僕は何度挑戦しても一度も成功できなかった。

咲真は双眸《そうぼう》を細めながら訊いた。

「お前ってさ、暇なんだろ」

「僕は……これから……」

「死ぬなら暇なんだよ」

唖然《あぜん》となり、彼の顔を眺めていると、咲真は無遠慮にいきなり切りだした。

「学校で犯罪まがいの嫌がらせを受けて、不条理だと思わないのか」

傍観者にとやかく言われる筋合いはない。僕は込み上げてくる怒りを押し殺し、投げつけるように言葉を返した。

「不条理だし、おかしいって思うよ」

「どんなふうに、おかしい？」

どんなふうに？　答えられないのは悔しかったので、僕は慌てて口を開いた。

「この前だって、ネットリンチに遭った小学生が自殺した。でも、世界は何も変わらない」

「悪質な書き込みをされたら名誉毀損《きそん》罪、侮辱罪で告訴する道もある。この国は法治国家だ。相手が反省できないなら、法を利用して徹底的に追い込んでやればいい」

「その子は、まだ小学生だったんだ。救われるための知識なんてなかったはずだ」

「だからこそ闘い方を教えてやればいいんだ。世界から虐めをなくすのは至難の業だからな。そもそも今は他人の話をしているんじゃない。お前は、自分の現状をどう思っている？」

これまで生きてきて、僕自身について耳を傾けてくれるクラスメイトはいなかった。深呼吸を繰り返し、偽らざる思いを口にした。

「なんで継父の罪が、僕の責任になるんだよ」

「どう感じた？」

彼から質問を投げられるたび、頭に銃を突きつけられている気分になる。そのせいか、正直な思いが口からこぼれていく。

「悔しい、怖い、哀しい、憎い、苦しい、痛い、辛いから……もう死にたい、死にたい、死にたい……」

「だから、お前には価値がある」

一瞬、耳を疑った。それが自分に向けられた言葉なのかどうかわからず、僕は動揺を隠しながら尋ねた。

「どんな価値があるっていうの」

「人間の多くは、自分がいちばん大切だと思って生きている。それなのにお前は、自分が大切じゃない。そんな貴重な人間はなかなか見つからない」

咲真は挑戦的な眼差しで続けた。「どうせ死ぬなら、誰かの役に立ってからにしろ」

「僕は何もできないし、誰の役にも立てない」

「役に立つかどうか決めるのは、他人だ。お前じゃない」

咲真は困ったように眉根を寄せてから言葉を継いだ。「まだ七回は無理なんだ。残念だけど、一度も成功したことがない」

「成功って、なんの話？」

「リバートントン」

「何それ」

「さっきやったやつ」

「もしかして水切りのこと？」

咲真は口の端を持ち上げて小狡《こずる》そうな笑みを浮かべた。

「お前、馬鹿じゃないんだな。そう、水切り。もし次に投げる石が七回跳ねたら、死ぬのは一週間後にしろ」

「どうして」

「ある人から『お前にチャンスを与えろ』と頼まれたんだ。もう一度だけ言う。もし次に投げる石が七回跳ねたら、自殺するのは一週間後にしろ」

彼の鋭い視線に射すくめられ、胸がざわめいた。

「もしも……七回できなかったら」

僕が尋ねると、咲真はポケットからスマホを取りだし、残酷な言葉を口にした。

「ふたりで静かに、お前の死ぬところを観察している」

ふたり？　慌てて周囲を見回してみるも、辺りに人影はなかった。

咲真はこちらの戸惑いなど歯牙《しが》にもかけない調子で言った。

「前から人の死ぬところを見たかったんだ。どうせなら動画も撮りたい。自殺するところをネットでライブ配信したらバズるかもな。再生回数はどのくらいになるだろう」

暴力的な言葉に胸を衝《つ》かれ、警戒心が増した。

こいつ頭がおかしい。やっぱり人間じゃない。自殺する姿を撮影するなんて鬼畜だ。

自作の動画をネットに投稿する人間の中には、有名になりたいという欲が優先して迷惑行為をする者もいる。彼も同類なのかもしれない。人間の生死を単なる自然現象としか捉《とら》えていないのだ。

咲真は鞄の上にぬいぐるみを座らせると、優しく頭を撫でている。まるで神聖な儀式のようだ。撫でている手を止め、彼はしばらく辺りに目を這わせた。近くに落ちている石を手に取り、なにやら吟味しているようだった。

咲真はゆっくり顔を上げる。彼の視線が河を捉えた。

「生か、死か」

そう言葉にしてから、咲真は少し姿勢を低くし、水平に石を放った。

僕は呼吸を止め、水切りの行方を目で追う。

緊張が高まり、鼓動が速まっていく。

成功、失敗、生、死、自分の心が何を望んでいるのかわからなくなる。
一、二、三、四、五——。
唾をごくりと飲み込んだ。握り締めた拳は、汗でじっとり濡れている。

水面を滑っていく石が、まるでスローモーションのように見えた。ぎりぎりだったけれど、石は七回跳ねて沈んでいく。

「やっぱり、死ぬなら暇なんだよ」

咲真は鼻で笑うと、ぬいぐるみを抱きかかえ、鞄を肩に掛け、土手に向かって歩き始めた。

どうすればいいかわからず、慌てて彼の細い背中に訊いた。

「特別な能力もないのに、僕に何ができるっていうの」

振り向いた咲真は、薄い笑いを浮かべて言葉を放った。

「誰の役にも立たなかった奴は天国に行けない。まさかお前、死んだら楽になれると思ってないよな?」

心情を言い当てられ、返事をしようにも言葉にならなかった。

咲真は自信ありげに断言した。

「死んでも楽にはなれない」

「どうして」

「お前は誰の役にも立っていないから、あの世でも、また苦しむ結果になる」

いつか小説で読んだ言葉が脳裏によみがえってくる。

——嫌なことから逃げても、必ず同じような出来事に遭遇する日がくる。だから逃げてはいけない。

死んでも、また同じ苦しみを経験するのだろうか。それ以上に苦しいものが待ち受けている可能性もある。どれだけ考えても、生きているうちは真実にたどりつけない難問だった。漠然とした不安が心に宿り、額にじわりと汗が滲んでくる。

僕は頭の中を整理したくて尋ねた。

「さっき、ある人から頼まれたって言っていたけど、僕のこと誰かと勘違いしてない？」

「勘違いじゃない。死にたい奴は最強だから。これから依頼人を紹介する。こっちに来れるか？」

そう訊かれ、慎重に辺りを見回してみるも、やはり彼以外に人影は見当たらなかった。

咲真の身長はそれほど高くない。体型も華奢だ。仮に喧嘩になったとしても、相手が武道や格闘技に精通しているのでなければ、負ける気がしなかった。

もう石を投げてくる気配はなかったので、僕はゆっくり河辺に近づいていく。

彼はぬいぐるみを抱きかかえたまま、検分するような眼差しで待ち構えていた。巣に獲物《えもの》がかかるのをじっと待つ蜘蛛《くも》のようだ。

歩きながら、クマのぬいぐるみを注意深く観察する。毛の色はクリームイエロー、鼻は丸くて黒い。その下にアルファベットの『Y』を逆さにしたような口がついている。口は太い茶色の糸で縫ってあった。丸い右耳には赤いリボンが結んである。身体を覆っている毛は、羊毛のようにふわふわして柔らかそうだ。大きな目は、瑠璃色《るりいろ》のガラス製の球。陽《ひ》の光を跳ね返して輝いている。ずっと眺めていると吸い込まれそうになり、慌てて視線をそらした。

ぬいぐるみだけでも気味が悪いのに、よく見ると彼は医者のように聴診器を首に掛けている。近づきたくないのに、引き寄せられるように足は前へ進み、ふたりの距離が徐々に縮まっていく。僕はゆっくり河から上がると、互いに手を伸ばしても触れられないくらいの距離を残して足を止めた。

咲真は腕を突きだし、ぬいぐるみを近づけてくる。

「紹介する。彼女は『カミ』だ」

まさか、依頼人はクマのぬいぐるみだとでも言うのだろうか——。本気で怖くなり、思わず一歩後ろに下がった。

彼は気にする素振りもなく、感情の読めない目で僕をじっと見つめている。

三人の間に重い沈黙が立ち込め、河の音が大きくなる。

彼の名前は月島咲真だから、やっぱり『カミ』というのはぬいぐるみのことなのだろう。なぜぬいぐるみを紹介するのか意味がわからない。頭の中が疑問だらけになる。心が不安定になっているせいか、すべての出来事に現実味を持てなかった。

どんどん静寂が深まっていく。僕は沈黙に堪え切れず、どうにか口を開いた。

「もしかしてカミって、ぬいぐるみの名前?」

「Do you believe in God?」

突然、流暢《りゅうちょう》な英語で訊かれ、戸惑いを覚えるのと同時に『カミ』が何を意味するのか理解した。

けれど、彼の魂胆が読めず、僕は上擦った声で確認した。

「カミって、神様のこと?」

「東京生まれ、天秤座、A型、好きな食べ物は鮭《さけ》のバター焼き、趣味は読書と映画鑑賞」

「どうして……僕について知っているの」

「神に教えてもらったんだ」

咲真は口角を引き上げてから、今度は日本語で質問を投げた。「お前は、神を信じる?」

これまで何度も自分の胸に問いかけてきた質問だった。答えは既に出ているはずなのに、なぜか言葉にできず、僕は緊張感のこもった声で別の質問を投げた。

「それ、ただのぬいぐるみだよね」

咲真は虚を突かれたように、はっと息を呑み、黙したまま瞬きを繰り返している。さっと左右に目を走らせ、何か真剣に考えているような顔つきをしていた。

僕は予想外の展開に気後れして、それ以上追及できなかった。

緊迫した空気を感じるたび、不安が膨れ上がっていく。

しばらくすると、彼はおかしなことを口にした。

「まさか……お前は、本物の神を見たことがあるのか」

「いや、一度も見たことはないよ」

「それならどうして、このぬいぐるみが神じゃないってわかるんだ」

あまりにも真剣に尋ねられ、言葉に困ってしまう。

たしかに、神様がどんな姿をしているか知らなかった。けれど、少なくとも神様がクマのぬいぐるみだとは思えない。

僕は気まずい空気を消したくて、また疑問を投げた。

「なんで聴診器なんて持っているの」

「あまり体調のよくない神なんだ。だから俺は、神の健康管理を担っている」

胸を張って説明しているが、まったく要領を得ない話だった。明らかに常軌を逸しているのに、からかっているような雰囲気は見受けられない。だからこそ、恐ろしくなるのだ。

やっぱり、頭がおかしいのだろうか――。

「僕には、ただのぬいぐるみにしか見えない」

突然、咲真は自分の唇に人差し指を押し当てて「しっ」と言った。

「言葉に気をつけろ。神の怒りを買うことになる」

非現実的だと理解しているのに、僕は慌てて口を真一文字に引き結んでいた。

彼とぬいぐるみの目を交互に見つめる。どれだけ観察してみても、やっぱり神様だとは思えなかった。

咲真はこちらの心情を読み取ったのか、近寄ってくると聴診器を首から外し、目の前に差しだしてくる。

「生きてるから、試してみろ」

僕は引き寄せられるように聴診器を手に取り、促されるままイヤーピースを耳に入れ、彼が抱えているぬいぐるみに目を向けた。恐るおそる腕を伸ばし、そっとぬいぐるみの胸に当ててみる。

トク、トク、トク、トク――。

脈が響くたび、自分の鼓動が速まっていく。聴診器を持つ指先が冷たくなり、細かく震え始めた。小学生の頃、シリアルキラーの魂が人形に宿るというホラー映画を観《み》たことがあった。人形は自由に動き回り、次々に人々を惨殺していく。その人形が手術用のメスで人を殺すシーンを思いだし、ぞっとした。

嫌な気配を感じてぬいぐるみに目を向けると、視線がぶつかった。

瑠璃色の目が輝きを増し、微かに揺れ動いた気がする。氷像に首筋を撫でられたような感触が走り、喉《のど》から悲鳴が飛びだしそうになる。僕は引き千切るようにイヤーピースを外して聴診器を返した。

彼は受け取ると、少し顔を寄せて秘密を打ち明けるように囁いた。

「生きてるだろ」

「本当に……鼓動が聞こえた」

聞こえたけれど、素直に認めたくない。以前、心音や胎内音が聞こえるぬいぐるみをテレビで紹介していたのを思いだした。それは、ぬいぐるみにファスナーがついていて、中に音を発生させる機械が入っている商品だった。

「ぬいぐるみの中に機械みたいなものが入ってるんじゃないの」

「神の魂と綿しか入っていない」

やはり、よく観察してみても、彼が芝居をしているようには見えない。

嘘をつく理由も見当たらないけれど、納得もできなかった。

僕は一呼吸置いてから、ゆっくり腕を伸ばし、ぬいぐるみの顔や腹を指で押して慎重に確かめた。どこにもファスナーはなく、素材は綿なのか、ふわふわと柔らかくて他のものが混入している感触はなかった。けれど、たしかに鼓動が聞こえたのは事実だ。

幻聴だったのだろうか——。

咲真は自分の腕時計に視線を向けてから、僕の目を真っ直ぐ見据えた。

「そろそろ時間だ。選択しろ。今すぐ死ぬか、それとも誰かの役に立ってから死ぬか」

さっき彼に言われた言葉が大音量で耳に迫ってくる。

――死んでも楽にはなれない。

――お前は誰の役にも立っていないから、あの世でも、また苦しむ結果になる。

僕は何かに誘われるように尋ねた。

「生きている意味……本当に僕は誰かの役に立てる？」

「お前は稀《まれ》に見る逸材だ。人の役に立つ方法を教えてやる。でも、もし無理だと気づいたら、そのとき死ねばいい。少し時期がずれるだけだ。大きな問題じゃない」

投げやりな口調なのに、彼の言葉は胸にすんなりと浸透していく。さっきから、ぬいぐるみの心音が頭から離れない。

咲真は奇妙な笑みを残し、土手をゆっくり上がっていく。どんどん遠くなる彼の背を見つめていると、強い焦燥感が身体を駆け抜け、置いてきぼりにされたような錯覚に囚われた。

彼が放った「お前は稀に見る逸材だ」という言葉が、奇妙な希望を連れてくる。死んだはずの心が騒ぎ始めた。

本当に誰かの役に立ち、生きている意味を見つけられるのだろうか。もしもそんな奇跡が起きるなら、自分の目で見てみたい。それから死にたい。彼が言うように、今すぐ死ぬのも、一週間後に死ぬのも大して変わりなんてない気がする。

どうせ待ち受けているものは死だ。だから、これが何かの罠《わな》だとしてもかまわない。

咲真は土手の上に立つと、掌《てのひら》を上にして手招きしている。

風にはためくロングカーディガン。青白い顔は、死神のようだ。

ポケットにそっと手を入れ、ナイフがなくなっていないか確認する。冷たい鉄の塊の感触を確かめた。強く握り締める。

僕は唇を引き結び、覚悟を決め、土手に向かって歩を進めた。

第二章　紫色の雨

PURPLE RAIN

1

高校一年の男子生徒が河に流され、下流で遺体が発見されました――そんな状況を夢見ていたのに、なぜか僕は息を切らし、額に汗を滲《にじ》ませて自転車のペダルを漕《こ》いでいた。

自転車の前カゴには、ふたり分の鞄《かばん》が窮屈そうに押し込められている。

薄手のシャツはすぐに乾いたが、ズボンはまだ湿っているようだ。ズボンが皮膚に張りついてくる感触が気持ち悪い。うつむきがちに息を吐きだすと、バレエシューズのような上履きが不自然に浮いてみえた。また深い溜息《ためいき》がもれる。

こんな未来が待っているなら感情的に校舎を飛びださず、ちゃんとスニーカーに履き替えてくるべきだった。一秒でも早く校舎から離れたいという思いが先行し、突っ走ってしまった自分の性急さを後悔していた。いや、正確に言えば、あのときは一刻も早く死にたかったのだ。

ふと、今いる場所は死後の世界なのかもしれないと思った。河で溺《おぼ》れ死んだあと、浮遊霊となって自転車を走らせているような奇妙な妄想を抱いてしまう。

現実感を取り戻したくて、僕はペダルに載せている足に力を込めながら、代わり映えのしない景色を見回した。田舎道は、長い河に沿うようにどこまでも続いている。その道を流されるように走っていく。

昔、女性の命を奪ったという罪深い河、ゴーストリバー。さっきまでは恐ろしい河に思えたけれど、今は一転し、綺麗《きれい》で穏やかな印象を受けた。

西に傾き始めた太陽が水面《みなも》に反射している光景は、まるで天の川みたいだ。光の帯を眺めていると懐かしい記憶が舞い戻り、心がざわついた。

小学生の頃《ころ》、じいちゃんの家の庭にある物置の屋根にのぼって、父と一緒に星空を眺めたことがあった。父は壮大な宇宙を見上げながら「人間なんてちっぽけだよなぁ」、そうつぶやいて缶ビールを飲んでいた。僕が、飲みすぎたら梯子《はしご》を降りるとき危ないよ、と強い口調で注意しても、無邪気な笑みを浮かべて二本目のプルタブを開けて飲み干した。父はそのまま酔いにまかせて屋根から飛び降りてしまうような危うい雰囲気が漂う人だった。危険な気配を感じ取るたび、哀《かな》しみに似た感情が込み上げてきたのを覚えている。警戒心が薄く、ふわふわとした生き方しかできない父に、家族を守るのは難しいと思ったのだ。

まだ小学生だったけれど、当時の予感は見事に的中した。

自殺の決行前、父に連絡したことをとてつもなく後悔していたし、今は恥じてもいた。あんな人間に縋《すが》ろうとした自分が無性に情けなかった。

あまり傾斜はきつくないのに、いつもより坂道が険しく感じる。体力の限界を感じながらも、得体の知れない義務感に衝《つ》き動かされ、僕はペダルを漕ぐのをやめられなかった。

自転車の後ろの荷台に、咲真と神様を乗せていたからだ。

ついさっき、僕は罪人になった。まったく悪気はなかったのだが、神様に対して「ただのぬいぐるみ」と発言したのが冒瀆《ぼうとく》とみなされたようだ。咲真に「罰として、俺《おれ》たちを運べ」と指示され、気づけばタクシードライバーのように、後ろに乗客を乗せて自転車を走らせていた。

前カゴに入れてある藤色のデイパックは色褪《いろあ》せて、小さな穴がいくつも開いている。そういえば、彼が神と呼んでいるクマのぬいぐるみも年季が入っている感じがした。なんとなく、浮遊霊は僕ではなく、彼らなのではないかという想像が働き、背筋が冷たくなる。

耳を澄ますと、咲真は洋楽を口ずさんでいた。

英語ではなく、今まで一度も耳にしたことがない言語だ。透きとおる高音ボイス。小鳥を肩に乗せているような不思議な気分になる。歌の邪魔をしてはいけない気がして、質問はたくさんあるのに、ずっと尋ねるタイミングを逃し続けていた。

乗客ふたりの目的地は、繁華街。目的地まではかなり距離があるため、自転車に乗せる前に、どうして繁華街に行くのか尋ねると、「神は寡黙な生物を好む」という答えが返ってきたので、それからはひたすら無言を貫いている。余計なことを口走って、また冒瀆という名のペナルティを与えられたら最悪だ。

田舎道を抜けると急に歩道が広くなり、一気に人通りが多くなった。

聴診器は鞄の中に仕舞ったようだけれど、咲真は今もぬいぐるみを胸に抱えている。そんな怪しい人物を後ろに乗せているのが恥ずかしかった。通行人の目に、どう映るか考えただけで冷や汗が出てくる。

ふいに、小学生の頃に描いた交通安全のポスターが頭をよぎり、僕は独り言のようにつぶやいた。

「自転車のふたり乗りは違法だけど大丈夫かな」

「もし自殺が違法なら、やらなかったのか」

咲真の意地の悪い返答に気まずくなり、僕は別の質問をぶつけた。

「繁華街で何をするの」

「決めるのはお前だから知らない。あぁ、そこ右」

突然の指示に、慌ててハンドルを切って曲がる。タイヤの擦《こす》れる音が響いた。

決めるのはお前？　どういう意味だろう。

疑問を口にしようとしたとき、彼は奇妙な言葉を吐きだした。

「自転車って、すごいと思わない？」

「どんなところが」

「自分がエンジンだから」

意味がつかめず、後ろを振り返ると、彼は空を見上げている。細い首、真っ白な肌、気味の悪いぬいぐるみ。微《かす》かにお香のような匂《にお》いが漂ってきたせいか、生身の人間ではなく、やっぱり彼は浮遊霊ではないかという疑念が強くなる。

さっと血の気が引き、周囲の音がすっと遠のいた。

自転車がバランスを崩し、ハンドルがぐらりと揺れる。慌てて前を向き、バランスを整え、どうにか倒れそうになるのを堪《こら》えたとき、咲真は真剣な口ぶりで言った。

「きっと、今日の風は味方だ」

「味方?」

さっきから彼の言っていることがよく理解できない。わからない僕がおかしいのだろうか。不安ばかりが膨れ上がっていくのに、不思議と胸は高鳴っている。最近、クラスメイトと会話をしていなかったからかもしれない。

僕は平静を装いながら訊《き》いた。

「風に味方とか敵とかあるの」

咲真は平板な声で「ある」と断言してから、僕の髪を手でくしゃくしゃにしてきた。まるでドライヤーで乾かしているかのようだ。

なぜなのかわからないけれど、今日の風は味方だと思えた。

周囲には高層ビルが立ち並び、大通りは交通量が多くて空気が悪かった。

緑豊かな田園地帯よりも、喧騒《けんそう》にまみれた街のほうが落ち着く。ビルの向こうに山さえなければ、住み慣れた東京に似ていたからだ。

ごみごみした街を眺めていると、どこかに父がいるような気がして、つい派手な服装の人を目で追ってしまう。離婚した途端、急に我が子が恋しくなり、父は今まさに後悔という大海原で溺れそうになりながら、必死になって息子を探している可能性もある。

口の中に塩辛い味が広がり、喉《のど》の渇きを覚えた。

高波に吞《の》まれたのは父ではなく、愛情という名のビート板にしがみついている僕のほうだった。気持ちが深い海の底まで沈んでいく。あっさり捨てられたのに、会いたいと思ってしまう心の弱さが憎かった。もしかしたら弟も父に似た人を見つけ、哀しくなるときがあるのではないだろうか。惨めな想像を膨らませていると、悠人の大人びた表情を想起してしまい、やりきれない気分になる。

「路地裏に自転車を置いてきて」

我に返った僕は、咲真に指示されるまま、自転車を移動させた。人気のない路地に運び入れ、鍵《かぎ》をかける。辺りはじめっとしていて薄暗く、近くにゴミ置き場があるせいか、臭気が立ち込めていて気分が悪くなる。

急に空が恋しくなり見上げると、ビルの隙間《すきま》から細長い茜雲《あかねぐも》が流れていくのが見えた。どこまでも広がる蒼天《そうてん》よりも、窮屈そうな空のほうが魅力的に映るのはなぜだろう。

自転車の前カゴに入っている鞄をふたつ取りだし、大通りに出てから周囲を見回した。ケーキ屋、ファストフード店、学習塾、本屋、携帯ショップなどがずらりと並んでいる。久しぶりに活気溢《あふ》れる街並みを見たせいか、少しだけテンションが上がってきた。

どこからかスパイシーな香りが流れてくる。少し離れた場所にカラフルなキッチンカーが出店していた。『ケバブサンド』と書かれた派手な旗がゆらめいている。外国人の店員は、若い男性客とお喋《しゃべ》りしながら、細い剣のようなものに突き刺さっている巨大な肉の塊を刃物で削《そ》ぎ落としていた。その機敏な手さばきを眺めているとき、小さな影が揺れた。

目を凝らすと、キッチンカーの傍《そば》に五歳くらいの女の子が佇《たたず》んでいるのに気づいた。ラベンダー色のふんわりとしたワンピース姿。迷子になってしまったのか、顔を伏せて小さな手で目元をこすっている。泣いているのかもしれない――。

「死にたい人」

突然の声に驚いて周辺に目を走らせると、歩道橋の階段に咲真が座っていた。彼は胸にクマのぬいぐるみを抱え、こっちに来るようにと手招きしている。どうやら僕の名前は『死にたい人』に決まったようだ。

通りすがりの女子高生が、咲真と神様を見てくすくす笑っているのに、彼は物怖《ものお》じすることなく堂々とフレンドリーな笑みを浮かべてみせた。

女子高生たちは「可愛《かわい》い」と言って、小さく手を振って歩いていく。

可愛い？　もしも僕が同じスタイルで歩道橋に座っていたら、彼女たちは間違いなく残酷な言葉を投げつけてきたはずだ。改めて咲真の姿を凝視して自分との違いを探した。

色白で儚《はかな》げな印象。髪を伸ばせば女の子のような雰囲気があるから、中性的な外見が好きな女子には好かれるだろう。それとも、彼女たちはクマのぬいぐるみを可愛いと言ったのだろうか。いや、どう考えても気味が悪い。突如、ぬいぐるみの心音が耳の奥で鳴り響き、頰《ほお》が微かに痙攣《けいれん》した。神様に心の声を聞かれたら大変なことになる。

僕は下僕のように小走りに近寄ると、彼にデイパックを差しだしながら尋ねた。

「ここで何をするの」

東の空は群青色に染まり始め、刻々と闇《やみ》が迫っている。

門限はないけれど、家に連絡を入れたほうがいいだろうか。死のうと思っていたのに、帰宅時間を気にしている自分の生真面目《きまじめ》さに嫌気が差す。性格はそう簡単には変えられないようだ。

咲真はデイパックを階段に置いてから、キッチンカーのほうに目を向けた。

「もしかして、お腹《なか》が空《す》いたの」

僕が心配になって訊くと、咲真は声を殺して笑い始めた。

「なんで笑うんだよ」

彼は「別に」と突き放すように言って、くすくす笑っている。なんとなく神様の口元も緩んでいる気がして、腹立たしくなってきた。

「もう終わったんだ」

咲真はそうつぶやきながら一点を見つめている。視線の先をたどると、学習塾のエントランスから制服姿の五人の男子生徒が出てくるところだった。

次の瞬間、「あっ」という怯《おび》えの声が口からもれた。

彼らの中のひとりが崩れるように地面に倒れたのだ。ひょろりと背が高くて、気の弱そうな人物。首が長くて目が大きいから、どことなくキリンを連想させた。

通行人には、ただ転んだように見えたかもしれない。けれど、僕にはわかった。間違いなく、足を引っ掛けられたのだ。キリンは倒れたまま四つん這《ば》いになり、なぜか起き上がろうとしない。

突然、ギャッと泣き叫ぶ声が辺りに響いた。

慌てて首を巡らすと、キッチンカーの近くにいるラベンダー色のワンピースの女の子が蹲《うずくま》って泣いている。女の子の目の前には、母親らしき女性が立っていた。三十代くらいの美しい人だった。スレンダーな体型、長い巻き髪、手には上品なベビーピンクのバッグを持っている。

「どれだけ探したと思ってるの。あんたのせいで、ママは遅刻じゃない！　どうしてくれるのよ」

母親の怒鳴る声は低く掠《かす》れていた。彼女は真っ赤な顔で、泣いている娘の腕を無理やり引っ張っている。けれど、女の子はその場を動こうとしない。直後、母親の手が勢いよく小さな頭に振り下ろされた。

不自然さを感じた。泣き叫んでもいい場面なのに、女の子は両手で自分の頭を庇《かば》いながら蹲って堪えていたのだ。悪いことをした娘を叱《しか》っているだけかもしれない。そう思ったのか、通行人たちはちらりと視線を送るだけで、足早に通り過ぎていく。

学習塾に目を戻すと、四人の少年たちがキリンを取り囲んでいた。一見、倒れている少年を心配しているようにも見える。黒縁メガネの男子がキリンの肩を小突くと、続くように青いスニーカーの男子がキリンの脛《すね》を軽く蹴《け》った。

取り囲んでうまく隠しているせいか、彼らの姿に注目している人は誰《だれ》もいなかった。

怒鳴り声が響き、再びキッチンカーのほうに目を向けると、母親が娘の頭をバッグで殴り、歩道を歩き始めたところだった。女の子は慌てて立ち上がり、追い縋るように「ママ、待って」と泣いている。振り向いた母親は、憎んでいる相手に向けるような冷たい眼差《まなざ》しをしていた。

額にじんわり汗が滲んでくる。昔から苦しんでいる人の気持ちを敏感に感じ取ってしまうところがあり、心がひどく疲弊してしまう。

突如、電子音が耳に飛び込んできて、僕は慌てて鞄の中に手を入れた。スマホをつかんだ手は冷たいのに、じっとりと汗ばんでいる。もしかしたら、父からの連絡かもしれない。河辺で電話したとき、父は「またあとで電話する」と言っていた。淡い期待が胸に芽生え、急いでスマホの画面を確認すると、見知らぬ番号が表示されている。父は充電し忘れることが多かったので、誰かにスマホを借りて連絡してきたのかもしれないと思った。

僕は戸惑いながらも、応答ボタンをスライドさせて耳に当てた。

「もしもし」

『こちらは神です』

「はぁ？」

見下ろすと、咲真は自分のスマホを耳に当てていた。

僕は戸惑いを声に滲ませながら尋ねた。

「なんで？　近くにいるんだから直接話せばいいじゃん」

『神との会話は電話を通して行います』

咲真は目を合わせず、前を見つめたまま話している。

昔読んだ小説に、巫女《みこ》が自分の身体《からだ》に神霊を乗り移らせるという話があった。彼は神降ろしでもしているつもりなのだろうか。どうすればいいのかわからなくなり、仕方なく僕は電話越しに会話を始めた。

「なぜ僕の番号を知っているんですか」

『神だからです』

視線を落とすと、瑠璃色《るりいろ》の目がこちらを見つめている。まるで罪人に向けるような冷たい眼差しだ。ぬいぐるみは今も鼓動も刻んでいるのだろうか――。

僕は取り敢《あ》えず無難に話を進めた。

「なんの用ですか」

『神からの質問です。ラベンダーのワンピースの女の子は、母親から虐待されています。学習塾の前にいる背の高い少年は虐《いじ》められています。あなたはどちらかひとりを救えます。どちらを助けたいですか?』

薄々気づいていたけれど、やっぱり確信が持てなかったので質問した。

「どうして虐待だとわかるんですか? 娘は叱られているだけかもしれない。少年のほうは虐めではなく、悪ふざけの可能性もある」

『わたしは神だから真実が見えます』

そう言えばなんでも許されると思うなよ。彼の言動に理解が追いつかず、僕は感情に任せて本音を投げた。

「何もできません。僕には人を助ける能力もありません」

『お前のスペックなんてどうでもいい。質問に答えろ』

神様はこんな命令口調で話すのだろうか。

僕はもう一度、泣いている女の子とキリンの姿を交互に見やった。

女の子は顔を伏せて肩を震わせている。キリンは四人の少年たちに腕をつかまれ、路地に連れて行かれるところだった。

『あと十秒です。時間切れになったらどちらも救えません。十、九、八、七——』

「制限時間なんてあるんですか」

『六、五、四、三、二――』

「キリン……虐めを受けている彼を助けたい」

誰よりも自分がいちばん驚いていた。僕は焦燥に駆られ、そう叫んでいたのだ。

スマホを持つ指が熱を帯び、硬くなっている。耳を澄ますと、神様との通話は切れていた。

間に合わなかったのだろうか――。

しばらく沈黙が続いたあと、咲真は静かな声で訊いた。

「なぜそっちを選んだ」

「自分と……境遇が似ていたから」

それだけじゃない。通行人の年配の女性が、泣いている女の子に気づいて声をかけているのを見たからだ。ちゃんと理由があるのに、少女を選ばなかった自分を叱責《しっせき》する声が胸の奥から響いてくる。

思い切って目を向けると、視線が交錯した。咲真の瞳《ひとみ》は、髪の色と同じライトブラウン。彼は口の端を持ち上げ、小狡《こずる》そうな笑みを浮かべている。

「虐められているのは小野寺裕貴《おのでらゆうき》。高校三年。お前は、本当に小野寺を救いたい?」

泣きだしそうなキリンと自分の惨めな姿が重なって、最初は無性に情けなくなった。けれど、次第に強い怒りが湧《わ》いてきて、助けたいと思ったのも事実だ。彼だけじゃない。できることなら虐めで苦しんでいる世界中の人間を救いたい。

　僕が唇を引き結び、無言でうなずくと、咲真は抑揚の欠いた声で言った。

「小野寺は、万引き常習犯だ」

「どうしてそんなこと知ってるの」

「神から頼まれた」

「まだ神様ごっこを続けるつもり？」

「また冒瀆か。罪が増えるな。いつか『ごっこ』という言葉を後悔する日が来る」

　悪ふざけだと頭では理解しているのに、本当に罪を重ねてしまったのではないかと不安になる。

　咲真は胸中を読み取ったのか、今度は優しい声音で言った。

「塾の近くにある文具店のおばさんが『最近、商品が盗まれるので助けてください』と神に祈ったんだ。神から連絡があり、俺が万引きGメンになって調べてみると、商品を盗んでいたのは小野寺裕貴だと判明した」

　咲真が学校を休んでいたのは、万引きGメンをしていたからなのだろうか。ますます彼の正体がわからなくなる。

「もしかして小野寺君が万引きをした理由は、あいつらに強要されたから？」

「鋭いな。人はたくさん傷つけられたほうがいい。感性が鋭くなって共感力や洞察力が身につく」

さっきから貶《けな》されたり、褒《ほ》められたりして気持ちが追いつかない。

咲真は緩慢な動きで立ち上がると、デイパックを肩にかけて路地が見える位置に移動した。僕も鞄を手にすると、彼の横に並んだ。

ふたりでビルに身を隠し、息を殺して路地を覗《のぞ》き込む。咲真は囁《ささや》き声で説明した。

「みんな同じ塾に通っている連中だ。小野寺裕貴は頭がいい。塾の模試もトップクラスだ。それが気に入らない連中は、自分のライバルをひとりでも減らすために、彼に無理難題をふっかけて憂さ晴らしをしている」

僕は歯を食いしばり、目を細めた。

メガネが脛を蹴ると、小野寺は身を屈《かが》めて必死に首を振っている。たぶん、万引きを強要され、拒否しているのだろう。今度は青いスニーカーに背を蹴られ、うつ伏せに倒れ込んだ。まるで自分がやられているような気分になり、呼吸が荒くなってくる。息が苦しい。

咲真はタイミングを見計らったかのように、軽い口調で提案した。

「成瀬、助けてあげたら」

初めて苗字《みようじ》を呼ばれ、肩に緊張が走った。直後、強い虚《むな》しさに襲われ、気づかぬうちに拳《こぶし》を固く丸めていた。自分の身さえ守れない人間に、何ができるというのだ。彼の無責任な提案に苛立《いらだ》ちを感じたけれど、感情を露《あら》わにするのは格好が悪い気がして、どうにか顔にださないように努めた。

抗議の意味を込めて無言を貫いていると、咲真はなんでもないことのように切りだした。

「あいつらに、弱いもの虐めするなんてダサいよ、って注意してきなよ」

「なんで僕が？」

「死ぬんだろ」

咲真は不敵な笑みを浮かべて言葉を継いだ。「どうせ死ぬなら、誰かを助けてから死んだほうがいい。それはお前のためでもあるんだ」

河辺で言われた言葉が脳裏をよぎった。

――お前は誰の役にも立っていないから、あの世でも、また苦しむ結果になる。

言葉に詰まって顔を伏せている僕に、咲真は憎らしい声で訊いた。

「やっぱり嘘《うそ》だったんだな。さっき死のうとしていたのはフェイク？」

ふざけるな。嘘なんかじゃない。咲真に会わなければ、本当に実行していた。数年前から遺書が五通になったら死のうと決めていたのだ。

彼を睨《にら》みながら、僕は本音を吐きだした。

「嘘なんかじゃない」

「それなら証明して」

「どうしてそんなことしなきゃいけないんだよ」

「やっぱり嘘だったのか」

咲真は蔑《さげす》んでいるような眼差しで続けた。「そういう奴《やつ》っているよね。やる気もないのに『死ぬ、死ぬ』って騒いで脅して、善良な周囲の人間を振り回して困らせる奴」

「脅してなんかいない。本気で死のうとしていたんだ」

「本気かどうかなんて、他人にはわからない」

「だったら……」

痛めつけられている小野寺の姿を見た。「嘘じゃないって、証明してやるよ」

そう断言すると鞄の取っ手を強く握り締め、僕は路地に向かって歩きだした。一歩足を踏みだすたび、嘘なんかじゃない、と自分に言い聞かせながら進んでいく。辺りは暗くなり、大通りから射《さ》し込む街灯の明かりだけが頼りだった。

嘘呼ばわりされた怒りが原動力になり、足はどんどん危険な現場に向かっていく。怯《おび》える必要はない。どうせ今日、死のうと思っていたのだ。それなのに、心臓が苦しいくらい興奮している。全身に鳥肌が立ち、背中は汗でびっしょりだった。敵との距離はどんどん縮まっていく。

僕は足を止め、大きく息を吸い込んだ。

「弱い……弱いもの虐めするなんて、ダサいよ」

自分の声だと思えないほど、完全に上擦《うわず》っていた。

彼らは動きを止め、一斉にこちらに顔を向けた。一瞬、彼らの目に怯えの色が浮かぶ。けれど、すぐに眼光は鋭くなる。

「僕たちに何か用ですか」

メガネが引き攣《つ》った笑みを浮かべて近寄ってくる。

間近で見ると、背が高くてガタイがいい。隣にいる青いスニーカーは、上背はないけれどシャツの上からわかるほど胸板が厚かった。本当に同じ高校生なのだろうか。

覚悟を決めたのに、格好が悪いほど膝《ひざ》が笑っている。それでも僕は声を振り絞った。

「だ、だからダサいよ。四人で、ひとりを虐めるなんて……」

青いスニーカーが僕の襟をつかもうとすると、メガネが手で制した。

「虐めって、なんのことですか？　授業でわからないところがあったから、みんなで集まっていただけです」

メガネが「なぁ？」とみんなに呼びかける。周りにいる奴らは「そうだよ」と首肯した。

さっきまで暴力をふるっていたのに、詐欺師のように顔色も変えず、嘘をつき通す姿が恐ろしかった。僕が助けを求めるように小野寺を見ると、彼はさっと目をそらして俯《うつむ》いてしまった。もしかしたら、何か弱みを握られているのかもしれない。身体は大きいのに、小野寺の肩と手は小刻みに震えていた。その情けない姿が自分と重なり、腹の底から怒りが湧いてくる。

「お前らが暴力をふるっている現場を見た」

僕の言葉に、メガネの表情がさっと曇った。

「証拠はあるんですか」

敬語なのに、メガネの声には怒気が含まれている。

僕は盾のように胸の前で鞄を抱きしめ、声が震えないように両足に力を込めて言葉を吐きだした。

「お前らが脅し、彼に文具店で万引きさせているのも知っている」

「だから証拠は?」

さっきまでの敬語は消え失《う》せ、メガネは青白い顔で詰め寄ってくる。

僕はポケットに手を入れ、笑みを作りながらナイフをつかんだ。自分のためじゃなくて、他人のためなら使えるかもしれない。

「さっき、お前らが暴力をふるっている現場を動画に収めた」

咄嗟《とっさ》の嘘は、驚くほど威力があったようだ。四人の顔に恐慌の色が現れる。今にも泣きだしそうな顔をしている者もいた。

突然、脛に衝撃が走り、激しい痛みから抱えていた鞄が地面に落ちた。

今度は腹を膝蹴りされ、呼吸ができないほどの痛みが全身を駆け抜ける。力が抜け、僕は崩れるように膝をついた。顔を上げようとしたとき、肩と腕を同時に蹴られ、地面に倒れ込んだ。身を守るように身体を丸めると、あちこちから蹴りが飛んでくる。視界が歪《ゆが》み、霞《かす》んでいく。もう後悔しかない。助けを求めるように大通りに目を向けると、スマホをこちらに向けている見知らぬ人物の姿がぼんやり見えた。隣にいる咲真は、なぜか笑っている。

もしかしたら、これも虐めの一部なのかもしれない。簡単に死ぬことさえ許されず、肉体的にも苦痛を受けなければならないのだ。咲真はサディストだ。

脇腹《わきばら》を蹴られたとき、ポケットからナイフが飛びだした。腕を伸ばすと、青いスニーカーに手を踏みつけられて骨が軋《きし》む。痺《しび》れるような激痛に襲われ、涙がこぼれ落ちた。

ナイフを拾ったメガネは、僕の顔を見下ろしながら口を開いた。

「証拠の動画を消去すれば何もしないから」

メガネはナイフの刃を出し、軽く微笑《ほほえ》んでみせた。

僕が縋るように小野寺を見上げると、彼は「僕は助けてなんて頼んでないし、こんな奴、知らない。関係ないから」と言い残し、大通りに向かって走り去ってしまった。

静寂に包まれた路地に、誰かの舌打ちが響いた。

舌打ちしたいのは僕のほうだ。どうしてあんなクソみたいな人間を助けようとしてしまったのだろう。嘘じゃないと証明するために、浅はかな行動を取ってしまった自分がいちばん憎くて、無性に情けなくなる。やっぱり、河で静かに死ぬべきだったのだ。

メガネが自信満々に言い放った。

「虐められるほうにも問題があると思わない？　あいつは助ける価値なんてない。わかったと思うけど、卑怯《ひきよう》な人間なんだ。だから動画は消去して」

心拍数が一気に上昇し、全身が小刻みに震えだした。

動画を撮影していないことがバレたら最悪だ。僕はどうなるだろう――。

暴力をふるわれている自分の姿を想像するだけで、胃液が込み上げてくる。

焦るほど適切な言葉が見つからなくなる。コンクリートはやけに冷たかった。目から涙がこぼれ、鼻から生温かい血が流れていく。血は透明ではなかった。けれど、誰も痛みに気づいてくれない。水に沈む苦しさと、暴力をふるわれて死ぬ苦しさとではどちらが楽だろう。

青いスニーカーが、僕の鞄に手を伸ばしながら言った。

「弱いくせに喧嘩《けんか》売るなよ。小野寺とは、どういう関係？」

急に笑いが込み上げてくる。卑怯な小野寺と僕は、なんの関係もない。弱肉強食のサバンナで、ライオンに狙《ねら》われた小野寺を助けたのが間違いだったのだ。

「どこに動画を保存したんだよ」

青いスニーカーは鞄を探りながら苛立った声を上げた。

何もかもが情けなくて、くだらなくて、すべてがどうでもよくなってくる。

僕は力なく微笑みながら声を振り絞った。

「どうせ今日……死ぬはずだったんだ」

「はぁ？　何言ってるのこいつ」メガネが笑った。

「小野寺の虐めをやめなければ、お前らの動画を公開してやる」

本当に僕は何を言っているのだろう。何がしたいのか自分でもわからない。ただ、咲真の「お前は誰の役にも立っていないから、あの世でも、また苦しむ結果になる」という言葉だけが、頭の中をぐるぐる回っていた。

たぶん、これは自分のための闘いだ。天国に行くための最後の闘い――。

僕のラストシーンは、映画のように綺麗《きれい》ではなかった。海まで流されたいというささやかな願いさえ叶《かな》えられず、鼻血を垂れ流し、薄汚い路地で人生を終えるのだ。

突如、鮮やかな靴音が耳に飛び込んでくる。

ゆっくり顔を上げると、さっきこちらにスマホを向けていた人物が立っていた。

紺のジャケット、下はベージュのチノパン。次第に男性の輪郭がはっきりしてくる。身体の線は細いのに、鋭い眼光のせいか威圧感があった。目も顎《あご》も細くて、髪は肩まである。年齢は二十代前半に見えた。

長髪の男がジャケットの内ポケットから取りだした手帳を見て、胸がドキリと揺れた。逆三角形のバッジ。それは紛れもなく、警察手帳だ。

長髪は警察手帳をしまうと、次にズボンのポケットからスマホを取りだして言った。

「動画はここにある」

スマホの画面から暴力シーンが流れる。小野寺ではなく、僕に暴行を働いている四人の姿が収められていた。明るく撮影できる機能があるのか、薄暗い路地なのに鮮明に映っている。

メガネの手が細かく震えているのに気づいた。他の三人の顔も引き攣っている。

長髪は満足げに微笑むと、とぼけたような声で吐き捨てた。

「その制服、有名な進学校のものだな。たしか、校則が厳しい学校だったはずだ。斉藤守《さいとうまもる》。凌駕《りょうが》道明《みちあき》。他ふたり」

彼らは小声で「なんで俺らの名前」と言って、不安そうに顔を見合わせている。

「小野寺君や善良な市民を苦しめているという噂《うわさ》を聞いて、君たちのことを生活安全課で調べていたんだ。本名、自宅の住所、すべての情報を把握している。今後も非道な虐めを続けたら、どうなるか想像できるよな。暴行罪や強要罪に問われ、家裁に送られる可能性もある」

「もうしません」

そう言って頭を下げたのはメガネだった。

「聞こえない。本当に反省しているかどうかなんて他人にはわからない。もっと腹の底から声をだせ」

長髪の言葉に、青いスニーカーが震える声を上げた。

「申し訳ありません。もう虐めはしません」

他の三人も「申し訳ありませんでした」と口にする。

「謝罪する相手は他にもいる」

長髪はスマホを彼らに向け、動画を撮影しながら尖《とが》った声を上げた。「罪深き少年諸君、続けてください。文具店のおばさん、万引きさせてごめんなさい」

四人は気まずそうに目配せしたあと、悔しそうに小声で唱和する。

「文具店のおばさん、万引きさせてごめんなさい」

「文具店のおばさん、多大な損害を与え、血圧を上げてしまい、申し訳ありません」長髪は歌うように言う。

「文具店のおばさん、多大な損害を与え、血圧を上げてしまい、申し訳ありません」

「文具店のおばさん、文具は必ずおばさんの店で買います」

青ざめた顔の少年たちがゾンビのように謝罪する姿を、僕は唖然《あぜん》と眺めていた。

人の気配を感じて、長髪の後方に目を向けると、そこには咲真の姿があった。相変わらず、涼しい顔をして胸にクマのぬいぐるみを抱えている。

彼が警察に連絡してくれたのかもしれない。虐めの一環ではなかったという安堵《あんど》が胸を満たしていく。

「二度目は許さないぞ。約束はしっかり守ってくれよ」

長髪が念を押すと、四人は頭を下げて大通りのほうに走っていく。

途中でメガネが立ち止まり、振り向くと泣きそうな顔で尋ねた。

「約束を守れば、まずいことにはならないですか」

「まずいことって、たとえば？」長髪は意味がわからないという顔つきで返した。

「学校に連絡とか……家裁とか……」

「運がよかったな。俺は個人的には、少年は更生できると信じている。だが、もしも信じている大人を裏切ったら、次は本当の地獄を見るぞ」

メガネの顔から血の気が引いていく。彼は逃げるように駆けだした。

長髪は「文具店のおばさん、大切にしろよ」と声をかけたあと、僕の腕をつかんで立ち上がらせてくれた。

「大丈夫？　君、おもしろい子だね」

何がおもしろいのだろう。僕におもしろい要素なんてひとつもない。助けられて安堵した途端、急に踏みつけられた手がじんじんと痛みだした。手の甲が赤黒く変色して腫《は》れている。

「咲真君が警察に連絡してくれたんですか」

僕が尋ねると、長髪は困り顔で頭をかりかり掻《か》いた。

咲真と神様は黙したまま、諦観《ていかん》の眼差しでこちらをじっと眺めていた。

交通量の多いきらびやかな街を抜けた途端、辺りは一気に寂しくなる。

僕は車の後部座席から、窓の外をぼんやり眺めた。街灯の少ない田舎道は、地上よりも空のほうがはるかに賑《にぎ》やかだった。漆黒の空に、数え切れないほどの細かい星々が瞬《またた》いている。

僕の隣には咲真、運転席には長髪の石田《いしだ》さんが座っていた。咲真は片腕でクマのぬいぐるみを抱え、ガラス窓に頭を預けるようにして目を閉じている。

「手は痛む?」

石田さんの声に心配の色はなく、やけに楽しそうだった。その明るい雰囲気に呑み込まれ、僕は思わず「大丈夫です」と嘘を吐きだしていた。包帯が巻かれている自分の右手にそっと視線を落とす。湿布を貼《は》ってもらったけれど、手はまだズキズキ痛み続けていた。

暴行を受けたあと、僕は繁華街の近くにある『石田調査事務所』に連れて行かれ、傷の手当をしてもらった。そのとき聞いた話によると、石田さんはひとりで調査会社を運営しているという。さっき印籠《いんろう》のように掲げた警察手帳はレプリカ。つまり、彼は警察官ではなかったのだ。

どうやら僕は、知らず識《し》らずのうちに囮《おとり》役を請け負っていたようだ。

ちょうど一ヵ月前、石田調査事務所に『万引き犯が誰なのか調べてほしい』という依頼が舞い込んできたという。依頼人は、文具店を経営している五十代のおばさん。いつもなら調査報告書を渡して業務を終えるのだが、今回は調べているときに小野寺への虐めが発覚したため、面倒な展開になったようだ。正義感の強い文具店のおばさんは、報告書を読み終わると、今度は「調査料金を上乗せするから、虐めと万引きが二度と起こらないように悪を根絶してほしい」と依頼してきたという。石田さんはうまい解決策が思い浮かばなかったため、現役高校生の咲真に相談をしていたようだ。

夕方頃、咲真から『依頼人の問題を解決する。後で電話するから警察のふりをして』というメールが届き、石田さんはたまに調査のときに使用しているレプリカの警察手帳を準備して待機していたようだ。きっと、僕が路地に自転車を運んでいるときにメールを投げ、小野寺を助けに向かった際に連絡したのだろう。

小さく息を吐きだしたとき、太腿《ふともも》に振動を感じた。僕はうんざりした気分でポケットからスマホを取りだした。

――友だちと買い物。もうすぐ帰るから心配しないで。

車に乗る前、ちゃんとメッセージを送ったのに、母は何度も連絡してくる。送られてきたメッセージには「帰宅時間が遅いので、お父さんに連絡したのよ」という嫌味が書いてあった。お父さんとは、誰のことだろう。苛立っている指で電源をオフにし、スマホを眠らせた。

少し帰りが遅くなったくらいで、いちいち騒ぎ立てないでほしい。今日くらいは「生きて帰るだけで立派だ」と褒めてもらいたかった。年齢が上がるたび、幸福は目減りして生きる希望を失っていくのに、親からの要求や期待が増えていくのはなぜだろう。

ふいに車が蛇行して揺れた。僕は少し身を乗りだし、欠伸《あくび》をしている石田さんに御礼の言葉を述べた。

「車で送ってくださって、ありがとうございます」

「成瀬君ってさ、真面目だし、素直でいい子だよね」

「いや、そんな……」

河で自殺しようとしていた人間は、素直でいい子なのだろうか――。

聞き慣れない賛辞に戸惑ってしまい、適切な返答が思い浮かばない。狭い車内に漂う沈黙は、息苦しさを連れてくる。少しだけ窓を開けた。流れ込んでくる風が、隣で眠っている咲真の髪を揺らす。微かに寝息を立てている。寒いかもしれないと思い、すぐに窓を閉めた。

「君が蹴られているところを、こっそり撮影してごめんね」

赤信号で車が停車すると、石田さんは気まずそうな声で謝罪した。

「気にしないでください。彼らが暴行を働いている証拠が必要だったから仕方ないです」

「成瀬君って、やっぱり賢くていい子だね」

胸がざわついた。耳慣れない褒め言葉と不思議な出来事の連続で、嬉《うれ》しいを飛び越えて落ち着かない気分になってしまう。それなのに、僕はもっと褒められたくて無難な言葉を口にした。

「小野寺君への虐めが、もう二度と起こらなければいいですね」

「それは無理かもね」

予想外の冷たい返答に、耳を疑った。

どうして無理だと言い切れるのだろう。彼の軽い口調に警戒感が増していき、尋ねてみたいのに深く踏み込むことができない。言葉にならない疑問がどんどん降り積もっていく。窓を開けたいという衝動をどうにか我慢した。

しばらくしてから石田さんは、僕の心中を察したかのように話しだした。

「前にね、虐めの調査依頼を受けたことがあったんだ。依頼人は、当時十三歳だった少年の母親。

しっかり虐めの実態を調べて報告した。でも一年後、その子は亡くなってしまったんだ」

「どうして……何があったんですか」

信号が青に変わると、石田さんはアクセルを踏みながら口を開いた。

「自殺だった。なぜ死を選択したのか、本当の理由を知る手立てはない。亡くなった人の心だけは調査できないからね。聞いた話によれば、少年は学校に行けなくなり、マンションのベランダから飛び降りたみたい。人の心を傷つけるのは簡単なのに、誰かの心を救うのは非常に難しいよね。まぁ、俺の仕事は調査して報告するだけなんだけど」

僕はずっと気になっていたことを尋ねた。

「虐待について調べることもあるんですか」

「虐待？」

石田さんは少し沈黙を挟んでから、思いだしたように続けた。「あぁ、この前、近所の子どもが虐待を受けているようだから調査してほしいっていう依頼があった。強く叱っているだけかもしれないから、児相に連絡する前に調べてほしいって頼まれたんだ。虐待は密室で行われることが多いから証拠をつかむのが難しくて、今も調査中なんだけどね」

もしかしたら、キッチンカーの傍にいた女の子が調査対象だったのかもしれない。きっと、咲真は石田調査事務所で情報を得ていたのだろう。最初は文具店の問題を解決しようとしていたけれど、偶然あの母子を発見し、救う相手を僕に選ばせた。どちらを選んだとしても、石田さんに警察の役を頼み、問題を収束しようとしたはずだ。そこまでは想像できたけれど、また新たな疑問にぶつかった。僕が死のうとしたとき、河で会ったのは偶然だったとは思えない。あまりにもタイミングがよすぎる。

「なにはともあれ、サクちゃんに友だちがいて安心したよ」石田さんは弾むような声で言った。

「僕らは……友だちっていうか……」

「あれ、友だちじゃないの」

「咲真君とは、今日初めて話したばかりで」

それを聞いた石田さんは、「へぇー、まだ微妙な関係なんだ」と笑った。

確かに微妙な関係だった。もしも、小野寺を虐めていた奴らが、もっと素行の悪い人間だったら、路地で殺されていたかもしれない。そんな危険なポジションを任されたのだ。きっと咲真からしたら、僕なんてどうなってもいい存在だったのだろう。

「正直、驚いたよ。サクちゃんが同い年の友だちと一緒にいるところを初めて見たから。あぁ、ごめん。友だちじゃなくて、ふたりは微妙な関係だったね」

「失礼ですけど、石田さんと咲真君はどういうご関係なんですか」

「ご関係って、まぁセッちゃん繋《つな》がりってやつ」

「それって、運龍寺のセッちゃんですか」

「そうだよ。サクちゃんのじいちゃんが、セッちゃん」

自転車に乗っているとき、微かにお香の匂いが漂ってきたのを思いだした。

昔ばあちゃんの葬儀のとき、一度だけ運龍寺に行ったことがあった。けれど、そのとき咲真には会わなかった。同じ高校に通っているのに、セッちゃんに孫がいるという話も聞いたことがない。じいちゃんは、どうして今まで教えてくれなかったのだろう。

石田さんはくすくす笑いながら口を開いた。

「やっぱり、君たちは微妙でミステリアスな関係だね」

自殺決行日、河で石を投げられ、気づけば変な出来事に巻き込まれていたのだ。確かに微妙でミステリアスな関係だ。けれど、よく考えると調査会社の人間と寺の住職という組み合わせも奇妙に思えたので、僕は遠回しに訊いた。

「セッちゃんとは、仲がいいんですか」

石田さんは、バックミラーに視線を送りながら懐かしそうに言った。

「うちは父子家庭だったんだ。俺の親父《おやじ》は酒とギャンブルが好きで、絵に描《か》いたような貧乏だった。大変な時期に助けてくれたのが、セッちゃん」

石田さんは少し間を置いてから話を続けた。「情けない話だけど、家に食うものがなかったとき、たまに運龍寺で夕食を食べさせてもらっていたんだ。ちょうど高校の卒業式の日、はた迷惑な親父は事故で死んだ。金はないし、俺が途方に暮れていると、親父が亡くなったという話を聞きつけたセッちゃんが供養して埋葬してくれたんだ」

「セッちゃん、いい人ですね」

「うん。神みたいな人だよ。まだガキだった俺が『いつか葬儀代を払います。迷惑かけて、すみませんでした』って謝ったら、セッちゃんは少し怒ったような様子で『お金は必要ありません。幾度も夕食を共にしたあなたは、私の家族です』って言うんだよ」

そこまで話すと石田さんは口を噤《つぐ》んだ。

なんとなく、ふたりの間には本物の家族よりも、あたたかいものが流れている気がして、僕も何も言葉にならなかった。

赤信号でブレーキを踏むと、石田さんは振り向いて、咲真に優しい眼差しを向けた。

「サクちゃん、穏やかな寝顔だね」

彼はぬいぐるみを大切そうに胸に抱え、涼しげな顔でいつまでも眠り続けていた。


運龍寺に着くと、石田さんは車から降りてバックドアを開けた。

荷台には釣り道具や工具などに交じって、僕の自転車が置いてある。空いているスペースが狭かったので、自転車の前輪を外して乗せていた。石田さんは器用にスパナを使って、前輪を元に戻してくれている。咲真はその様子を荷台に座って眺めていた。

以前、自転車で日本全国を回ろうとしていた学生が途中で骨折してしまい、石田さんは彼の自転車を県外まで取りに行く仕事を請け負ったことがあったようだ。

車の中で聞いた話によると、調査会社とは名ばかりで、行方不明になったペットの捜索、蛍光灯の交換、水漏れの修理など、なんでも屋みたいな仕事をしているそうだ。二年前、浮気がバレた人妻に依頼され、不倫相手に成りすまして、彼女の夫に土下座した経験もあるという。やっぱり、救急箱は必需品だと思った。

自転車が元の姿に戻ると、咲真はデイパックを肩にかけて立ち上がった。大きくて入り切らなかったのか、クマのぬいぐるみはデイパックから顔だけ覗かせている。気味の悪さが倍増していた。

「イシちゃん、ありがとう」

咲真に倣《なら》い、僕も慌てて「ありがとうございました」と頭を下げた。

石田さんは、後頭部に手を当てながら口を開いた。

「いやいや、大したことはしてないから。これで万引きがなくなれば、文具店のおばちゃんに寿《す》司《し》をおごってもらえる約束だし、ふたりには感謝だよ」

颯爽《さつそう》と車に乗り込むと、石田さんは窓から顔をだして意外な言葉を口にした。

「ふたりは微妙な関係らしいけど、俺は成瀬君が好きだな。すごく気に入ったよ」

そう言い残してから、「またね」と手を上げて車のエンジンをかけた。

心拍数が急速に上がっていくのを感じながら、僕は車のテールライトを見送った。赤いライトが目に沁《し》みて、じわじわと胸の奥が熱くなる。今まで他人から『好き』なんて言われたことがなかった。最近は教科書に落書きされ、不快な暴言を浴びせられるようになった。車は走り去ったのに、しばらく夜道から目が離せず、立ち尽くしていた。

ふいに、靴音が耳に飛び込んでくる。振り返ると、咲真が運龍寺に続く石段をのぼっていた。

「咲真君、またね」

僕は急いで華奢《きゃしゃ》な背中に声をかけた。

聞こえているはずなのに彼は何も反応せず、石段をゆっくり上がっていく。

外灯に照らされた石段は、闇夜に浮き出ているように見えた。彼からの返答がないせいか、なぜかもう会えないような気がして気持ちが沈んでいく。

仕方なくサドルに跨《また》ったとき、透明感のある声が降ってきた。

「ねぇ、成瀬」

自転車に乗ったまま振り返ると、咲真は薄い笑みを浮かべて言った。

「その顔で家に帰ったら、家族がびっくりするだろうな」

思わず、僕は自分の顔に手を当てた。頬に痛みが走る。踏みつけられた手の痛みが強かったので、あまり気にしていなかったけれど、顔もひどい怪我《けが》を負っているのかもしれない。

風が通り抜けると石段の両サイドの木々がさわさわと騒ぎ始め、咲真の髪も揺れる。

その光景に放心した。息が止まりそうになる。

自転車から降りて、僕は惹《ひ》き寄せられるように石段を見上げた。

咲真はズボンのポケットから二通の封筒を取りだして掲げたのだ。彼が手にしている封筒の表書きには、見慣れた字で『遺書1』、『遺書2』と書いてある。

僕は石段に近づきながら、ぼんやりした声で尋ねた。

「なんで君がそれを持っているの」

「遺書一、誰の役にも立てない僕は存在する意味がありません。遺書二、自分を守る勇気や根性のない人間は死に値します」

彼が遺書の内容を暗記していることに驚いた。

頬が熱を帯びてくる。黙ったまま、瞬きを繰り返すことしかできなかった。

どうにか心を鎮め、朝の記憶を掘り起こしてみる。たしか、朝食を食べる前までは、遺書は勉強机の引き出しに入っていたはずだ――。

突然、紙が裂ける音が辺りに響いた。咄嗟に視線を上げると、咲真が感情の読み取れない顔で遺書を細かく破っている。

「お前は人の役に立つし、勇気も根性もある」

「でも、小野寺君への虐めは終わらないかもしれない」

石田さんが話してくれた自殺した少年のことが、ずっと頭から離れなかった。

咲真は静かに唇の端を吊《つ》り上げた。

「勘違いするな。最初から虐めが根絶できるなんて思っていない。お前が役に立ったのは、小野寺に対してじゃない。文具店のおばさんと石田さんの役に立ったんだ。四人の素性ははっきりしているし、証拠もある。あいつらはもう二度と同じ店で万引きはしないはずだ」

自分の愚かさと傲慢《ごうまん》さに嫌気が差した。咲真の思考は、いつも僕の先を走っている。

彼は紙を裂きながら、探るような眼差しで訊いた。

「お前は弱い。それなのにどうして小野寺を助けに行く前に警察に連絡しなかったんだ」

「だって……咲真君が『助けてあげたら』って言うから」

「その回答、気持ちが悪いって気づいてる？　お前はプログラムされたロボットじゃない。選択肢は無数にあったはずだ」

たしかに、選択肢はたくさんあった。警察を呼ぶことだってできた。けれど、急《せ》かして煽《あお》ったのは、紛れもなく咲真だ。深く考えず、彼に従った僕が愚かだと言いたいのだろうか。

苛立ちが湧き上がってきて、本音が口からこぼれた。

「僕のこと馬鹿だと思ってる？」

冷静さを失い、小学生みたいな質問を投げた自分が恥ずかしかった。感情論で語る人間が嫌いなのに、気持ちをうまくコントロールできない。

咲真は落ち着き払った態度で言葉を発した。

「あのとき、どうしてあいつは逃げたんだろう」

「僕には小野寺君の気持ちがわかる。怖ければ逃げるしかないじゃん」

「あいつが逃げたせいで、お前は傷ついた」

図星を指され、僕はきつく口を結び、さっと目を伏せた。

「傷つけられたのに、成瀬は小野寺を救おうとした。そういう奴を根性があるっていうんだ」

指先と唇が震え、涙が頬を伝った。何が哀しくて泣いているのかわからない。もしかしたら嬉しいのかもしれない。自分の心なのに、胸の中にある本心がよく理解できなかった。

腕で目元を拭《ぬぐ》い、石段を見上げた。

半月に照らされた彼の姿が神々しく、幻のようにぼやけてみえる。

咲真が細かく裂いた紙を空に放つと、千切れた紙片は風に乗り、舞い散った。

泣き顔を見られたくなくて、僕は無言のまま自転車に乗って夜道を走りだした。

答えの見つからない疑問ばかりが頭に浮かび、ぐちゃぐちゃにかき回され、混乱は深まっていく。頼れる明かりは自転車のライトだけだった。それなのに視界の先が妙に明るい。

ハンドルを強く握ると、踏まれた右手が疼く。歯を食いしばり、ペダルを踏み続ける。腿が痛くなるほど足を動かし、全速力で走っていく。

――そういう奴を根性があるっていうんだ。

ここからゴーストリバーまでは遠いのに、なぜか流水の音に交じって、彼の言葉が繰り返し耳に響いてくる。恐ろしい河、天の川のように綺麗な河、心が変化すれば周りの景色まで違って映る。何が真実なのかわからないから、また表情を変える水面《みなも》が見たくなる。

水切りを練習したら、僕は何回できるようになるだろう。

あのとき失敗していたら、咲真はどうするつもりだったのか。冷たい眼差しで、クラスメイトが溺れ死ぬ姿を観察していたのだろうか——。

未《いま》だに、自死という言葉が心に留《とど》まっているのに、明日からどう生きればいいのか必死に考えを巡らせていた。

2

家に着いたのは、夜の九時過ぎだった。

玄関で僕の姿を目にした母は、まるで幽霊に遭遇したみたいに、ヒャッと短い悲鳴を上げた。口元を手で覆い、母は驚きと焦燥が入り交じった表情で立ちすくんでいる。

大げさな反応に、うんざりした気分になる。僕は乱暴に靴を脱ぎ、洗面所まで行くと鏡の前に立った。口から、あっ、という間抜けな声がもれた。

瞼《まぶた》が少し腫れ上がり、頬には派手な擦り傷ができている。ホラー映画ばりの不気味な顔を眺めていると、冷たい水に触れたくなった。片手で何度も顔を洗う。包帯をしている右手は、動かすたびに痛みを主張してくる。奥歯を嚙《か》み締めながら、もう一度鏡に目を向けた。

雫《しずく》が滴り落ちる自分の顔を眺めていると、河の中に頭を突っ込み、弁当の汚れを落としたときの哀しみがぶり返してきて、今度は心が痛くなる。

タオルで顔を乱暴に拭《ふ》き、洗面所を飛びだしたとき、腕をつかまれた。そのまま母にリビングまで連行され、僕は強制的にダイニングテーブルの椅子《いす》に押し込められた。

目の前には、豪勢な料理が寂しそうに並んでいる。トマトソースのハンバーグ、サラダ、唐揚げ、ピザ、コーンポタージュ。ケーキは冷蔵庫の中で待ち構えているのだろう。

誕生日だったことを思いだすと、ひどく虚しくなる。絶対に顔を上げたくない。正面の席に継父がいるからだ。目が合うだけで、吐き気がしてくる。

母は深い溜息をつくと、定位置に腰を下ろした。

じいちゃんは、部屋の奥にあるソファに座り、夕刊を読んでいる。いつもは自分の部屋にいる時間だから、孫が心配なのかもしれない。悠人は面倒なことに巻き込まれたくないのか、リビングにはいなかった。兄の心配よりも、自分の将来が気がかりで勉強しているのかもしれない。こんなふうに『心配ごっこ』に付き合わない、弟のドライな性格が好きだった。

誰も何も話さないので、リビングの空気はどんどん淀《よど》んでいく。

身体がだるい。思わず口から溜息がもれた。

「溜息つきたいのは、お母さんたちよ。どれだけ心配したかわかる？　みんなで誕生日のお祝いをしようと思っていたのに……こんな時間まで何をしていたの」

母の尖った声が煩《うるさ》くて、余計に話したくなくなる。

継父に背中を撫《な》でられて少し落ち着いたのか、母は穏やかな声で切りだした。

「どうして連絡をくれなかったの」

また気まずい沈黙が落ちる。

いつまでも答えない僕に痺れを切らしたのか、母は質問を重ねた。

「顔の傷はどうしたの。何があったのか教えて」

教えて？　見知らぬ小野寺という少年を助けようとしたとき、彼を虐めている奴らに暴力をふるわれ、調査会社の人に助けてもらった。そう話したら、なぜそんな馬鹿なことをしたのかと問われるはずだ。だから尋ねられても、答えたくない。否定的な反応を返されるのが予想できるから。結局、真実なんて語れず、無言を貫くしかなかった。

「答えなさい」母は激しい口調で迫る。

「自転車で転んだ」

仕方なく答えると、母はすぐに詰問した。

「自転車で転んだくらいで、そんなひどい怪我にはならないでしょ。病院で診てもらったの」

「病院には行ってない」

「それなら……包帯はどうしたのよ」

僕は声をだして笑ってしまった。まるで状況証拠を並べて問い詰める刑事みたいだ。

「転んだとき、友だちが助けてくれたんだ。彼の家で手当てしてもらった。動画サイトを一緒に見ていて、ちょっと遅くなっただけ」

「友だちと買い物というメッセージは嘘かしら」母は突っ込んでくる。

「だから……買い物をして、その帰りに転んで、傷の手当てをしてもらったんだよ」

次々に嘘が口からこぼれていく。嘘をつかせているのは、お前らだ。

ふたりとも眉《まゆ》を寄せて疑うような表情をしている。母が目配せすると、今度は継父が質問した。

「本当に自転車で転んで怪我をしただけなのか」

「猛スピードで走っているときに自転車で転んだんだ」

「学校を早退したみたいだね」

舌打ちしたくなる。こいつが教師なのをすっかり忘れていた。担任もしくはクラスメイトから聞いたのだろう。

母は真っ赤な目で懇願するように言った。

「お願いだから、真実を話して」

「体調が悪くなって、学校を早退しただけだよ。具合が悪かったから、自転車で転んで……それだけだって」

「辻褄《つじつま》が合わないわね。買い物に行ったんじゃないの」母は問い詰める。

「だから……気分が悪くなって早退したけど、河で休んでいたら体調がよくなって、偶然クラスメイトと会ったから、買い物に行ったんだ」

自分でも途中から何を言っているのかわからなくなる。嘘が苦手だったので、支離滅裂になってしまう。

「それが真実なのか」

継父は、僕の目を覗き込むようにして尋ねた。

教師は真実という言葉が好きなのだろうか。お前こそ、真実を語ればいい。セクハラをしたのはどうして？　そこにどんな真実があったとしても、継父を許すことはできない。

全身の血が沸騰し、怒りがマックスになったとき、じいちゃんが口を開いた。

「相手のすべてを受け入れる覚悟のない者に、真実を尋ねる資格はないさ」

「いちいち口を挟まないでよ」母が怒り心頭で言い放った。

「どうして？　俺も家族の一員なんだから発言する権利はあるだろ」

「お父さんは黙っていて！」

母のヒステリーな声を久しぶりに聞いた。じいちゃんに申し訳なくて息苦しくなる。

「聡美ちゃん」

そう小声で言うと、継父は落ち着かせるようにまた母の背中を撫でている。母は取り乱したのを後悔したのか、今度は涙をこぼし始めた。

好きな人の前で泣く母の姿は、妖怪《ようかい》よりも不気味だ。しばらくしてから、継父は優しい声音で問いかけるように言った。

「なんでも話すのが家族なんじゃないのかな」

笑いたくなるのをどうにか堪えた。反面教師とは、こいつのことなのだろう。

「気持ち悪い」

僕の素直な感想に、継父は露骨に眉を顰《ひそ》めた。

「家族って、何？　そんなに信用できるものなの？　家族は信用できるものなら、どうして離婚する人間がいるんだよ」

どうして子どもを捨てられる。気づけば、実父への怒りの矛先を継父へ向けていた。大人なんてみんな信用できない。この世でいちばん苦手な言葉は『家族』だ。

僕は目の前に並べられたものを手で払い除《の》け、乱暴に席を立った。

皿の割れる音と同時に、母の「ちょっと」という声が響いた。

逃げるようにリビングを出て、階段を全力で駆け上がった。家族という魔物が「真実、真実、真実」と口にして追いかけてくるのが怖かった。

ドアを強く閉めてから、ベッドに倒れ込み、枕《まくら》に顔を強く押しつけた。

瞼の裏に、咲真の顔が浮かんでくる。彼の無表情が心地よかった。そこには憐《あわ》れみも同情も存在しない。ただ静かに僕の真の姿を見つめている。

今日の出来事が消えてしまわないように、咲真と交わした会話を思いだし、そこにある彼の真意を探った。

なぜ彼は、遺書を持っていたのだろう——。

弾かれるようにベッドから起き上がると、勉強机の引き出しを開けた。

やっぱり、中は空だった。遺書は一枚も残っていない。

今朝、じいちゃんが「セッちゃんの家に行く」と言っていたのを思いだした。じいちゃんが勝手に遺書を盗んだとしても、咲真が持っている理由がわからない。すぐに部屋を出て、真相を確かめたかったけれど、ドアの前で足を止めた。母や継父に出くわすのが嫌だったのだ。

慌ててゴミ箱を漁《あさ》った。ティッシュなどをすべて外にだして確認していく。くしゃくしゃに丸めて捨てたはずの便箋《びんせん》がなくなっているのに気づき、なぜ彼がゴーストリバーに来たのか腑《ふ》に落ちた。便箋には、決行時間と死に場所が書いてあったのだ。けれど、まだ判然としない疑問がいくつかある。

咲真はどうして僕に関《かか》わってきたのだろう——。

じいちゃんが頼んだ可能性もある。そう思うと急に情けなくなり、気持ちが沈んだ。

僕が受けている惨めな虐めの実態を、咲真はじいちゃんに話してしまったのだろうか。

最悪な状況なのに、なぜか心が凪《な》いでいる。鞄からスマホを取りだし、彼にショートメールを送ろうとして手を止めた。

壁の時計は、夜の十時を過ぎている。

着信履歴に残っている電話番号が、お守りのように感じられた。スマホが温かい。ベッドに横になった途端、瞼が重くなってくる。今日の出来事はすべて夢のようで現実感が乏しかった。夢から覚めたら、また頭に弁当をかけられ、ゴーストリバーで自害するのだろうか。眠れない日が続いていた。微かに手の痛みを感じる。目を閉じると川底に沈むように、深い眠りに吞み込まれていった。

3

翌日、激しい寒気に襲われ、久しぶりに高熱をだした僕は、ベッドの上でぼんやり天井を眺めていた。濡《ぬ》れた服のまま自転車に乗り、街まで行ったのが悪かったのかもしれない。薬を飲んだら少し熱が下がったので病院には行かず、家で安静にしていることにした。

身体はだるいけれど、風邪《かぜ》のおかげで学校を休めたうえ、母からの追及も和らいだので、いつもより心は安定していた。

額にのせた氷嚢《ひょうのう》が冷たくて心地よかった。ゆっくり目を閉じると、気持ちは安らいでいるのに、なぜか瞼の裏に小野寺の泣き顔が浮かんできて、急速に胸が重くなっていく。心に余裕が生まれた途端、他人の苦しみが入り込んでくるのはなぜだろう。

今日、小野寺は登校しただろうか――。もしかしたら、あいつらに仕返しされ、苦境に立たされているかもしれない。逃げだした小野寺に対して最初は怒りを覚えたけれど、弱い人間の気持ちも理解できるから、完全に憎むことはできなかった。

浅い眠りを繰り返し、僕は翌日も大事を取って学校を休むことにした。

午前中はまだ身体のだるさが取れなかったけれど、午後になると体調は回復し、寝ていることに飽きてしまった。ベッドに横になったまま腕を伸ばし、枕元のスマホを手繰り寄せる。

誰からも連絡はない。静かな部屋に、秒針の音だけが響いていた。その音は孤独を誘う。指が勝手に動き、ルーティンワークのごとく検索を開始する。

男性社員の自殺を労災認定。去年の同じ月と比べ自殺者増加。中学二年の女子生徒が飛び降り自殺――いつもの癖で自殺関連の記事を検索しているとき、見知った住所が目に飛び込んできた。記事にざっと目を通すと、二日前に行った繁華街の近くにあるアパートで殺人事件が起きたようだ。

瞬きを繰り返したあと、もっとよく読んでみる。今朝アパートの一室から、三芳《みよし》茉里奈《まりな》という三十六歳の他殺遺体が発見されたという。被害者は自室で血まみれになって倒れているところを発見された。同じ部屋にいた五歳の娘に怪我はなかったが、彼女は見知らぬ若い男が逃げていく姿を見たと証言しているようだ。遺体には複数の刺し傷があり、殺人事件として捜査を進めていると書いてあった。

記事の左上には、被害者のアパートの写真が掲載されている。二階建てのアパートは、写真でもわかるほど老朽化が激しく、かなり寂《さび》れていた。

胸騒ぎがして、もっと詳しい情報はないか探ってみると、三芳茉里奈はＳＮＳに登録しているという書き込みがあり、誰かが彼女の写真をサイトに載せていた。

掛け布団が急に重くなった気がして、慌てて布団をはいで上半身を起き上がらせた。強張《こわば》っている指で写真を拡大していく。

女性の顔がはっきりしたとき、キッチンカーの近くにいた母子の姿が閃光《せんこう》のごとくよみがえった。たしか、泣いていた女の子は五歳くらいだったはずだ。記事に書かれている娘の年齢と一致している。

思い返せば、咲真は、「ラベンダーのワンピースの女の子は、母親から虐待されています」と言っていた。もしも虐待が事実だとしたら、天罰が下ったのだろうか――。

突如、クマのぬいぐるみが脳裏に立ち現れ、鳥肌が立った。

神様からの電話。あのとき小野寺ではなく、女の子を救う道を選んでいたら、未来はどうなっていただろう。これは、ただの偶然なのか、それとも――。そこまで考えたとき強い喉の渇きを感じた。

気づけば、僕は指を動かし、アドレス帳を開いていた。咲真の電話番号を眺め、あれこれ考えた挙げ句、虚しさのようなものを感じてアドレス帳を閉じた。気楽に電話をかけられるほど仲がいいわけではないし、もしも登校していたら今は授業中だ。

ふと、メジャーなメッセンジャーアプリに登録しているかもしれないと思い立ち、電話番号で検索してみるも、咲真のアカウントは見つからなかった。

仕方なくショートメールを送ってみることにした。

――三芳茉里奈という女性が殺害されたことを知っていますか？

すぐに文字を消去する。突然、こんなメールを投げたら怪しい奴だと思われる。どうしても適切な文章が思いつかない。三芳茉里奈の刺殺事件について、どう切りだせばいいのかわからなくなり、結局何もできず、時間ばかりが過ぎていった。

電話はかけられなくても、学校で会えば話ができるかもしれない。それが原動力となり、次の日は登校することができた。

僕が教室のドアを開けると、空気ががらりと一変した。

クラスメイトたちは蔑んだ笑みを浮かべ、互いに顔を寄せ合い、こそこそ耳打ちしている。誰かの「笑える。殴られたんじゃない」という声が聞こえてきた。きっと、顔の傷が完治していなかったので、意地悪な妄想を膨らませているのだろう。

平静を装いながら、窓際のいちばん後ろの席に座り、数学の教科書を準備する。大丈夫、大丈夫、と心の中で唱え続けた。そうしなければ逃げだしたくなってしまう。

いちばん後ろの席でよかったと心の底から思った。誰かが背後にいたら、授業中も警戒しなければならなかった。そんなことを考えながら目を向けると、隣席は寂しそうに静まり返っている。

あと二分で授業が始まる時間だった。咲真は今日も欠席するようだ。セッちゃんはいつも穏やかな顔で笑っているけれど、無断欠席を許すタイプではない。そもそも咲真の親は、学校を休んだとき注意しないのだろうか――。

チャイムが鳴るのと同時に、猫背の担任がのっそりと教室に入ってきた。

このクラスの担任は、数学を受け持つ男性教諭。四十代で、背が高くて痩《や》せている。声が小さくて、熱意も感じられない。居眠りしている生徒がいても、気づかないふりをして淡々と授業を進めるので、不真面目な生徒たちからは人気があり、「ナッシー」と呼ばれていた。教室にいても気配なし、やる気なし、生気なし。

担任の公式を読み上げる声は眠りを誘う呪文《じゅもん》のようで、一限目から睡魔との闘いが始まる。

僕が欠伸を嚙み殺しながら窓の外に目を向けると、男子生徒がひとり、のんびりした足取りで校舎に近づいてくるのが見えた。

男子生徒がゆっくり顔を上げたとき、思わず口元が緩んだ。

咲真はストレッチしているのか、空に向かって大きく腕を伸ばしている。完全に遅刻なのに、焦る様子はまったく見受けられない。胸に高揚感が満ちてくるのを感じながら、僕は再び歩きだす彼の姿を目で追っていた。

そのとき、頰に軽い衝撃を受けた。

机の上にぽとりと落ちたのは、丸められたノートの切れ端。誰が投げたのか、すぐに犯人は特定できた。斜め前にいる瑠美が首だけを捻《ひね》り、こちらを鋭い目で睨んでいたのだ。

僕はシワだらけの紙を広げ、血のような赤い文字を目でなぞった。

——今度、変態教師を教室に入れたら殺すから。

読み終えた瞬間、爪《つめ》が食い込むほど強く紙を握りつぶしていた。

殺してみろよ。殺人犯になる覚悟も、教師に面と向かって暴言を吐く度胸もないくせに、関係ない人間に八つ当たりするのは卑怯《ひきよう》だ。丸めた紙を投げ返してやりたい衝動に駆られたが、ぐっと堪えて深呼吸を繰り返した。

歯を食いしばりながら、安藤菜々子に目を向ける。華奢な肩。綺麗な長い髪。うしろ姿も可憐《かれん》だ。継父もタイプなのだろうか——ぞっとする。

転校初日、いちばん最初に声をかけてくれたのが学級委員の安藤菜々子だった。控えめな笑顔で、「わからないことがあったらなんでも聞いてね」と言ってくれた。クラスに馴染《なじ》めるかどうかわからず、内心は不安だらけだったので、彼女の気遣いが素直に嬉しく思えた。あの頃は、まさかこんな最悪な事態になるなんて想像すらできなかった。

突然、静まり返った教室に、勢いよくドアが開く音が響いた。

クラスメイトたちが弾《はじ》かれたように後方を振り返る。僕も教室のドアに視線を向けると、咲真が眠そうな顔つきで入ってきた。

強い違和感を覚えた。何もなかったかのように、クラスメイトたちは一斉に前を向いたのだ。

担任も、ちらりと一瞥《いちべつ》しただけで遅刻を咎《とが》める素振りもなく、また数学の公式をぶつぶつ唱えている。記憶をたどると、前に彼が遅刻したときも同じ状況だったはずだ。

咲真は気だるげに自分の席に座ると、藤色のデイパックを机に置いた。

一瞬、担任の声が遠のき、自分の頬が強張るのを感じた。

デイパックからクマのぬいぐるみが顔をだしていたのだ。咲真はぬいぐるみと寄り添うように、デイパックを枕にして眠り始めた。

どうしてこんなに自由なのだろう。学校にぬいぐるみを持ってきてはいけないという校則はないけれど、突っ込みどころは満載だ。なぜ彼の行動を批判する者がいないのか不思議だった。

もしかしたら、みんな神様から罰を受けるのが怖いのだろうか――。

そんな馬鹿げた妄想をしてしまうほど、クラスメイトたちの反応は異質だった。

改めて彼の姿をじっくり観察してみる。真っ白い肌、折れてしまいそうなほど華奢な身体。幽霊のように神出鬼没な存在。この世の者とは思えない不気味さがある。もしかしたらドアの開く音は聞こえたけれど、他の人には彼の姿が見えていないのかもしれない。また恐ろしい妄想が膨らんでしまう。

次の瞬間、肩に緊張が走った。

目を開けた咲真と視線がばっちり合い、動けなくなる。窓から射《さ》し込む光を受けて、ライトブラウンの瞳が輝いている。彼はデイパックに頭を載せたままの姿勢で、少し目を細めて微笑んだ。

なぜか頬が熱くなってくる。僕はぎこちない笑みを返すと、急に恥ずかしくなり、ノートに視線を落とした。シャーペンを握り締め、黒板に書いてある公式をノートに書き写す。いつもより筆圧が強くなってしまう。隣が気になって授業に集中できない。自意識過剰かもしれないけれど、まだ視線を感じる。板書を写してから、思い切って目の端で確認すると、彼はまた瞼を閉じていた。それは幼子のような無防備な寝顔だった。

断然バスケよりもバレーのほうが好きだ。理由はボールが柔らかいから。しかも、バレーはネットの向こうに敵がいるから安心できる。

想像を絶する痛みが顔面に広がり、僕は息を止めて蹲った。額に手を当てると、今度は背に衝撃を受け、気づいたときには体育館の冷たい床にべったりと頬をつけていた。

足音を立てて近づいてくる白い体育館シューズが、蠢《うごめ》く虫のように見える。

「ごめん、マジでごめん。成瀬、大丈夫か」

淳也は心配するふりをしながら顔を寄せ、耳元で「邪魔。運動神経ゼロ」と囁いた。

悪意を持ってバスケットボールを額にぶつけられ、故意に背中を蹴られたら誰だって転ぶはずだ。しかも淳也は、同じ色のゼッケンをつけている仲間だった。拷問のような体育は、ぜひとも選択科目にしてほしい。

「成瀬、ケガはないか」

女子のコートから体育教師が駆け寄ってくると、憐れむような声で訊いた。

本当はまだ額がずきずき痛むけれど、僕は小声で「大丈夫です」とつぶやいて、どうにか立ち上がった。嫌な気配を感じて周囲に視線を走らせると、淳也と利久斗が笑いを堪えているような顔つきで口元を歪《ゆが》めていた。反対側のコートにいる女子たちは動きを止め、半笑いでこちらの様子を窺《うかが》っている。

僕は懸命に平静を保ちながら体育館を見回した。どこにも咲真の姿はない。なぜか彼がいないことにほっとしている自分がいる。ふいに、教室で咲真に声をかけるのはやめようと思い至った。彼まで虐めの標的にされたら可哀想《かわいそう》だ。

白けた空気が漂う中、生真面目なチャイムの音が鳴り響き、拷問の時間は終了した。

僕は体育館を出ると、みんなとは逆の方向に進んでいく。

クラスメイトたちは更衣室に直行するけれど、僕は嫌な目に遭《あ》いたくなくて、いつも教室で着替えていた。何度も溜息をつきながら階段を上がり、廊下を駆け抜け、教室のドアを開けた。

一瞬、緊張が走った。目がある一点に釘付《くぎづ》けになる。

静寂に包まれた教室。咲真はひとり、デイパックを枕にして眠っていた。

足音を忍ばせて自分の席まで行くと、横目で彼の寝顔を確認しながらジャージを脱いだ。シャツを羽織り、ズボンを脱ぎ、素早く制服に着替えていく。

体育をサボって、熟睡しているのだろうか――。咲真は身動きひとつしない。死んでいるみたいで心配になる。存在感が薄く、学校を休むことも多かったので、これまで彼に注視してこなかったけれど、思い返してみると咲真が体育に参加している姿を見たことがなかった。

廊下が急に騒がしくなり、複数の足音が響いてくる。乱暴にドアが開き、制服に着替えた男子たちが教室に入ってきた。相変わらず彼らは、咲真がいないかのように振る舞っている。誰も彼に声をかけないし、見向きもしない。遅れて教室に入ってきた女子たちも同じだった。かなり不自然で奇妙な光景だが、人の心配をしている場合ではなかった。

これからいちばん苦手な昼休みが始まると思うと、胃が痛くなる。教室以外の場所で食べるのは禁止だったので、昼休みが終わるまで緊張状態の中に身を置かなければならない。

女子は机を寄せ合い、男子は椅子だけを移動させ、仲のいいグループにわかれて楽しそうに昼食の準備を始めている。

「塾で聞いたんだけど、期末の学年トップは三組の佐藤《さとう》だって」

利久斗がみんなに聞こえるように苛立った声を上げると、淳也が顔を顰《しか》めた。

「マジで？　あいつ中間もトップだし」

「うちの高校レベルが低いから、いちばんになるのは簡単だって言ってるらしいよ」

利久斗が告げ口すると、淳也が天を仰ぎながらぼやいた。

「殺してぇ。マジで死んでくれないかなぁ」

攻撃の対象が他人に向いているときだけは頭上の暗雲が吹き飛び、心に青空が広がる。僕はいつそ虐めのターゲットが佐藤君になればいいのにと祈っていた。

「あいつキャンサーになればいいんじゃない」

淳也が気だるげに吐き捨てると、女子数人が笑い、男子の賛同する声が続いた。

「それ、マジで願う」

「佐藤の名前、キャンサーでよくない？」

「笑える。キャンサー決定」

僕は咄嗟に身体を硬直させた。

突然、咲真が上半身を起き上がらせたのだ。彼は何かを凝視している。視線の先には、笑っている淳也の姿があった。

咲真の眼光が鋭くなっていく。彼を取り巻いている空気が殺気立ったように感じた。切れ長の目に狂気がこもる。瞬時に動物の特集番組が脳裏に浮かんだ。豹《ひょう》が静かに獲物《えもの》との距離を測り、走りだすタイミングを計算しているときの瞳に似ていたのだ。

胸にじわじわと嫌な予感が広がり、鼓動が速まっていく。

咲真は目を大きく見開くと、デイパックを抱えて椅子から立ち上がった。

心配をよそに、彼の全身から発せられていた怒りのようなものが鎮まっていく。クラスメイトたちの視線を集めながら、咲真は緩慢な足取りで教室を出ていってしまった。

急いで鞄をつかむと、僕は駆け足で細い背中を追いかけた。

気づかれたら「ついてくるな」と言われそうで怖かったので、探偵のようにこっそり尾行する。

校舎を出ていくのかと思ったけれど、咲真は階段を上がって三階の廊下を歩きだした。上級生の階なのに、なんの躊躇《ためら》いもなく長い廊下を真っ直ぐ突き進んでいく。

突如、咲真は歩を止めて振り返った。

反射的にドアが開いている三年二組の教室に飛び込み、僕は身を隠した。異物に気づいた数名の先輩が、菓子パンを片手に不思議そうな顔をしている。

僕は意味もなく軽く頭を下げ、すぐに教室を出て彼の姿を確認した。咲真は廊下の奥にある美術室のドアを開け、教室の中へ姿を消すところだった。

その場に佇み、頭をめまぐるしく回転させる。

次の授業は美術ではなく、国語のはずだ。うちの学校に美術部はないので、部活のミーティングではないだろう。もしかしたら誰かと待ち合わせしているのかもしれない。もしそうなら邪魔をしてしまうことになる。

取り敢えず美術室の前まで行き、室内の音を拾いたくてドアに耳をつけ、息を殺す。どれだけ耳を澄ましても、中から話し声も物音も聞こえてこない。盗み聞きしている罪悪感が増すばかりだ。

思い切ってドアノブをつかみ、ゆっくり回す。少し引き開けて室内の様子を窺うと、咲真は窓際の席に座り、外を眺めていた。彼以外、教室に人影は見当たらなかった。

思わず安堵の息が口からもれた。みんなの前では声をかけられないけれど、ふたりきりのときは大丈夫だよね。そう自分に言い聞かせながら、教室に足を踏み入れた。わざと大きな音を立ててドアを閉める。

絶対に気づいているはずなのに、彼は窓から視線をそらさなかった。机にはデイパック、クマのぬいぐるみ、ドーナツがふたつ置いてある。ドーナツはピンク色。イチゴ味かもしれない。

僕は妙な緊張を覚えながら声をかけた。

「いつもここでお昼を食べてるの?」

咲真は鈍い動きで振り向いた。無表情のまま、微かに首を縦に動かす。まるで見知らぬ人間を見るような眼差しに、思わず「僕を覚えていますか」と訊きたくなってしまう。

「一緒に……ここで食べてもいい?」

お伺いを立てる自分の声は、格好が悪いくらい震えていた。

咲真は相変わらず感情の読み取れない顔で口を開いた。

「美術室は俺の部屋じゃないから、好きにすればいい」

言っていることは間違っていないけれど、もう少し優しく返答してくれてもいいのにと思いながら隣の席に座った。

どうしてもっと早く気づかなかったのだろう。あれほど苦しい思いをするくらいなら、禁止されているとはいえ、怒られるのを覚悟のうえで空いている教室で食べればよかったのだ。自由奔放な彼の行動を目の当たりにするたび、選択肢が広がっていく気がする。

僕は鞄から弁当を取りだして机に置いた。

弁当の蓋《ふた》を開けると、ブロッコリー、卵焼き、唐揚げ、ウインナーなどが並んでいる。よくある定番のおかずなのに、咲真は興味深そうに弁当を覗き込んでくる。あまりにも真剣な眼差しなので違和感を覚えて尋ねた。

「この弁当、何か変かな」

「その黄色いやつ、美味《おい》しいのか」

咲真の視線は、卵焼きに向けられているようだった。

「卵焼きのこと？」

僕が訊くと、彼は黙したままうなずいた。

「たぶん、普通だと思う。食べてみる？」

咲真が真剣な面持ちでうなずくので箸《はし》を渡した。

彼は箸をつかむと卵焼きを突き刺し、勢いよく口に入れた。黒板を見つめながら、ゆっくり咀《そ》嚼《しゃく》している。表情に一切の変化はなく、飲み込んだあとも無言だった。

「卵焼き、どんな感じ？」

僕の手作りではないから、どのような答えが返ってきてもかまわないのに、妙に緊張している自分がいた。

少しの沈黙のあと、咲真は棒読みで答えた。

「普通」

気遣いのないコメントがおかしくて、声をだして笑っていた。

「咲真君は、お弁当派じゃないんだ」

彼は無言のまま立ち上がると、黒板の近くにある棚の前まで歩いていく。棚には上半身裸の女性の石膏《せっこう》像が置いてある。咲真は細長い指で、石膏像の頬に触れた。ピアニストみたいに綺麗な手だけれど、どこか物悲しい気持ちにさせる。

「お前は、どうして死を選択したんだ」

突然の問いに、僕は戸惑いを隠せず瞬きを繰り返した。

沈黙が長くなるほど、教室の空気が重く淀んでいく。その空気に堪え切れなくなり、僕は混乱状態のまま正直に答えた。

「中学の頃から……少しずつ腐っていったんだ。うまくいかないことが増えて、継父はあんな最低な奴だし、転校してからも苦しくて」

胸の内を話すのは初めてだったから、手が汗ばんでくる。心の中は醜い感情だらけで、誰にも理解してもらえない気がするから、言葉にするのが苦痛で仕方なかった。

咲真は石膏像の頭を撫でながら訊いた。

「五通にした理由は?」

「小学生の頃、大好きな小説があって、その主人公が『五回やってみろ。それでダメならやめてもいい』って言っていたから」

「その主人公、馬鹿だな」

咲真は声を尖らせ、鼻で笑った。

憧《あこが》れの人を否定されて頭に血がのぼった。

「どうしてそう思うの」

「五回にした根拠は?」

根拠? そんなの小説家か編集者に訊かなければわからない。

「六回目で成功する奴はカスなのか? どうして回数を制限したんだろう。お前はその主人公を信頼しているのか」

咲真は次々に質問を投げてくる。

架空の人物を信頼しているかどうかなんて考えたこともない。彼の蔑んでいるような表情に苛立ちを覚え、僕は嫌味を口にした。

「咲真君はいいよね。クラスメイトから一目置かれているみたいだから」

彼は薄い笑いを浮かべ、また質問を投げてくる。

「どうしてそう思う?」

「遅刻して、授業中に居眠りしてもクラスメイトから何も言われないし、先生だって注意しないから」

「普通じゃないと思っているからだよ」

「どういうこと」

「そのままの意味」

咲真は穏やかな声で言うと、今度は石膏像の肩に触れた。どうしてだろう。自分の肩に触れられているような妙な緊張感が走る。

「咲真君って、変わってるよね」

「誰と比べて」

「誰って、それは……」

「人間なんてみんな気味が悪いほど変わってるよ。たとえば、自分で自分を殺す奴とか」

なぜか咲真の横顔が、少し翳《かげ》ってみえた。

自分で自分を殺す奴——。それは僕に対する嫌味だろうか。心が折れて返す言葉が見つからない。ますます気まずい沈黙が降り積もっていく。

「成瀬、帰ろう」

「え？　どこに」

高校生が帰る場所と言えば、自宅しかない。けれど、もっと違う場所を指している気がして尋ねると、咲真は無邪気な笑みを浮かべながら言った。

「国語の授業、苦手なんだ」

運龍寺の敷地内に入ると、深い森の中に佇んでいるような気分になる。背の高い木々が、寺の敷地を囲むように密生し、風が吹くたび枝葉が揺れ、さわさわと鳴り響いていた。

本堂の近くには、咲真たちが住んでいる木造二階建ての庫裡《くり》がある。三角屋根には、黒い瓦《かわら》が綺麗に並んでいた。

咲真が庫裡の扉を開けると、広々とした玄関が現れ、お香の匂いが漂ってくる。玄関から延びる幅の広い廊下は綺麗に磨かれ、威厳があるせいか近寄りがたい雰囲気を醸しだしていた。

咲真に促され、僕は「おじゃまします」と挨拶《あいさつ》してから靴を脱ぐ。最初は神聖な雰囲気に圧倒され、少し緊張したけれど、家の中から人の気配がしないので安心して上がらせてもらった。

もしも親がいたら、学校はどうしたのかと怒られそうで身構えていたのだ。

案内されたのは、鬼ごっこができそうなくらい広い畳の部屋。奥には障子戸《しょうじど》が並んでいる。室内にはほとんど家具はなく、巨大な木製のローテーブルと分厚い座布団が置いてあるだけだった。

咲真が慣れた手つきで障子戸とガラス窓を開けると、目の前に縁側が広がった。

微風に誘われて縁側に出てみると、緑の匂いが濃くなる。そこから石畳の参道と立派な本堂が見渡せた。

友だちの家に来たのは何年ぶりだろう――。

小学校の頃、学校帰りに友だちの家に寄って、日が沈むまで遊んでいた。甘くて懐かしい思い出。そのとき食べたクッキーやシフォンケーキが美味しかったことを今も鮮明に憶《おぼ》えている。無理をして中学受験なんてしないで、仲のいい友だちと同じ学校に進学すればよかったと後悔していた。中学受験に成功したあと、小学校の友だちとは距離ができて、一緒に遊ぶことは二度となかった。

頬に冷たい感触が走り、驚いて顔を上げると横に咲真が立っていた。手にはストロベリー味とピーチ味と書かれた棒アイスを持っている。

彼は何も言わず、目の前にふたつのアイスを突きだした。

「咲真君が、先に好きなほうを選んでいいよ」

「お前はアイスも選べないのか」

嫌味を言われ、僕はしばらく迷った挙げ句、ピーチ味を手に取った。

「航基君、ゆっくりしていってくださいね」

突然の声に弾かれたように振り返ると、後ろに大男の姿があった。

袈裟《けさ》を着たセッちゃんは優しい笑みを浮かべ、余計なことは何も言わず、飲み物と菓子鉢をテーブルに置いてから静かに部屋を出ていった。

セッちゃんに早退のことを咎められなかったのが気になり、僕は疑問を口にした。

「学校をサボったのに怒られないの」

「成瀬の体調が悪くなったから早退したって言ったんだ」

「は？　僕は健康だよ。しかも、具合が悪いのにアイスって、絶対におかしいじゃん」

咲真は小さな歯を見せて笑った。

「気味の悪いルールだな。健康じゃない奴はアイスを食べちゃいけないのか」

ダメだとは言わないけれど、常識的に考えればおかしい。それを彼に説明しても理解してもらえない気がしたので諦《あきら》めて、僕は足を投げだすようにして縁側に座った。袋を破り、薄ピンク色のアイスを齧《かじ》る。爽《さわ》やかなピーチの味が口に広がり、ひんやりとした感触が喉を通過していく。

「うちのじいちゃんが、セッちゃんに遺書を見せたんだね」

アイスを齧りながら切りだすと、咲真は正直に答えてくれた。

「成瀬が自殺しようとした日の朝、お前のじいちゃんがうちに来たんだ。深刻な顔つきで縁側に座って、セッちゃんに相談していた」

やはり、犯人はじいちゃんだったのだ。人の部屋に勝手に忍び込むなんて最低だ。

「最悪だよ。孫の部屋を漁るなんて信じられない」

「エロ漫画」

「何？」思わず声が上擦った。

「お前の部屋にエロい漫画はないか探しに行ったら、もっと刺激的な遺書が見つかったんだって。しかも五通も。笑えるよな」

顔がかっと熱くなり、僕はそれを隠すように視線を落としてから声を上げた。

「そんな漫画、隠してないよ」

「別にいいじゃん。部屋にあっても」

「だからないよ」

「冗談だよ。自殺決行日の前日、夕食のときにお前のじいちゃんは、孫の様子がおかしいことに気づいたらしい」

胸騒ぎを覚えたじいちゃんは、僕が風呂に入っている間、孫の部屋を探り、引き出しに入っている遺書を発見してしまったようだ。けれど、勝手に部屋を探ったことがバレたら、信頼関係は崩れ、余計に孫を追い込んでしまう可能性がある。どうすればいいのかわからなくなり、じいちゃんは、僕が朝食を食べているときに遺書を盗み、セッちゃんに相談したようだ。

きっと、じいちゃんは咲真に助けを求めたのだろう。

僕は溜息を吐きだすと、前から疑問だったことを尋ねた。

「河で声をかけてきたとき、どうしてぬいぐるみのことを神様だって言ったの？」

咲真は食べ終えたアイスの棒を袋に戻してから、静かな声で答えた。

「死が救いだと信じている奴に、人間の言葉は届かない」

彼は隣に腰を下ろすと、少しだけ前かがみになり、本堂のほうに目を向けた。

参拝に来たのか、本堂に向かって手を合わせている女性がいる。彼女は灰色のロングワンピースを着ていた。身体は目立つほど痩せている。幾度も頭を下げ、何か必死に祈っているようだった。

本堂からセッちゃんが出てくると、女性は地面に蹲ってしまう。彼女は自分の顔を両手で覆い、激しく肩を震わせている。

泣いているのだろうか――。

咲真は感情を排した平坦な声で訊いた。

「もしも、お前が神なら、どんな世界を創《つく》った？」

アイスが溶けて、最後のひとくちが地面に落下していく。

黒い小さな虫が、甘いアイスに群がってくる。僕は自分の足を前へ突きだし、蟻《あり》の上に影を作った。このまま踏み潰《つぶ》せば、何匹もの命を奪える。

神とは、どういう存在だろう――。

しばらく考えても質問の答えは見つからず、瞼の裏に瑠璃色の目が浮かんでくるばかりだった。

この世界が嫌だと嘆くのは簡単だ。けれど、素晴らしい世界を創造することは思いのほか難しいと気づいた。僕は黙したまま、握り締めている棒を袋に戻した。

出会ったときからそうだ。彼から投げられる質問は、いつも胸をえぐるほど難解だった。

苦手な物理の問題よりも難しくて頭の中が真っ白になる。時間をかけて考えても、靄《もや》が漂う曖《あい》昧《まい》な世界から抜けだせず、かすかな苛立ちと焦燥に駆られ、思考が空回りしていく。最後は決まって劣等感に打ちのめされる。

僕は覚えたての外国語を繰り返すように、同じ質問を投げ返した。

「君が神様なら、どんな世界を創った？」

「俺が神なら、雨に色をつける」

「色？　どうして」

「苦しんでいる人間が増えるたび、世界中に紫色の雨が降るんだ」

咲真は、季節はずれの入道雲を見上げながら続けた。「降り続く雨は服や靴を汚し、あらゆるものを紫に染める。雲、河、海、歩道、ビル、皮膚、すべてが変色したあと雨は種になり、大地からチグリジアの花が咲く。そのとき人間は、ようやく気づくんだ。『今は苦しんでいる人が多い時代だ』って」

冷淡なのに、どこか怒気を孕《はら》んでいるような口調に、何か返事をしようにも言葉にならない。

彼の瞳が寂しそうに揺れる。その表情に胸を衝かれ、僕は慌てて視線をそらし、ゆっくり空を見上げた。雲が紫色に変色する様子を想像してみるも、うまくいかない。相変わらず、真っ白なままだった。

「そうなったら、紫の傘や服が売れるだろうね」

間抜けな返答をしたあと、急に情けない気持ちに襲われた。

咲真の口元が、皮肉めいた笑みを刻んだのだ。

誰よりもわかっている。くだらない想像しかできないし、自分なりの答えなんて持ち合わせていない。僕ができるのは、この世界がクソだと叫ぶことくらいだ。気まずい空気を掻き消すように質問を投げた。

「雨の色、どうして紫色なの」

「紫は痛みの色だから」

咲真は本堂のほうに視線を移してから言葉を継いだ。「あの女の人、自分の子どもに暴力をふるわれてるんだって」

衝撃的な言葉に、胸がどきりと揺れた。

灰色のロングワンピースの女性は、蹲ったまま細い背中を震わせている。セッちゃんは励ますように肩に手を置き、何か語りかけているが、彼女は蹲ったまま動かない。

不穏な気配を感じ取り、僕は独り言のようにつぶやいた。

「どうして自分の子どもに暴力をふるわれるようになったんだろう」

「あの人の子どもは、俺たちと同じクラス。お前が転校してくる前、虐めのターゲットにされていた」

胸に哀しい安堵感が広がっていく。他にも被害者がいるなら、僕に問題があるのではなく、あのクラスがおかしいのかもしれない。

咲真は柔らかな笑みを浮かべて言った。

「今は登校拒否して、家に引きこもって家庭内暴力に励んでるらしい」

虐めをしている側は、何ひとつ傷つかず、やられた側の環境はどんどん腐っていく。弱い者は、もっと弱い者へと攻撃対象を変えていくのだ。気づけば、腿の上で両の拳を強く握り締めていた。子どもが暴力をふるっている相手は、母親だけなのだろうか。

「父親は止めないのかな」

「東京に単身赴任だって」

「自分の子どもが大変な状況なのに」

「金を稼ぐことも大切だ」

「そうかもしれないけど、母親があんなに苦しんでいるのに可哀想だよ」

咲真はゆっくり立ち上がり、優しい声音で訊いた。

「ひとりだけ殺せるとしたら、お前は誰を選ぶ？」

突如、血なまぐさい言葉を投げられ、視界が仄暗《ほのぐら》くなる。

ゆっくり顔を上げると、視線がぶつかった。

血管が透けて見えそうなほど白い肌。血を塗ったように赤い唇。咄嗟に妖艶《ようえん》なヴァンパイアが頭に浮かんだ。油断していると隠し持った牙《きば》で嚙み切られそうで、彼から目が離せなくなる。

ひとりだけ殺せるとしたら――。

強烈な痛みと共に、自殺しようとした日の心境が舞い戻ってくる。

胸を切り裂くような記憶は、未《いま》だに褪《あ》せない。自殺決行日、恨んでいるクラスメイトを刺し殺し、自らの命も終わりにしようと覚悟を決め、ナイフを鞄に忍ばせて登校した。それほど思いつめていたのに、僕の口から軽い言葉がこぼれた。

「怖い質問しないでよ」

咲真は、踏み潰したら簡単に殺せる虫を眺めているような眼差しを向けてくる。息苦しくなり、咄嗟に目をそらした。

しばらくしてから、彼は自分に語りかけるように言った。

「あの人の子どもの名前は、青柳麻衣《あおやぎまい》」

「女子？　息子じゃなくて、娘が親に暴力をふるっているの？」

「家庭内暴力の加害者は男だけじゃない」

たしかに、その通りだ。なんとなく愚かな質問をしてしまった気がして、別の疑問を口にした。

「どうして虐めのターゲットになったんだろう」

二学期に転校してきてから、僕は彼女に一度も会っていない。

「今、何歳？」

突然投げられた脈絡のない質問に、僕はうろたえながら答えた。

「同じ学年なんだから、咲真君と一緒だよ」

「誕生日も同じなのか」

「あ、違う。十六歳」

「この国の十五歳から二十歳までの死因のトップはなんだと思う？」

「死因は病気……ガンとか」

「違う。自殺だ」

その答えに肩が強張り、全身が熱くなる。

僕の目を見据えながら咲真は訊いた。

「お前がいちばん恨んでいるクラスメイトは誰?」

鼓動が速まっていくのを感じながら、僕は何かに誘われるように答えた。

「絹川淳也」

「青柳が恨んでいる相手も、同じ人物だ」

怒りを超えて、胸にはっきりと殺意が芽生えた。

嫌がらせが始まる前、必ずというほど淳也がクラスメイトを煽り、残酷な行為が始まる。

主犯格の淳也は、嫌がらせの最中、「お前には蔑まれる理由がある」と口にした。悔しいけれど同感だった。僕も継父の行為は野蛮だと感じていたから。だから、これまで理不尽な嫌がらせにも堪え忍んできたのだ。けれど、僕の考えは甘かった。淳也は明確な理由があるから虐めるのではなく、誰かをいたぶらないと気がすまない性質なのかもしれない。

咲真は弾むような声で尋ねた。

「県内で起きた殺人。三芳茉里奈という女性が殺された事件、知ってる?」

キッチンカーの近くにいた母子の姿が脳裏に立ち現れた瞬間、僕は訊きたかった質問を投げた。

「あの女の人……被害者は本当に子どもに虐待していたの？」

「石田さんのところで入手した情報によれば、虐待していたみたい。きっと、天罰だろうな」

咲真は白い歯をこぼして、とびきりの笑顔を見せた。場違いな笑顔は、心に不安を連れてくる。

「ねえ、成瀬」

咲真は無邪気な口調で続けた。「これから、一緒に復讐《ふくしゅう》しない？」

風が境内《けいだい》を通り抜け、木々をざわめかせる。まるで危険を察知したかのように、黒い鳥が一斉に翼を広げた。

第三章　報復の日

THE DAY OF REVENGE

1

咲真の家に遊びに行った日以来、彼は学校を休み続けていた。

相変わらず微妙な関係に変化はなく、僕は電話をかける勇気も湧《わ》かなかったので、忠犬のごとく再び会える日を信じて静かに学校で待っていることしかできなかった。けれど、教室では少しだけ変化が生じていた。咲真と仲がいいという噂《うわさ》が広まってから、虐《いじ》めの頻度が減ってきている気がする。それでも、生きる気力を消耗させるような小さな嫌がらせは続いていた。

——神からの伝言。明日、放課後、美術室、ノートパソコン。

咲真から暗号のようなショートメールが届いたのは、六限目の授業の終わりだった。

予想外の出来事だったので、リアルな夢でも見ているのではないかと不安になり、教科書で隠すようにしてメールを何度も読み返した。素早く指を動かし、すぐに返信する。

——どういう意味？

要領を得ない内容だったので、おのずと返信は疑問形になってしまう。帰宅してからも肌身離さずスマホを持ち歩いたけれど、結局、彼から返信が来ることはなかった。

翌日の授業は集中できず、教師の声を上の空で聞いていた。そのくせ六限目の終了のチャイムが鳴ると、僕は俊敏な動きで鞄《かばん》をつかんで教室を飛びだした。全力で廊下を走り、弾む足取りで階段を駆け上がる。

三階にある美術室のドアの前で立ち止まると呼吸を整えた。

彼はもう来ているだろうか——。

思い切ってドアを開けた途端、四つの瞳《ひとみ》に射抜かれ、少し身を引いた。

正面の席に座っている咲真とクマのぬいぐるみが、僕をじっと凝視している。心の中を見透かすような瑠璃色《るりいろ》の目に緊張感を煽《あお》られ、額にじんわり汗が滲《にじ》んだ。膨らんでいた高揚感は萎《しぼ》み、忘れかけていた警戒心がよみがえってくる。

僕は動揺を気取られないように室内に足を踏み入れると、ドアを閉めてから尋ねた。

「体調が悪かったの？」

胸にぬいぐるみを抱えている咲真は、不思議そうに小首を傾《かし》げた。

「どうしてそう思うんだ」

「だって、ずっと学校を休んでいたから」

「体調が悪くなくても、俺《おれ》は休む」

常識からずれているのに、彼はさも当然という感じで答え、ゆっくり立ち上がった。そのまま教壇まで歩いていく。教卓には藤色のデイパックが置いてあった。

なぜ呼びだされたのかわからないまま、僕は取り敢《あ》えず窓際の席に腰を下ろし、空いている椅《い》子《す》の上に自分の鞄を置いた。

教壇に立った咲真は、生き物に触れるような優しい手つきで、デイパックの横にぬいぐるみを座らせている。こちらを見ている瑠璃色の目は、いつにも増して冷ややかだった。

「お前は、これからどうするの?」

質問の意図がわからず黙っていると、咲真は薄い唇に笑みを刻み、挑戦的な眼差《まなざ》しで続けた。

「生きるの? それとも、死ぬの?」

急に視界が狭まり、徐々に気持ちが沈んでいく。

彼は本来あるべき大切な感情が欠けているのかもしれない。そう疑いたくなるほど冷酷な言葉を簡単に投げてくる。けれど、彼のように簡単には答えられない。未《いま》だに「死は救いになる」という思いが胸から消えないのに、自死するときの苦しみを想像すると恐ろしくなってしまう。

死にたいのか、それとも生きたいのか——。

床の木目を見つめながら、僕は重い口を開いた。

「自分でも本心がわからない。そういうのは衝動的なものだから……はっきり答えられないよ」

「選択肢はもうひとつある」

「もうひとつ?」

「報復ゲームに参加しないか」

咲真の家に遊びに行ったとき、「一緒に復讐《ふくしゅう》しない？」と訊《き》かれたことを思いだした。

僕が転入してくる前、青柳麻衣というクラスメイトが虐めに遭《あ》っていたという。

彼女を不登校に追い込んだのは、僕に嫌がらせをしている絹川淳也だった。今すぐにでも、彼に復讐してやりたいけれど、自分の身も守れない人間に他人を救えるはずがない。だから、あのとき誘われても返事ができなかったのだ。

僕は我に返り、ズボンのポケットに手を滑らせ、震えているスマホを取りだした。発信者名を確認してから顔を上げると、咲真は涼しげな表情で自分の耳にスマホを当てている。

「神は忙しいんだ」

咲真にそう急《せ》かされ、僕は不穏な予感を覚えながらも応答ボタンをスライドさせ、耳に近づけた。その直後――。

『こちらは神です』

僕は瑠璃色の目を見つめ返した。耳を澄ますと、今にもぬいぐるみの心音が聞こえてきそうで怖くなる。少し間を置いてから咲真は質問を投げた。

『神からの質問です。あなたは青柳麻衣を救いたいですか？　それとも傍観者の一員でいますか？』

傍観者という言葉に胸がずきりと痛み、スマホを持つ指先が冷たくなっていく。

僕に対する虐めを不快に思っているクラスメイトもいる。けれど、彼らは自分が標的になることを恐れ、悪に染まったふりをして自分の身を守っていた。青柳が嫌がらせを受けているときも同じだったのではないだろうか。悔しいけれど、自分の色を消すことは生きるために必要な能力でもある。僕は弱々しい声で本音を口にした。

「こちらは人間です。神様のように有能ではないので、クラスメイトを助けたくてもできません。僕には人を救える能力もありません」

『そちらのスペックはどうでもいいです』

咲真は心の中を検分するような眼差しで続けた。『あなたは苦しんでいるクラスメイトを救いたいですか、それとも傍観者でいることを選びますか。十秒以内に答えてください』

感情を排した声で、十、九、八とカウントダウンが開始される。

からかわれているだけだと認識しているのに、一秒ごとに不安と焦燥感が募り、僕は必死に考えを巡らせていた。

今現在、青柳は学校に登校したくても恐怖心に搦《から》め捕られ、一歩も外に出られず、苦しんでいるはずだ。苦しみや苛立《いらだ》ちを持て余し、弱い母親に牙《きば》を向けてしまうのだろう。運龍寺で泣き崩れた母親の姿を思いだした途端、復讐心が燃え上がってくる。

あと一秒を残し、慌てて声を上げた。

「傍観者でいたくない」

既に通話は切れていた。間に合わなかったのかもしれない。なぜか、がっかりしている自分がいた。それとは相反するような感情も湧いてくる。僕には人を救う力がない。間に合わなくてよかったのだ。

バンという音が響いて顔を上げると、目の前の机に数枚の写真が散らばっていた。

強張《こわば》っている指で写真をつかんで凝視する。楽しそうに笑っている少年の顔――。誰《だれ》なのか気づけないほど爽《さわ》やかな笑顔だった。

僕は戸惑いながら、机の前に立っている咲真に訊いた。

「これって……小野寺君だよね」

「石田さんが調査してくれた。小野寺への虐めはなくなったそうだ。あの日、お前が救ったんだ」

他の写真も確認すると、すべて笑顔の小野寺が写っていた。一度しか会ったことがない少年。深い繋《つな》がりなんてないのに、彼の泣き顔が脳裏に焼きついているせいか、胸がじんわり熱くなる。

「あの日、成瀬は間違いなく人の役に立った」

そのフレーズに泣きたくなるくらい胸が騒いだ。

河で自殺しようとしたとき、咲真は「人の役に立つ方法を教えてやる」と言っていた。もしかしたら、約束を果たそうとしてくれているのかもしれない。

彼はデイパックの中に手を入れながら宣言した。

「これから俺たちは、あいつに復讐する。報復ゲームの開始だ」

「どうやって報復するの。淳也はガタイもいいし、仲間も多いから勝ち目はないよ」

「完全に勝てるゲームなんておもしろくない」

「リスキーだよ。もし負けたら咲真君だってひどい目に遭うよ」

「命は平等だ。最後まで、その真実を忘れるな。負けないように闘えばいい」

負けは目に見えているのに、勝てると確信しているような強気な発言に胸騒ぎを覚えた。

咲真はデイパックの中からレターセットとパッションピンクのペンを取りだすと、僕に向かって放《ほう》り投げた。慌ててキャッチする。真っ赤なハート柄がちりばめられている便箋《びんせん》――。

「淳也が好きな相手は、誰?」

いつもの難しい質問とは違い、咲真はクラスメイト全員が知っている簡単な問いを投げてきた。

僕は迷わず、自信満々に答えた。

「安藤菜々子」

「彼女に好意を寄せている奴は、クラスにたくさんいる。他の男子と気まずくなりたくないから、自分の好きな相手から呼びだされたとき、あいつはひとりでやってくるはずだ。告白を匂《にお》わせる文面を考えろ。石田さんにプリンターを借りて、俺がその文面に呼びだす日時を追加してから便箋に印刷し、淳也の机に忍ばせる」

「彼を呼びだしてどうするつもり」

「小野寺のときと同じ。俺が救う方法を考える」

不自然さを感じた。どうして咲真は、僕らと一緒に復讐してくれるのだろう。彼は、淳也に対して恨みはないはずだ。

あの夜の記憶をたどり、頭の中で再生させてみた。

運龍寺の石段に立った咲真は「お前は人の役に立つし、勇気も根性もある」と言いながら、僕が書いた『遺書1』『遺書2』を破り捨てた。もしかしたら、彼は遺書の内容を克服できるように導いてくれているのかもしれない。それは都合よく捉《とら》えすぎだろうか――。

「河で自殺しようとした日……どうして僕を助けてくれたの」

ずっと心にあった疑問を口にすると、咲真は当たり前のように答えた。

「パソコンを借りたいから」

「はっ？　何それ」

「俺にとっては、かなり重要なことなんだ」

ライトブラウンの瞳《ひとみ》は、どこまでも澄んでいる。演じているようには見えなかった。本気で口にしていると思うと虚《むな》しくなり、ますます彼の真意がつかめなくなる。

「うちに来たとき約束しただろ。持ってきてくれた？」

咲真の家に遊びに行った日の帰り際、彼から「ノートパソコンを学校に持ってきてほしい」と頼まれた。去年、じいちゃんが「孫の誕生日に、最新のノートパソコンを買ってやった」と運龍寺で自慢していたようだ。

腑《ふ》に落ちない気持ちを抱えながらも、僕は鞄の中からノートパソコンを取りだし、机の上に置いた。昨日のメールにも書いてあったので、一応準備してきたのだ。

起動ボタンを押し、ログインするためのパスワードを入力しているとき、素朴な疑問が湧き上がってきた。

「咲真君はパソコンを持ってないの」

「セッちゃんに金を使わせるのは好きじゃない」

「親に買ってもらえば」

一瞬、咲真の瞳が揺れ、顔に動揺が走った。彼は少し目を伏せ、パソコンの画面を凝視している。何か気に障るような言葉を発してしまったのだろうか。そういえば家に遊びに行ったとき、咲真の親ではなく、セッちゃんが飲み物を持ってきてくれた。両親が不在だっただけかもしれないけれど、妙に落ち着かない気分になる。

彼は家族関係に問題を抱えているのだろうか——。

僕の鈍い観察眼では真実はわからないけれど、出過ぎた質問をしてしまったことだけは理解していた。ふたりの間には気まずい空気が漂っている。

「今度、親に頼んでみる」

そう言う咲真の顔には、作り物めいた笑みが浮かんでいた。

偽物の笑顔なのに、胸のざわめきが潮のように引いていく。表面的でもいいから、彼との関係を維持したかった。独りぼっちになったら、また心が躓《つまず》いてしまいそうで不安だったのだ。

咲真は隣の席に座ると、ノートパソコンを引き寄せ、キーボードの上に指をのせた。細長くて白い指。触れたら冷たいだろうな、と思った。

「テザリングして」

え？　彼もスマホを持っているのに、ネット環境が整っていないのだろうか——。さっき余計なことを訊いてしまったため、胸に芽生えた疑問を素直に言葉にできなかった。

「金がかからないように、いちばん安いプランにしているんだ。だから、長時間ネットに接続できない」

咲真は心情を汲《く》み取ったのか、気まずそうに言った。

どうしてそこまで親に気を遣うのだろう。傍目《はため》からはわからないけれど、親が勤めている会社や寺院の経営が厳しいのだろうか。

湧き出る疑問を呑《の》み込み、僕は自分のスマホでインターネットに接続した。咲真がデイパックからUSBメモリを取りだしたとき、さすがに違和感が口からこぼれた。

「パソコンがないのに、どうしてUSBを持っているの」

「石田さんの事務所でUSBとパソコンを借りて準備したんだ。でも、これからやろうとすることは、他の人には知られたくない」

僕なら知られてもいいのだろうか。石田さんと咲真は兄弟のように親しげに見えたので不思議だった。同時に、ふたりだけの秘密を共有できた気がして心が湧き立ってくる。

ＵＳＢの中にはテキストファイルが入っていた。ファイルには目眩《めまい》を覚えるほど細かい文字がずらりと並んでいる。文章は短いけれど、日本語を含め、六ヵ国の言語が書いてあるようだ。ハングルみたいな文字は、韓国語かもしれない。アルファベットの上にチルダのようなものがついている文字もある。日本語と英語以外は、まったく理解できなかった。

「咲真君は何をやろうとしてるの」

「俺も報復するんだ」

「誰に？」

「報復する相手は人間じゃない。国だ」

「日本ってこと」

「この国だけじゃない。世界を壊してやりたい」

不穏な言葉とは対照的に、彼の口元は微《かす》かに笑んでいる。

冷静に観察してみるも、ふざけているのか、それとも真剣なのか判然としなかった。

さっき彼は「これからやろうとすることは、他の人には知られたくない」と言っていた。石田さんは大人だけれど、柔軟で寛容な心を持っている。それなのに知られたらまずいのだろうか。

その不安を消すように、咲真が明るい声をだした。

「冗談だよ。時々、生きてると無性に正しいことがしたくなるんだ」

以前、咲真は自分が神なら、苦しんでいる人間が増えるたび、世界中に紫色の雨を降らせると言っていた。彼も誰かの役に立ちたいと思っているのだろうか。

僕はディスプレイに顔を近づけ、日本語で書かれた文章に目を走らせた。


——世界の友へ告ぐ。

今すぐ死にたいと思っている友へ。

この世を去る前に、あなたの心を貸してほしい。

短い時間でもかまわない。わたしの傍《そば》にいてほしい。

どうしても、あなたの力が必要なのです。


文章の最後には、フリーメールのアドレスが記載されていた。

「友だちに死にたい人がいるの?」

僕の質問に、咲真は声をだして笑った。

「俺の周りで本気で死にたいと思っている人間は、お前くらいだ」

咲真は検索窓に何か英文を入力していく。中指でエンターキーを押すと画面が変わり、見知らぬサイトが現れた。真っ黒な背景に、白い文字で『Gate of Heaven』と書いてある。サイトの中には掲示板があり、英語で書かれたコメントがずらりと並んでいた。

僕は画面を覗《のぞ》き込みながら尋ねた。

「このサイトは何?」

「死にたいと思っている人間が集まる、十代限定の掲示板だ。自分の悩みを掲示板に書き込み、顔も知らない相手と意見交換しているんだ」

僕と同じ気持ちを抱えた人が世界中にいると思うと、驚きと同時に妙な勇気が湧いてくる。

咲真はファイルの文章を掲示板に貼《は》りつけていく。

「英語のサイトなのに、どうして六ヵ国語も必要なの?」

「似たようなサイトや電子掲示板は世界各国に存在している」

「まさか、それ全部にやるつもり?」

「もちろん」

瞬時に、胸の不安が色濃くなる。けれど、文章の最後に「From SAKUMA」と入力しているのを見て、胸を撫《な》で下ろした。悪事を働くときに、わざわざ自分の名前を告げる者はいない。

黙って見ていると、彼は次々に新しいサイトを開き、ファイルの文章を貼りつけていく。

「余裕があるようだけど、お前には文才があるのか?」

咲真に訊かれ、僕は慌ててペンを握り、告白を匂わせる文章を考え始めた。

これから何が起きるのかわからず、不安もあったけれど、小野寺を救えたことが成功体験となり、妙な自信が漲《みなぎ》っていた。うまくいけば、不登校のクラスメイトを救えるかもしれない。そう思うと新鮮な興奮が胸に迫ってくる。僕は、まだ生きていてもいいという証《あかし》が欲しいのだろうか。

告白を匂わす文章を書き終えると、今度は「青柳に向けて手紙を書け」と指示された。手紙の内容は咲真に言われるまま綴《つづ》った。

——青柳麻衣さんへ

あなたの力を借りたくて手紙を書いています。

我々は、絹川淳也に罰を与える。

十月八日、夜七時に家から出てきてほしい。あなたがやることはふたつ。

ひとつ、部屋を出る。ふたつ、玄関のドアを開ける。

その夜、立ち上がらなければ、あなたの心は永遠に救われない。

これは暗闇《くらやみ》から抜けだせる最後のチャンスです。

我々はあなたの仲間です。あなたを信じて、ずっと待っています。

封筒の表に青柳の住所、裏面には僕らふたりの名前を書き込んだ。住所を見ると、青柳の家は、ここから二駅ほど行った場所にあるようだ。

「その住所、メモしておいて」

咲真に指示され、僕は自分のスマホに住所を登録した。

「十月八日に彼女を呼びだしてどうするの?」

咲真は黙したまま、デイパックからミネラルウォーターを取りだし、机に少しこぼして切手を貼っている。作業を終えると、彼は教卓のぬいぐるみに目を向けながら口を開いた。

「物語の結末は知らないほうがいい」

「僕は知っているほうが安心する」

「だったら、漫画でも小説でも結末から読めば」

「他人の人生は知らなくても楽しめるけど、自分の人生は知りたいよ」

「お前も醜い人間だな」

全身に緊張が走った。攻撃的な言葉を投げられるたび、裏切られた気分になる。少しだけ距離が近づいたと思ったのに、急に遠くなってしまう。

「咲真君は……僕が嫌いなの」

頼りない声で訊くと、彼は忍び笑いをもらしてから言った。

「お前の世界は単純だな」

「どういう意味」

「あまりにも選択肢が少ない。本来は『好き』と『嫌い』の間には何百もの感情が存在する。本当は『生』と『死』の間にも、もっと多くの選択肢があったはずだ」

同じ言語で会話しているのに、彼の気持ちがまったく読み取れない。だから次に投げる言葉を見失ってしまうのだ。

僕は顔を伏せ、拳《こぶし》を固く握り締めた。いつも意味不明な言葉ばかり投げてくるし、馬鹿にされているのだろうか。そう思うと急に悔しくなってくる。

「どちらかといえば」

突然の声に顔を上げると、咲真は窓の外に目をやりながら続けた。

「今の段階では白か黒かでは答えられない。でも、どちらかといえば、お前のことは嫌いじゃない」

心に生じた虚しさが、すっと姿を消した。気持ちを乱されたくないから、人と深く付き合いたくなかった。言葉はいつも嘘《うそ》を纏《まと》っているから。それなのに、彼の吐きだす言葉には、嘘がないような気がした。

「自由に、素直に、正直に生きて、人に嫌われるのが怖くないの」

僕が訊くと、彼は悩む素振りもなく静かな声で答えた。

「怖くない」

「どうして」

「もっと怖いものを知っているから」

「それって、どんなもの?」

咲真は細い腕で頬杖《ほおづえ》をつくと、「教えたくない」とつぶやいた。

長い沈黙が続いた。その後、声をかけても返事がなかったので顔を覗き込むと、彼は目を閉じていた。まるで何も見たくない言いたくないと意思表示しているようだった。

なんでも語り合うことが友だちの条件ならば、僕らは友人と呼べる関係ではなかったのかもしれない。けれど、会話がなくても、彼との間にある沈黙に少しずつ慣れていく自分がいた。

夕暮れの気配が漂い始める頃《ころ》、僕らは学校を出て『海賊山《かいぞくやま》』に向かった。

自転車のふたり乗りは体力的にはきついけれど、精神的には満たされた気分になる。

海賊山は標高が低く、傾斜もなだらかなので簡単に頂上まで登れた。山というより、丘のような場所だった。頂上の一部は木々が切り倒され、小さなグラウンドのように土が剝《む》きだしになっている。じいちゃんから聞いた話によれば、昔、クジラの化石が発見され、調査のために掘り起こされたようだ。今も山のどこかに海賊の財宝が眠っているという噂もあるという。

はるか昔、この辺一体がすべて海だったと思うと不思議な気分になる。

もう一度、海に沈んでしまえばいいのに――。

そんなことを考えながら、僕は木陰で眠っている咲真の姿をぼんやり鑑賞していた。呼吸に合わせて胸が上下する。彼と一緒にいると時の流れが穏やかになり、外界から隔絶された世界にいるみたいで、怖いものが少なくなる。

クラスメイトたちの多くは、教室に入った途端、テンションを上げて誰かと喋《しゃべ》り続ける。そうしなければ、置いてきぼりにされそうで不安になるからだ。

思い返せば、いつも言葉に怯《おび》え続ける人生だった。

ヒエラルキーの上位にいるクラスメイトが誰かの悪口を言い始めたとき、一緒に賛同しなければ排除される。賛同したらしたで、まるで僕だけが言っていたかのように噂が広まっていることもあった。人は誰だって自分が大切だ。身を守るためならどんな手段も選ばない。敵に狙われないために新たな敵を作る。そんな終わりのない負のループが続いていくと思うと、うんざりした気分になる。

咲真は性格がきついし、よく暴言も吐く。けれど、誰かの色に染まることはないから、近くにいても安心できるのだ。彼が隣にいてくれるだけで心のバランスが整っていくのを感じていた。

「たくさん学校を休んでるみたいだけど、大丈夫？」

毎日学校に来てほしくて、僕は遠回しに尋ねてみた。

咲真は目を閉じたまま沈黙を貫いている。寝ているかもしれないから返事は期待していなかったけれど、しばらくすると彼は小声で言った。

「お前は辛《つら》い思いをしてまで、どうして学校に行くんだ？」

「それは……継父が教師だから。学校を休んで、母に告げ口されたくないし」

「継父が教師じゃなければ、登校しない？」

「この先も生きるなら、たぶん学校に行くと思う」

「どうして」

「高校を中退したら大学に行くのも難しくなるし、就職するのも大変になりそうだから」

「笑える。死のうとしていた奴《やつ》の発言だとは思えない」

彼は目を閉じたまま薄く笑みをこぼした。

たしかに、今を生きられない人間が未来を心配するのは、どこかずれている。咲真に誘われて報復ゲームに参加しようと決意したけれど、その後の自分の人生がどうなるのか見当もつかなかった。一ヵ月後の未来さえ予想できない。

「この先、僕はどうなるんだろう」

「未来は誰にもわからない。戦争が始まって世界が滅ぶかもしれない」

「命には期限があるのに、人間って争いが好きだよね」

「それぞれ守りたいものがあるんだろ」

生きていれば、命を賭《か》けてもいいと思えるほど守りたいものが見つかるのだろうか。大切なものがないから、僕は孤独を感じてしまうのかもしれない。

「でも、きっとお前は大丈夫。この先や、未来のことを考えられる人間はなんとか生きていける」

咲真の声は平坦で、冷たい。それなのに「お前は大丈夫」という言葉には温度があった。夕日に照らされているせいか、胸がじんわりとあたたかくなる。他人の発言なんて、なんの保障も確証もない。けれど、彼が発する言葉のすべてに真実があり、現実になる予感がする。

夕暮れの空を茜色《あかねいろ》に染められた細長い雲がゆっくり流れていく。姿を現した白い月を眺めながら目を閉じると、瞼《まぶた》の裏に夕日の残像が残っていた。どれほど深い闇が訪れても、この場から離れたくなかった。

2

遺書が五通になったとき、自殺しようと決めていた。それなのに、気づけば遺書は三通に減り、連動するように命の期限は延長され、今や報復ゲームの決行日までは死ねないという新たな目標まで見つけてしまった。

生きる意味を見つけても、簡単にバージョンアップすることはできず、日増しに防衛本能だけが強くなっていく。前よりも弱くなった僕は、嫌がらせが始まる気配を感じ取ると脱兎《だっと》のごとく美術室に逃げ込むようになっていた。

青柳と一緒に報復ゲームを終えるまでは、自分の身を守らなければならない。人との約束はしっかり守るタイプなのだ。

一限目の授業が始まる頃、僕は決まってがっかりしている。隣席には、誰も座っていないからだ。美術室で報復ゲームの準備をした翌日から、咲真は三日も学校を休んでいた。

放課後、ゴーストリバーや海賊山にいるかもしれないという希望を捨てきれず、彼がいそうなところを捜してみた。けれど、一向に見つからない。

会えないからといって運龍寺に行くのは、ストーカーみたいで気が進まなかった。さんざん悩んだ末、休日に「どうして学校に来ないの」というショートメールを送ってみるも、文面がつまらなかったのか、どれだけ待ってもスマホは静まり返っていた。それにもめげず、僕は授業が終わるとゴーストリバーまで自転車を走らせた。

彼に出会えたから、もう少し生きてみようと思えたのだ。道標のような存在がなくなれば、おのずと行く先を見失ってしまいそうで怖かった。

今日の風は味方だろうか——。

そんなことをぼんやり考えながらペダルを踏み締めたとき、河辺に人影が見えた。反射的にブレーキレバーを握り締める。タイヤが悲鳴を上げた。

自転車を止めてから、目を細めて河辺を凝視する。

僕は飛び跳ねるように降車し、弾む指で鍵《かぎ》をかけた。逸《はや》る気持ちを抑え切れず、土手を一直線に駆け下りていく。転ばないようにバランスを取りながら、雑草を踏みつけて河辺に着地した。

一度、大きく深呼吸し、河辺に座っている細い背中に近づいていく。

咲真は膝《ひざ》の上にノートパソコンをのせ、キーボードを叩《たた》いていた。制服ではなく、肌触りのよさそうな薄茶のニットに色褪《いろあ》せたデニム。無表情だったけれど、見たところ元気そうだったので安心した。たぶん、学校をサボったのだろう。

辺りに砂利を踏む音が響いているのに、彼は無反応のままパソコンの画面を見つめ、キーボードを打っている。当たり前のように使用しているが、僕が貸したものだ。

わざと無視しているのだろうか――。

ふいに、ゴーストリバーに棲《す》み着いているという幽霊は、ひとりで寂しいだろうなと思った。存在しているのに、誰にも気づかれない。僕は人間であることを証明するために声をかけた。

「学校を休み続けたら留年するよ」

「もうしてる」

冗談だろうか？　どれだけ眺めても、彼の表情から真偽は読み取れない。相変わらず細長い指でキーボードを叩いている。僕は確認するように尋ねた。

「それって……冗談だよね」

「真実。俺はひとつ年上」

いつも冷静沈着で大人っぽいと思っていたけれど、年上だとは考えてもみなかった。

「どうして留年したの」

「単純な理由だよ。学校に行ってないから」

やっと視線を上げた咲真は、片頬を緩めてから言葉を継いだ。「もしかして心配してる？　そういうの親みたいで気持ち悪い」

胸が波立ち、彼の姿から目が離せなくなる。明るい口調とは対照的に、顔に翳《かげ》りが差したように見えたのだ。余計なことを訊いてしまった気がして、知りたいことはたくさんあるのに、それ以上は質問できなかった。

会話がなくなった途端、流水の音が強くなる。

気まずくなった僕は河に近づき、小石を拾って水面に投げた。

石は一度も跳ねることなく、予《あらかじ》め決められた運命のように沈んでいく。やけになって小石を集め、次々に投げる。何度やっても失敗に終わった。まるで自分の人生のようで気が滅入る。

嫌な気配を感じて振り返ると、咲真は薄い笑みをこぼした。

「選んでいる石が悪いんだよ」

彼は腕を伸ばして近くにある小石をつかみ、こちらに放り投げてくる。慌てて両手でキャッチしたあと、受け取った石を慎重に眺めてみるも、際立った特徴は見当たらない。

戸惑っているのを察知したのか、彼は河の音に消されそうな声で教えてくれた。

「なるべく平らで、角のない石を選ぶんだ」

僕は唇を引き結び、再度、水面を見据えて挑戦する。けれど、石は一度も跳ねることなく沈んでいった。よく母から「不器用な子ね」と言われる。そんなとき、弟は決まって「性格もね」と付け加えてきた。

石を投げたのは、これで十回目だ。本当に不器用なのかもしれない。

奇妙な声が聞こえてきて振り返ると、咲真は顔を伏せて小刻みに肩を震わせている。その姿を眺めているうち、声を殺して笑っているのだと気づいた。

無視されるよりマシだけど、少し惨めな気持ちが押し寄せてくる。僕の身体《からだ》から悲壮感が漂っていたのか、咲真はバツの悪そうな顔で口を開いた。

「まずは低い姿勢になってからサイドスローで投げるんだ。叩きつけるんじゃなくて、水面を石が滑っていくようなイメージを浮かべる」

もう意地になっていた。なるべく平たくて丸い石を探して手に取る。

物心がついた頃から、生きていくうえで意味のないことはなるべくやりたくなかった。それなのに、どうしても水切りを成功させたいと思ってしまう。ただの遊びなのに、成功したら何かが変わるような予感さえしてくる。

自分の人生を終わらせようとした大きな河を前にして、水の表面を滑っていく石の姿を頭に思い描く。できるだけ低い位置から石を放った。

「やった！」

思わず拳を掲げ、大声で叫んでいた。

直後、急に恥ずかしくなり、慌てて掲げた拳を下ろした。一回跳ねただけでテンションを上げている自分が情けなくなる。

苦笑しながら振り返ると、咲真は優しく双眸《そうぼう》を細めた。

綺麗《きれい》な人だな、と唐突に感じた。

夕日に照らされたライトブラウンの細い髪と瞳、血色の悪い青白い顔さえ魅力的に映る。折れそうなほど細い身体なのに凛《りん》とした佇《たたず》まいがあり、触れてはいけない美術品みたいだった。

「テザリングして」

彼に言われ、はっと我に返った。

さっき優しく指導してくれたのは頼み事をしたかったからだと気づき、浮かれていた気持ちが急激に沈んでいく。

僕は鞄からスマホを取りだすと、彼の隣に座ってネットに接続した。画面を覗いたところ、誰かにメールを送信しようとしているようだった。よく見ると、宛先《あてさき》の『ＢＣＣ』欄に複数のアドレスを登録している。たぶん、送信相手は大勢いるのだろう。メールの本文には、外国語で何か書いてある。

「咲真君って、語学が得意なんだね」

「石田さんは多国籍料理店が好きなんだ。そこの店主に頼んで、外国人の知り合いを紹介してもらった」

「なんのために」

「翻訳してもらうため」

咲真はメールを一斉送信したあと、画面をデスクトップに切り替え、保存してあるテキストフアイルを開いた。ファイルには六ヵ国の言語で何か書いてある。

日本語の文面を読んだとき、脳がぐらりと揺れる感じがした。


――世界の友へ告ぐ。

あなたが死にたい理由は、恨んでいる相手がいるからではないでしょうか?

一月四日『世界点字デー』、三月三日『世界野生生物の日』、五月三日『世界報道自由デー』、九月二十一日『国際平和デー』。この世界にはたくさんの国際デーが存在している。

けれど、いま我々に必要なのは『世界報復デー』です。

わたしは、あなたを助けるために新たな国際デーを創設しようと思います。

世界の友へ告ぐ。

世界報復デーは、十一月二十五日に制定する。

あなたは、ひとりではない。

何十万キロ離れた場所で、志を同じくする友が立ち上がる。

我々は苦しみ、哀《かな》しみ、痛みを共有する仲間です。

世界報復デーの詳細は、後日送信します。

十一月二十五日まで、二ヵ月ほどある。

文面の最後に入力した、「From SAKUMA」という差出人の名を読み、ますます混乱が深まっていく。その日、咲真は何をするつもりなのだろう。

思わず僕は咎《とが》めるような口調で訊いた。

「誰にメールを送信したの?」

「この前、掲示板にメールアドレスを載せただろ。そのアドレスに連絡してきた奴らに送った」

たしか、メールアドレスを掲載したのは『死にたいと思っている人間が集まる、十代限定の掲示板』だったはずだ。

「こんなメールを送ったら問題になるんじゃないかな」

「個人のメールに送信してるから大丈夫。まぁ、問題になってもかまわないけど」

咲真は囁《ささや》き声でそう言うと、狡猾《こうかつ》そうな笑みを浮かべた。

話を聞けば聞くほど不安は増幅していく。僕は核心に迫る質問を投げた。

「十一月二十五日に何をするの?」

「だから報復。自分の力では到底かなわない相手に」

以前、咲真は「世界を壊してやりたい」と言っていた。けれど、それは冗談だと訂正したはずだ。そもそも未成年の僕らにできることは限られている。化学兵器もないのに世界を壊すなんてできるはずがない。

僕の内心を見透かしたのか、咲真は補足するように言った。

「限られた中で最大限のことをする。最悪な状況を作りださなければ、苦しんでいる人間の声は、永遠に誰にも届かない」

「最悪な状況って、何をするの？」

「この世でいちばん悪い行為」

「まさか……人を殺すんじゃないよね」

咲真の顔に鮮やかな笑みが浮かぶ。彼は確認するような口調で訊いた。

「人殺しは悪いことなのか？」

「悪いよ。だって命を奪うんだよ」

「それなら成瀬も人殺しだな」

「僕は人なんて殺してない」

「お前も人だろ」

頬を強く張られた気がした。胸にじわじわと苦いものが広がっていく。

自殺は、人殺しになるのだろうか——。

咲真は水面に目を向けると、静かな声で言った。

「十六年間、動物を殺して食って。魚を殺して食って。植物を殺して食って。たくさんの命を犠牲にして、お前の身体はがんばった。お前が無茶なことをしても必死に心臓を動かして、全力でがんばってきた。でも、お前はそいつを殺そうとした」

「だから殺人と変わらないって言いたいの」

反駁《はんばく》する僕の声は掠《かす》れて震えていた。

「感情的になるな。そもそも、殺人が悪だとは思わない」

「なんで、だって法律で……」

「それならどうして戦争が起きる？　なぜ世界中で殺人事件が発生する？　人を自殺に追いつめる人間がいるのはなぜだ？」

頭が混乱し、動悸《どうき》が激しさを増した。

彼に質問されるたび、どうしてこんなにも悔しくて惨めな気持ちになるのだろう。きっと、自分なりの答えを持っていないからだ。

咲真は胸中を読み取ったか、断言するように言い放った。

「答えがわからないなら、自分だけの法を制定すればいい。人間はそれが可能なんだ」

「どういう意味」

「法なんて、実際は有って無いようなものだ。だから人は、他人を殺す。お前は、自分の法に則り自分を殺す。俺は懸命に生きている人間を傷つける奴らが許せない」

咲真は川のせせらぎのような声で訊いた。「自殺しようとしていたお前は、どうして今生きているんだ？」

どうして——生きる意味を見つけたから。報復ゲームに参加し、青柳を救うためだ。

「僕は……目標ができたから」

咲真はパソコンの画面を見つめながら口を動かした。

「お前だけじゃない。こいつらにも生きる目標が必要だ」

「咲真君の言う報復って、何を意味するの？」

「理不尽に人を苦しめた奴らに、同等の痛みを感じさせる」

そんなこと可能なのだろうか――。

胸中で複雑な感情がせめぎ合い、深く考えるほど言葉を見失ってしまう。

咲真の発言は過激だけれど、思い返してみれば、彼がやろうとしてきたことは人助けだった。

あの夜、実際に文具店のおばさんや小野寺を救った。今回の報復ゲームでも、青柳だけでなく、苦しんでいる彼女の母親を助けたいと思っているように見える。

紛れもなく、僕自身も彼に救われたひとりだった。

河の流れる音を耳にしながら、『世界報復デーの詳細は、後日送信します』という言葉を見つめることしかできなかった。


この世に僕を誕生させた人物、それは両親だ――。

自分自身に嫌悪感を覚えるたび、生みの親に対する憎しみも増幅していく。

昔、父と喧嘩《けんか》した母は、口の中にたくさんご飯を詰め込み、早食い選手権のように五分も経《た》たないうちに夕食を終えたことがあった。それなのに、継父の前では別人だ。数えられるほどの米粒を箸《はし》でつかみ、美しい所作でこまめに口に運んでいる。そんな母の姿を目にするたび、腹立たしくなるのはなぜだろう。

胸の奥から込み上げてくる不快感を押し込めるように、僕は味噌汁《みそしる》を一気に飲み干した。

「航基、どうかしたのか」

じいちゃんが心配顔で訊くので、僕は自然な口調で答えた。

「別に、どうもしないよ」

「そうか。それならいいんだが」

静まり返った食卓に、じいちゃんの漬物を嚙《か》む音が響いた。

悪い雰囲気を消すように、母、悠人、継父がくだらないお喋りを開始する。いつものパターンだ。継父が家にいるとき、母の声のトーンは微妙に変わる。わずかな変化を感じ取った瞬間、奇妙な失望感を覚えてしまう。

僕は卵焼きに素早く箸を伸ばした。甘い卵焼きを口に入れるたび、父の寂しそうな顔が脳裏に浮かんでくる。

あの哀しい朝も、食卓に卵焼きが並んでいた。

別れの日、父は笑顔を作りながら「心配すんなよ。俺はかわいい恋人もいるし、お前らがいなくても大丈夫だから」と僕の肩を強く叩いた。悠人は震える声で「こいつ最低だな。死ねよ」と言い残し、玄関を出て行ってしまった。母は別れの挨拶《あいさつ》もせず、先にタクシーに乗り込んでいた。最後にあんな言葉を投げたのは、僕が独り身になる父を心配していたからだ。息子の心配を感じ取り、わざと悪ぶって見せただけなのに、まだ幼い弟には伝わらなかったのだろう。

いちばん哀しかったのは、別れ際に父から「器用そうに見えるけど、結構不器用だったりするややこしい奴だからさ、悠人を頼むな」、そう言われたことだ。父が最後に心配したのは母や僕ではなく、冷たい言葉を吐き捨てた弟だった。寂しくて悔しくて、僕は黙ったままうなずくとドアを勢いよく開けた。後ろから「航基」と名前を呼ばれても振り返らなかった。父の声が震えていたからだ。バタンと遮断するように閉まったドアの音が、罪悪感と共に未だに耳に残っている。

あのときのことを後悔していた。もう二度と父に会えないなら、最後の表情を目に焼きつけておきたかった。

「そういえば、あの犯人はまだ捕まってないんでしょ」

母が怯えた表情で訊くと、継父はご飯茶碗《ちゃわん》を置いて渋い顔で答えた。

「犯行現場から若い男が逃げだす姿を見たっていう目撃情報があったみたいだけど……ミヨシさんは中学のとき図書委員で、おとなしくて人に恨まれるタイプではなかったのに」

「でも、マリナと仲のいい友だちの話だと、派手な生活をしていたみたい」

ミヨシマリナ？　たしか一週間前にアパートで殺害されたのは、三芳茉里奈という女性だったはずだ。年齢は三十六、母の歳《とし》と一致する。

同じ疑問を抱いたのか、悠人が興奮した口調で尋ねた。

「お母さん、あのメッタ刺し事件の女の人と知り合いなの？」

「中学の同級生」

「マジで？　身近な人が殺されるなんて、かなり怖いじゃん」

「身近って……大人になってからはあまり深く関《かか》わってないけど」

母が困り顔で目配せすると、継父がうなずきながら言った。

「まぁ、どっちにしろ、早く犯人が捕まらないと不安だよな」

「そういえば、二十年以上も前の話なのに、茉里奈が図書委員だったことよく覚えてたね」

母が不思議そうに訊くと、継父は肩をすくめて答えた。

「だって僕も図書委員だったから」

「彼女は夜のお店で働いていたらしいけど、もしかして行ったことがあるんじゃないの？」

「ないない。絶対にない」

幼稚なやり取りを見ていると吐き気がしてくる。

時々、ふたりは同級生たちの話題で盛り上がるけれど、中学時代がそんなに懐かしくて、楽しい時期だったのだろうか。僕もテンションを上げて笑いながら、「ないない。だってロリコンだもん」と継父のセクハラの実態をぶちまけたくなる。

実行に移したら、どうなるだろう——。

ふたりは離婚するはずだ。離婚後、世間体を重視する母はこの地を離れ、また酒浸りの日々に戻り、悠人の大学の費用も払えなくなるだろう。どれだけ想像を巡らせても、そこに幸せな結末は待っていなかった。

気分が悪くなった僕は夕食もそこそこにして風呂《ふろ》に入り、自分の部屋へ戻った。

明日は、十月八日――。

手紙を読んだ青柳は、家から出てきてくれるだろうか。

ベッドに寝転がり、これから始まる出来事を想像してみる。

絹川淳也に復讐する『報復ゲーム』。

十一月二十五日に制定する『世界報復デー』。

一体、咲真は何をするつもりなのだろう。僕は不登校のクラスメイトを無事に救いだせるのだろうか――。答えのだせない自問を繰り返していると瞼が重くなり、全身がベッドに深く沈んでいく感覚がする。意識が途切れ、視界が闇に包まれた。

しばらく浅い眠りの中を漂い、ぼんやり目を開けたとき、もう夜の十一時を過ぎていた。

このまま朝まで眠ってしまいたい。けれど、やらなければならない計画を思いだし、僕は自室を出て、重い足取りでリビングに向かった。陸上部の朝練があるため、継父は十一時を過ぎると寝ていることが多かったので、今がチャンスだと思った。

リビングのドアを開けると、じいちゃんの姿が目に飛び込んでくる。ソファに深く腰かけ、分厚い本を読んでいた。

「航基、どうした？」

部屋を見回しても継父はいない。安堵《あんど》しながら僕は口を開いた。

「お母さんに話があって」

「おい、聡美！」

急用ではないのに、じいちゃんはキッチンにいる母を呼びつけた。

「なんの騒ぎ？　そんな大声だして」

母はドア付近にいる僕に気づくと、「あら、珍しい。どうしたの」と軽く驚いた。

「明日なんだけど」

僕が声に緊張を滲ませながら言うと、母は少し首を傾げて訊いた。

「明日、何？」

「友だちの家に泊まりたいんだ」

青柳を呼びだす手紙に『夜七時に家から出てきてほしい』と書いた。そんな時間に外出したら親に不審がられるので、友だちの家に泊まるという嘘をつくことにしたのだ。

これまで一度も友だちの家に泊まった経験がなかったので、母は少し戸惑ったような心配そうな視線を向けてくる。もう高校生なんだから親の承諾は必要ないと思った。けれど、帰宅しなかったら大騒ぎになるのは目に見えているから、嫌々ながらも伝える道を選んだのだ。

「いいじゃないか、俺も子どもの頃、よくセッちゃんの家に泊まったなぁ」

懐かしそうに目を細めるじいちゃんを無視し、母は探るように訊いた。

「泊まりは、親御さんの負担になるんじゃないかしら。友だちって、どこの子？」

「同じクラスの月島咲真君」

「なんだ、セッちゃんの家ならいいじゃないか」

じいちゃんが賛同すると、なぜか母は険しい顔で尋ねた。

「セッちゃんって、もしかして運龍寺の？　噂で聞いたんだけど、あの子、ご両親がいないんでしょ」

初めて耳にする情報に顔が凍りついた。

咲真は河辺で「今度、親に頼んでみる」と言っていた。あれは嘘だったのだろうか。いや、母が誰かに間違った噂を吹き込まれた可能性も捨てきれない。

じいちゃんの顔を見ると、心なしか表情が硬くなった気がして、僕は絶句したまま立ちすくんでいた。そう言えば、じいちゃんは一度もセッちゃんの孫の話はしなかった。何か問題があるから黙っていたのだろうか——。

「それは、ただの噂だろ」

じいちゃんはとぼけた調子で言ったあと、苦笑いを浮かべている。

「ご近所の方たちもご両親の姿を見たことがないって言ってるし……セッちゃんはいい人だけど、

お孫さんは評判がよくないみたいよ。悪い噂ばかり。そんな子と仲よくして大丈夫なの?」

眉根《まゆね》を寄せている母の顔を見たとき、僕は両の拳を固く握り締めていた。

母は高校卒業と同時にこの町を離れ、東京の大学に進学した。戻ってきたのも最近なのに、両親がいないという噂を誰に聞いたのだろう。お得意の同級生情報か、それとも誰もが知る有名な話なのだろうか。詳しい理由は知らないけれど、両親がいないのは咲真の責任じゃない。

咲真は、あんたの息子の命を救ってくれた相手だ、そう叫んでやりたくなる。奥歯を強く嚙み締めても、湧き上がる怒りを抑えられなかった。

「何がそんなに心配なの」

僕の声は怒りで震えていた。

「だって、あまり評判よくない子だし」

「評判って、それは誰の評価?」

「誰って……近所の」

「よく知りもしないくせに、そんな噂を流す奴のほうが最低じゃん」

僕は母を睨《にら》みつけながら言葉を継いだ。「他人じゃなくて、もっと自分の心配をしろよ」

「あなた最近、反抗期みたい。大丈夫?」

僕は半笑いで言葉を吐き捨てた。

「東京の大学に進学して中退して、売れないミュージシャンとできちゃった結婚して離婚して、あんたの人生は大丈夫なの？　完全に失敗じゃん」

左頬に衝撃が走り、視界が霞《かす》んだ。

じいちゃんの「おいっ！」という声を耳にしたとき、母から頬を叩かれたことに気づいた。

「そんなに家族をばらばらにして楽しい？」

意味が取れず、僕は呆然《ぼうぜん》と母の顔を見た。目に涙を溜《た》め、顔を真っ赤にし、唇をぶるぶる震わせている。

本当の家族をばらばらにしたのは父と母じゃないか。どうして僕の責任にするんだよ。

「いつも反抗的な態度ばかり。だから、航基はいい友だちができないのよ。そういうとこ、あの人にそっくり」

頬に涙がこぼれ落ちていくのを感じた途端、うなるような低い声が口からもれた。

「お父さんの悪口……言うなよ」

簡単に子どもを捨てる親なんて大嫌いだ。それなのに奇妙な言葉が口から溢《あふ》れてくる。父を貶《けな》されると、自分自身を否定されている気がしてしまう。

泣き顔を見られたくなくて、リビングを飛びだすと階段を駆け上がった。

乱暴にドアを開け、自分の部屋に駆け込むとベッドに倒れ込んだ。枕《まくら》に顔を強く押し当てて、喚《わめ》き散らしたくなる衝動をどうにか堪《こら》えた。

彼に出会わなければ、僕は死んでいた――。

胸にある怒りは、すべて哀しみに変わっていく。

今思えば、親の話になったとき、咲真は明らかに動揺していた。

詳しい家庭の事情は知らないけれど、両親のいない彼は、離婚で嘆いている僕よりもずっと深い哀しみの中を彷徨《さまよ》っている気がする。底のない虚しさに襲われ、息を殺し、いつまでも枕に顔を埋めていた。

3

暗雲が立ち込めていることに気づいたのは、国語の授業が終わったあとの休み時間だった。

いつも傍観者に徹している女子たちが「成瀬の悪口、一組や三組にも広がってるみたい。さすがに、ちょっと可哀想《かわいそう》かも」と話し合っている声が聞こえてきたのだ。

他のクラスの生徒も参加しているメッセンジャーアプリのグループトークで「一年二組の成瀬航基は露出狂」という噂を吹聴している奴がいるようだ。その話を耳にしたとき、微《かす》かに口元が緩んだ。証拠が残る誹謗《ひぼう》中傷は、書き込んだ人間も不利益を被る恐れがある。もっと騒いで自爆すればいい。いつか仕返ししてやる。

普段なら沈んでしまう状況なのに、今日は気分が高揚しているせいか、屈辱的な噂話も気にならなかった。

報復ゲーム――。

今夜七時、青柳の家に行き、ついにゲームが幕を開ける。

昨夜はあんなにも反対したのに、今朝リビングに行くと母の態度は軟化していた。急に咲真の家に泊まってもいいと言われたのだ。

母は意志が強そうに見えて、人に流されやすいところがある。どうやら夫に諭され、自分の意見を曲げたようだ。それを聞いても、継父に対して感謝の気持ちは湧いてこない。むしろ理解のある父親を演じているようで、余計に気分が悪くなる。

学校から帰宅すると自室に駆け込み、急いで制服を脱ぎ、白シャツと紺のチノパンに着替え、薄手のカーディガンを羽織った。泊まりになることも考え、下着なども鞄に詰め込んでいく。

――悪い噂ばかり。そんな子と仲よくして大丈夫なの？

昨日の母の声が耳の奥で燻《くすぶ》っていた。誰とも顔を合わせたくなかったので、足音を忍ばせて階段を下りると、玄関に置いてあるローファーに足を突っ込んだ。なるべく音を立てないようにドアを開け、静かに家を出ていく。まるで家出みたいだ。

庭に停《と》めてある自転車のサドルにまたがり、立ち漕《こ》ぎでペダルを踏み、目的地を目指してどんどん加速させていく。土手の上から確認すると、ゴーストリバーに人影はなかったので、今度は海賊山まで向かうことにした。

山の麓《ふもと》に自転車を停め、緩やかな山道をのぼっていく。トレッキングにはまったく興味が持てなかったけれど、自然の中を歩いていると不思議なほど心が軽くなる。

ほっとしたのも束の間《つかのま》だった。斜度のきつい登り坂を越えて頂上にたどり着いた途端、強い落胆と徒労感に襲われた。

辺りは孤独になるほど静寂に包まれていた。

報復ゲームの当日なのに、咲真は学校を休んだうえ、よく出没しそうな場所にもいなかったのだ。溜息《ためいき》を吐きだしながら街並みが見える場所まで移動し、眼下に広がる光景をぼんやり眺めた。

一軒家と田圃《たんぼ》が広がる特徴のない町。どれだけ目を凝らしても咲真の居場所は見つけられない。

そっとポケットに手を滑らせ、スマホを取りだそうとして動きを止めた。

自分の行くべき場所はわかっている。

天を仰ぐと、翼を広げた鳥が旋回していた。風を味方につけた鳥は大きな鳴き声を上げ、茜空を舞う。その声に呼応するように、どこか遠くにいる仲間たちの返事が響いてくる。スマホなんてなくても、広い空で会話ができる鳥たちが羨《うらや》ましかった。

青柳の手紙に書いた約束の時間は、夜の七時。下山して麓まで戻ると、スマホに登録しておいた住所をマップアプリに入力していく。位置情報を確認しながら自転車を走らせた。

線路沿いの道を進み、一方通行の狭い路地を抜け、ひたすら目的地を目指して進んでいく。

報復ゲームという進路に、帰り道は存在するだろうか——。

人を呪《のろ》わば穴二つ。なぜか嫌なことわざが頭に浮かぶ。ふいに、深い樹海の森を彷徨っているような気分に襲われた。不安を振り払うように強くペダルを踏み込むと、自転車は加速していく。連動するように鼓動も速まり、酸欠状態みたいに頭が痺《しび》れてくる。

僕はずっと生きる目的を探していた。目的がなければ、死を呼び寄せてしまいそうで怖かったのだ。未来は霞んで見えないのに、ペダルを踏むごとに不安は吹き飛び、期待が胸に満ちていく。青柳を救えたら、暗闇に光が射すだろうか――。気づけば、このゲームに勝ちたいと強く願っている自分がいた。

突如、運龍寺で蹲《うずくま》っていた青柳の母親の姿が脳裏に舞い戻ってくる。自分のためだけでなく、苦しんでいる彼女のためにも成功させたい。その思いは、心に勇気を与えてくれる。

足がくたくたに疲れる頃、閑静な住宅街にたどり着いた。どこかの家からカレーの匂《にお》いが漂ってきて、誘われるように腹が鳴る。

辺りは闇の気配が漂い、腕時計はもうすぐ約束の時間を迎えようとしていた。昼間は暖かかったのに、夜になると少し肌寒さを感じた。

目的地付近で降りて、マップアプリを確認する。自転車をおしながら路地を曲がったとき、慌ててブレーキペダルを握り締めた。

近くにある低い塀に寄りかかるようにして、誰かが蹲っていたのだ。自転車を止め、目を細めて警戒しながら道の先を凝視する。

ふっと肩の力が抜けていく。華奢《きゃしゃ》な人影は、咲真だった。

彼が寄りかかっている塀の奥には、広い庭と二階建ての一軒家がある。確認するとマップアプリは、ここが青柳の家だと示していた。まだ帰宅していない家族がいるのか、玄関の外灯は煌々《こうこう》と灯《とも》っている。

咲真はゆっくり顔を上げ、品定めするような眼差しで口を開いた。

「成瀬、本当に来たんだな」

「約束したから」

彼に近づいたとき、異変を感じた。咲真は唇を引き結び、まるで痛みに堪《た》えているような表情をしている。僕は自転車のスタンドを立ててから近寄ると、屈《かが》んで彼の顔を覗き込んだ。

「体調が悪そうだけど大丈夫?」

霧雨に濡《ぬ》れたように、前髪が汗でべったり張りついている。

熱を確認したくて額に向かって腕を伸ばすと、彼は蚊を払い落とすように拒絶した。手を叩かれたときのパチンという音が辺りに虚しく響く。行き場を失った手を軽く丸めた。

ふたりの間に気まずい沈黙が満ちていく。

僕はどうしたらいいのかわからなくなり、俯《うつむ》いて口を噤《つぐ》んだ。

数秒重苦しい沈黙が流れたあと、咲真は不穏な空気を霧散させるように相好を崩した。

「ただの風邪《かぜ》だから大丈夫」

「熱があるんじゃないの」

「そんなのどうでもいい。今日は約束の日だから」

自由奔放で捉えどころがない印象があるが、もしかしたら彼はとても真面目《まじめ》な性格なのかもしれない。少しだけ呼吸も苦しそうで心配になる。けれど、眉間《みけん》に寄せたシワが、すべての同情を拒絶していた。

咲真は口元をほころばせ、テキストを朗読するように言葉を放った。

「遺書三、何年経っても目標が見つかりません。生きている意味もわかりません。だから人生を終わりにしたい」

頬が熱を帯びるのを感じて、僕は反射的に目を伏せた。

突如、紙を裂くような音が響いて視線を向けると、咲真は『遺書3』と書かれた封筒を細かく破っていた。

「お前には、青柳麻衣を救うという目標ができた。だから生きている意味もある」

彼の言葉に勇気づけられ、僕は素直に疑問を口にした。

「遺書の内容を克服させて、命を救おうとしてくれているの」

「残念だけど勘違いだ。利用したいだけ」

「利用って、どういうこと?」

「俺も、絹川淳也に恨みがある」

彼は何か企んでいる眼差しで続けた。「夢を叶《かな》えるためには、仲間が必要だろ」

湧き上がった高揚感は、一気に萎んでいく。僕らは友だちではなく、利害関係が一致したビジネスパートナーのようなものなのだろうか。

自死しようとした日、咲真に声をかけられ、命の期限を延長した。その間に人の役に立てなければ死の道へ戻ろうと思っていた。咲真にとっては、ただのゲームだとしても、僕にとっては命《いのち》賭《が》けのミッションだった。ふたりの間には温度差がある。そう考えると、釈然としない思いが胸に生じた。

次の瞬間、バンッという大きな音が鳴り響いた。

弾《はじ》かれたように立ち上がり、視線を移すと奇妙な人物が目に飛び込んでくる。

瞬時に悪役プロレスラーを連想した。青柳家の玄関先にいる人物は、上下白のスウェット姿。身長は僕よりも高く、横幅もかなり大きい。張り手を食らったら、何メートルも吹っ飛ばされそうなほど大柄だった。背中を少し丸め、両腕をだらりと垂らし、長い髪の間からこちらを観察している。家の中から走って出てきたのか、肩で息をしていた。眼光は鋭く、唇の間から歯が覗いている。まるで獣の唸《うな》り声が聞こえてきそうな雰囲気だ。

予想外の光景に恐怖を覚え、僕は上擦《うわず》った声で尋ねた。

「あれって……誰？」

「青柳麻衣」

立ち上がった咲真は、玄関に目を向けながら答えた。

本人？　あまりにもイメージが違う。青柳の兄が出てきたのかと思った。彼女が全力で暴れたら、あの痩《や》せている母親では止められないだろう。

怖い。青柳が呼吸するたび、恐怖心が募ってくる。獲物《えもの》との距離を測り、今にも突進してきそうな彼女の体勢に足がすくみ、逃げだしたくなった。

それなのに咲真は、物怖《ものお》じすることなく堂々と庭に入っていく。庭に種を蒔《ま》くように、咲真の手から切り裂いた紙がこぼれ落ち、遺書の破片が散らばった。

僕も続くように庭に足を踏み入れると、青柳の眼光が鋭くなる。思わず動きを止め、正面に立つクラスメイトを見つめた。

青柳と咲真は、視線をぶつけたまま一歩も動かない。まるで決闘前のような不穏な空気が漂っていて息苦しくなる。もしも彼女が暴れだしたら、止めることができるだろうか。非力な僕と華奢な咲真に勝ち目はない。想像するだけで恐ろしくなり、固唾《かたず》を呑んでふたりの姿を交互に見やることしかできなかった。

「青柳、久しぶり」

咲真が闇に溶けるような声で言うと、彼女は眼球だけを動かし、辺りを慎重に確認している。よく見ると、目に怯えの色が滲んでいた。

「ここにいるのはふたりだけだから、心配はいらない。こいつは、俺たちのクラスの転校生。希死念慮に駆られ、死に急いでいる成瀬航基だ」

どんな紹介だよ、と突っ込みたくなったが、彼女の眼光がますます鋭くなったので唇を引き結んだ。

「あの手紙を書いたのは……誰？」

その声は驚くほど幼かった。着ぐるみの中に幼い女の子が潜んでいるようで、困惑してしまう。

心臓が跳ね、僕は咄嗟《とっさ》に身構えた。

青柳が肩を揺らしながら近づいてきたのだ。こちらの恐怖心を感じ取ったのか、彼女は立ち止まり、また上目遣いで観察するようにじっと見つめてくる。

本当に彼女は虐められていたのだろうか――。

早く返答しなければ怒りを買う気がして、僕は必死に声を振り絞った。

「手紙を書いたのは僕で……でも、内容は咲真君が考えたもので」

「何が目的？」

「目的？　それは――」

青柳は遮るように怒気を孕《はら》んだ声を上げた。

「あなたも私を虐めるの？　呼びだして嫌がらせして、また追いつめるんでしょ」

「僕はそんなことしない。ただ役に立ちたいんだ」

「はぁ？　何それ」

彼女は眉根を寄せ、不信感を露《あら》わにしている。

たしかに、今日初めて会ったばかりだし、不審がられても仕方ない状況だった。そもそもどうしてこんなことをしているのだろう。原点に立ち返ると、僕の口から本音がこぼれた。

「青柳さんのためじゃない……これは自分のためだから」

偽らざる本心を言葉にすると、咲真が面倒くさそうに口を開いた。

「青柳はどうして家から出てきた?」

「あなたたちが呼びだしたからでしょ」

「それは違うだろ。本当は家で暴れたくないし、母親を殴りたくない。お前は助けを必要としていた。だから出てきたんだ」

図星だったのか、彼女は唇をわななかせ、悔しそうに視線を落とした。顔を伏せて手をぎゅっと握り締めている姿は幼い子どものようで痛々しかった。もしかしたら、気が弱くて、優しい人なのかもしれない。

咲真は動じる様子もなく、薄い笑みを浮かべながら続けた。

「成瀬と青柳は、利害関係が一致したんだ。ふたりが恨んでいる相手は同一人物。これからそいつに復讐する」

彼女は眉をしかめて訊いた。

「どうやって」

「やり方は俺が決めた。報復ゲームに参加するかどうか、ふたりで決めろ」

「今更、復讐してなんになるっていうの」

青柳の目に憎悪の火が灯った。

咲真は怯《ひる》むことなく、真《ま》っ直《す》ぐな視線を投げながら言った。

「家で暴れて、母親を殴って、そんなことしてなんになるんだ？　殴る相手を間違えると、心の傷は永遠に治らない」

「だったら、あの人を殴ったら……心の傷が治る？」

彼女の瞳からこぼれ落ちる涙は、たくさん傷ついたことを物語っているようで見ていられなかった。けれど、咲真は抑揚の欠いた声で告げた。

「やってみないとわからない。それなら試してみたほうがいい」

不気味な、くくくく、という声が聞こえてくる。

彼女を見たとき頭が混乱した。青柳は大粒の涙を流しながら唇をひくひく引き攣《つ》らせている。それが彼女の笑顔だと気づいたとき、余計に心が塞《ふさ》いだ。ずっと部屋に閉じこもり、笑い方を忘れてしまったのかもしれない。

「お前が嫌なら、やる必要はない。でも俺はひとりでもやる」

咲真がそう宣言して庭を出ていこうとしたとき、玄関のドアが勢いよく開き、エプロン姿の女性が飛びだしてきた。

「麻衣」

エプロン姿の女性は、運龍寺で泣いていた人だった。

名を呼ばれた青柳は、憎しみのこもった目で母親を睨んでいる。

よく見ると母親の痩せこけた頬には赤黒い痣《あざ》があり、手の甲にもたくさん傷があった。身体の生傷を発見するたび、視界が滲んでいく。

青柳は唸るような声で言葉を投げた。

「なんの用だよ？　止めても無駄だから。これから出かけてくる」

緊迫した空気の中、母子は互いに探るような眼差しを向けている。

青柳が「出かけてくる」と口にしたのは、母親への当てつけのようで少し憐《あわ》れに思えた。

「止めてもダメだから、もう家に入って」

青柳が語気を強めると、母親は僕らを交互に見つめた直後、まるで柔軟体操をしているかのように深く上半身を折り曲げた。

「どうか、どうか娘を……よろしくお願いします」

震える小さな声で言うと、母親は何度も頭を下げ、「娘を助けてあげてください」と呻《うめ》いた。

初めて会った僕らを、どうして信用できるのだろう——。

彼女は、今度は懇願するような声で叫んだ。

「どうかよろしくお願いします！　どうか、どうかよろしくお願いします」

母親の狂乱に満ちた態度は、部屋から出るのがどれほど難しかったのかを物語っていた。

僕は居たたまれなくなり、幾度も頭を下げる母親の姿から目をそらした。視線を移すと、青柳の肩が小刻みに震えているのに気づき、やりきれない気持ちになる。

母親の血を吐くような声を耳にしながら、咲真は庭の外へゆっくり歩きだした。

遠ざかる咲真の背中、幾度も頭を下げる母親、顔を伏せて肩を震わせている青柳。三人の姿を見つめながら、僕は祈り続けることしかできない地蔵のように立ち尽くしていた。

咲真の姿が見えなくなったとき、強い焦燥感に駆られ、僕は青柳に腕を伸ばした。袖をつかみ、そのまま彼女を連れて庭の外へ駆けだす。

道に停《と》めてある自転車のスタンドを蹴《け》り上げた。隣から押し殺した泣き声が聞こえてきて、顔を上げることができなかった。

ここからは、無理強いしたくない——。

僕がひとりで自転車をおして歩きだすと、横に並ぶように青柳がついてくる。置いてきぼりにされないように早足に歩いていた。

きっと、この先に待っているのは楽園ではない。理解しているのに、もう歩みを止められなかった。心細くなるほど暗い田舎道を、月明かりがそっと照らしている。

三人とも何も話さず、寄り添うように道を進んでいく。青柳は歯を食いしばり、前だけを見つめ、涙をこぼしている。

その夜、僕らの背を押すように、追い風が吹いていた。

雲が月を覆い隠すと、辺りの闇が一層深まっていく。

街灯もなく、夜に出歩いている人もいない田舎道。秋の虫の鳴き声と交じるように、夜道にハッハッという短い呼吸音が響いていた。

カーディガンを腰に巻きつけ、流れる汗を手で拭《ぬぐ》いながら道を走っていく。なんの罰なのか、僕は自分の自転車を必死になって追いかけていた。

月が雲間から姿を現し、夜道に柔らかな光が降り注ぐと、視界が明るくなる。

道の先に自転車が見える。自転車を運転しているのは青柳、後ろには咲真が乗っている。その奇妙な構図を見つめながら、ひたすら太腿《ふともも》を上げて彼らを追いかけていく。

ふたりの姿は、幻想的で魅惑的に映った。完全に酸欠状態だ。気を抜くと視界が霞み、倒れてしまいそうになる。けれど、理不尽に感じながらも足を止められなかった。ここで離れてしまったら、二度と会えなくなるような予感がしたのだ。

自転車が目指していたゴールは、海賊山だった。限界を感じて地面に倒れ込むと、土の匂いが濃くなる。

「成瀬、遅いよ」

倒れたまま顔を上げると、先に到着したふたりが目の前に立っていた。咲真は冷笑を浮かべ、青柳は気の毒そうに表情を曇らせている。

「僕の自転車なのに、なんでふたりが乗るんだよ」

「そこのスコップを持って、これから頂上まで行く」

咲真に指示され、彼の視線の先を追うと、大樹の近くに大きなリュックがひとつ、ヘッドライトが三つ、スコップが三本転がっている。さっきここに来たときは、荷物なんてなかったはずだ。

上半身を起き上がらせ、僕は肩で息をしながら疑問を投げた。

「なんでこんなところにスコップがあるの」

咲真は質問には答えず、ヘッドライトを装着し、スコップを手に持ち、山道をのぼり始めた。

啞《あ》然《ぜん》と後ろ姿を眺めていると、青柳は迷う素振りもなくリュックを背負った。

「青柳さん、彼は何をするつもりなの?」

「知らない。だけど、私は報復ゲームに参加するって決めた」

今までの弱気な雰囲気は消え失せ、彼女は凜とした空気を纏っている。

自転車に乗っているとき、ふたりは何か話し合ったのだろうか。咲真は人心を操るのがうまい。確たる根拠もないのに、彼を信じてついていきたくなる魅力があった。

ヘッドライトを装着した青柳がスコップを手に、山道に向かって歩き始めた。どんどんふたりの姿が遠ざかっていく。足がだるいし、身体が鉄の塊みたいに重い。立ち上がるのも辛いけれど、頭上から悲鳴みたいな鳥の鳴き声が降ってきて、ひとりになりたくなかった。

僕はどうにか気持ちを奮い立たせ、ヘッドライトを装着し、スコップを片手に彼らを追いかけた。急ぎ足で山道をのぼっていく。周囲の枝葉が揺れるだけで恐ろしくなる。

途中で青柳と合流し、一緒に頂上を目指した。家から一歩も出ていなかったせいか、彼女も苦しそうに息を切らしている。

「リュック、僕が持つよ」

青柳は一瞬、驚いた表情を見せたけれど、すぐに「ありがとう」と言って渡してきた。リュックを持った瞬間、激しい後悔が押し寄せてくる。想像以上に重くて泣きたい気分になった。もう無理、もう嫌だ、もうきつい、そうつぶやきながらも、どうにか頂上までのぼり切った。

リュックを地面に置いた直後、休む暇もなく木の根元に座っている咲真から指示が飛んだ。

「枝が置いてある辺りに穴を掘って」

彼が指差す方向に目を向けたとき、視界が真っ白に染まり、一瞬何も見えなくなった。眩《まぶ》しくて目を細めながら光の根源をたどる。少し離れた場所に丸いストロボライトがいくつか置いてあった。その近くには、梯子《はしご》、一輪車、薄い発泡スチロールの板、巨大なボストンバッグが転がっている。それらを眺めていると、枝を踏む音が響き、木陰から誰かが姿を現した。

「ごめん。腰を悪くして、しかも車も使えないからさ、みんなの荷物は運べなかった」

やる気のなさそうな口調、聞き覚えのある声。木の陰から現れたのは石田さんだった。

「それにしてもサクちゃん、遅いよ」

「ごめん。成瀬の足が遅かったんだ」

「はぁ?」

怒り心頭で僕が声を上げると、青柳のくすくす笑う声が聞こえてきた。

隣にいる青柳は、玄関先で見たときとは別人のような穏やかな笑みを浮かべている。彼女の楽しそうな表情のおかげで爆発寸前だった怒りが少しだけ収まっていく。

石田さんが近寄ってくると、青柳は険しい顔つきで少し距離を取った。

「はじめまして。石田調査会社の石田と申します。調査会社とは名ばかりで、電球の交換や逃げだしたペットの捜索、虐め調査とか、家庭内の問題など、なんでも屋みたいなことをしています」

石田さんはポケットから名刺を取りだし、目尻《めじり》を下げて微笑《ほほえ》んだ。

とりあえず名刺を受け取った青柳は、状況がよく呑み込めないのか、どうしたらいいのかわからず固まっている。困惑している姿が可哀想になり、僕は一度しか会ったことがないのに、慌てて説明した。

「石田さんは悪い人じゃないよ」

悪い人じゃない? 本当にそうなのだろうか。彼の素性はよく知らないけれど、とりあえず不安を排除するのが先決だと思い、つい口走ってしまった。

「成瀬君はさ、若いのに見る目があるよね。俺、大抵悪い人に見えるって言われるのに」

石田さんは不穏な言葉を残し、荷物が置いてある場所まで歩いていく。

「サクちゃん、毛布あるから少し横になりなよ」

ボストンバッグからベージュの毛布を取りだすと、石田さんは汚れるのも気にせず、幹の根本に広げて敷いた。驚いたことに、咲真は素直に「ありがとう」と言って横になった。彼は手の甲を額に当てて目を閉じている。やっぱり熱があるのかもしれない。

「成瀬、リュックから神をだして」

一瞬、意味がつかめなくなる。数秒後、瑠璃色の瞳がよみがえり、僕は下僕のようにリュックからクマのぬいぐるみを取りだし、両手で彼の前に捧げた。

青柳は目を細め、ぬいぐるみを抱いているクラスメイトを気味悪そうに眺めている。僕も同じ気持ちだと伝えたいけれど、また「神を冒瀆《ぼうとく》した」と言われるのが怖くて口にできなかった。

見慣れた光景だったのか、石田さんは特に不審がる様子もなく、ボストンバッグからカセットコンロ、ケトル、ミネラルウォーター、マグカップなどを次々と取りだしている。

「なんかキャンプみたいでわくわくするね」

石田さんは弾むような声で言うと、楽しそうにケトルの中にミネラルウォーターを注ぎ始めた。

僕と青柳は現状を把握できないまま、寝転んでいる少年とキャンプもどきを楽しんでいる中年を啞然と眺めていた。

「体調が悪いから……今は手伝えない」

咲真だとは思えないほど弱々しい声が響いた。彼は目を閉じたまま続けた。

「ふたりで穴掘りをしてほしい。体調がよくなったら俺も手伝う。目標の深さまで掘ることができたら、お前らを信じて計画を打ち明ける」

僕らは戸惑いながら、血色の悪いクラスメイトの顔をしばらく見つめていた。

「やりたくないなら帰っていいよ。でも俺はひとりでも、お前らを苦しめた人間に報復する」

静かな声なのに、心の奥深くに届く強さがあった。口先だけの心配や慰めではない。胸が熱くなる。もしかしたら僕は一緒に復讐してくれるような友を、ずっと心のどこかで待ち望んでいたのかもしれない。それなのに、微かな迷いを捨てきれなかった。

目の端で隣を窺《うかが》うと、青柳はぎゅっと唇を嚙み締めている。

彼女は覚悟を決めた表情で視線を上げ、迷いのない足取りで歩きだし、長い枝が落ちている広場の中央付近で立ち止まった。

「この辺でいい?」

彼女の問いかけに、咲真は穏やかな声で「その辺でいい」と返した。

石田さんは我関せずといった態度でレジャーシートを広げ、コンビニの袋からおにぎり、菓子パン、スナック菓子、チョコレートなどを取りだしている。まるで遠足だ。

ザクッという音が耳に飛び込んでくる。

慌てて顔を向けると、青柳が腰を曲げて地面にスコップを突き刺していた。一心不乱に掘る姿を眺めていると、複雑な感情が込み上げてくる。母親に暴力をふるい、家から一歩も出られなかった少女。スコップを突き刺す姿に狂気のようなものを感じた。

母親を殴るくらいなら、深夜に穴を掘るほうが、よっぽど健全な行為だ。

僕もスコップを握り締め、彼女と向かい合って穴掘りを始めた。交互にスコップを地面に突き刺していく。掘る、突き刺す、掘る。想像したよりも土は柔らかく、まるで誰かに掘られるのを待っていたみたいだ。昔、化石を発掘したとき、一度掘り起こされた場所なのかもしれない。

最初は簡単な作業に思えたけれど、体力のないふたりには重労働だった。

途中で休憩を挟み、鮭《さけ》のおにぎり、ツナサンド、クリームパンを食べた。どれも最高に美味しい。石田さんが入れてくれたコーヒーも絶品だった。遠慮がちだった青柳も美味しそうに梅のおにぎりを頬張っている。

石田さんの準備は完璧《かんぺき》だった。いちばん驚いたのは、非常用の簡易トイレだ。林の奥に設置された簡易トイレは水洗だったのだ。詳しく話を訊くと、ネットで安く手に入るらしい。

まだ顔色はよくなかったけれど、さっきよりも体調が回復してきたのか、咲真はノートパソコンを開き、僕のスマホを利用してメールを送信していた。たぶん、送信相手は掲示板に載せたフリーメールのアドレスに連絡してきた人たちだろう。僕だったら、あんな怪しい掲示板に書き込まれているメールアドレスに連絡したりしない。そこまで考えてから思い直した。あの掲示板は、自死を望む十代の人間が集まっている。もしかしたら、彼らは孤独で、見知らぬ相手に縋《すが》りたくなるほど追い詰められていたのかもしれない。

休憩後、青柳と協力し、溜《た》まった土を一輪車に乗せて林の中に運んだ。

人々が寝静まった真夜中、僕らは意味のわからない作業をひたすら繰り返す。体力的にはきついはずなのに、彼女は楽しそうに土を運んでいた。無邪気に泥遊びをしている子どものようにも見える。僕らはときどき「大丈夫?」と声をかけ合い、ひたすら穴を掘り続けた。次第に充実感が胸を満たしていく。それは青柳も同じだったのかもしれない。時間が経つにつれ、彼女の瞳は輝きを増し、血色がよくなってくる。

いつの間にか、穴は梯子が必要になるほど深くなっていた。

青柳のスウェット、僕のシャツは泥だらけだった。足は棒のようになり、腕が痺れ、感覚が薄らいでいく。土を運んでいる途中、何度も躓《つまず》いてしまう。どちらかが転ぶたび、ふたりで一緒に土を一輪車に戻した。次第に奇妙な連帯感が生まれてくる。服の汚れがひどくなるたびテンションが上がり、笑顔が増していく。石田さんは缶ビールを片手に、「最近の高校生はおもしろいね」と笑っていた。

まだ薄暗い夜明け前、ついに穴掘りは終了した。

約束通り、咲真から報復ゲームの内容を教えてもらった僕らは、ふたりで無言のまま林の中に入り、小枝を集める作業に移った。

しばらくすると疲労が限界に達したのか、青柳は座り込み、地面に小枝で何か描き始めた。ヘッドライトで照らすと、大ヒットしている漫画の主人公が笑っている。誰が見てもすぐにわかるほど秀逸な絵だった。

「絵が、うまいね」

「漫画家になりたかったんだ」

ぼそりと呟《つぶや》いた彼女に、僕はできるだけ温和な声で訊いた。

「なんで過去形」

「だって……簡単になれないってわかってるから」

「でも、絶対になれないわけじゃない」

青柳は顔を上げ、小声で「いつか叶うと思う?」と訊いた。

「断言はできないけど、すごくうまいから可能性はあると思う」

彼女の表情がぱっと明るくなる。直後、照れくさそうに顔を伏せた。

「青柳さんは、咲真君と仲がよかったの?」

少し距離が縮まったせいか、前から聞きたかった疑問が僕の口からこぼれた。

「あまり話したことがない。だって、ほとんど学校に来ないから。彼は留年していて、ひとつ年上だし、それに……怖い人みたいだよ」

「怖いって、どんなふうに」

「先輩たちが噂を流しているみたいだけど、情緒不安定で、怒らせると怖いみたい。去年、何か気に入らないことがあって、咲真君は『お前が死ねばいいのに』って言いながらクラスメイトにカッターナイフを向けたみたい。しばらく停学になったんだって」

「それが原因で留年したのかな」

「わからない。他にも幽霊かもしれないとか、生まれつき身体が弱いとか、わがままで気分が乗らない日は登校しないっていう噂も聞いた。真実はわからないけれど、あんなふうに自由気ままに生きられるのが羨ましい。とにかく扱いづらいから、みんなは彼に近寄らないし、深く関わろうとしないんだ」

　咲真が遅刻してきたとき、担任もクラスメイトも無反応だった。そこには深い理由があったのかもしれない。

　ふいに、眉を顰《ひそ》める母の顔が浮かんできた。そういえば母は、咲真には両親がいないと言っていた。彼の両親について尋ねてみたくなる。けれど、もしも青柳が知らない情報だったら、新たな噂を流すことになるので言葉にできなかった。僕は別の質問を投げた。

「青柳さんは、彼と親しくないのに、どうして家から出てきてくれたの」

「あの手紙を私に見せる前に、お母さんは運龍寺に行って、『咲真君はどんな子ですか』って訊いたみたい。そのとき住職に『咲真はとても優しい子ですよ』って言われて、それで私に手紙を渡してきたんだ」

　玄関先で、何度も頭を下げる母親の姿がよみがえってくる。余計なことを言わず娘を送りだしたのは、セッちゃんの言葉が響いたからかもしれない。僕らではなく、住職を信じたのだ。

「セッちゃんは、今夜のこと知っているのかな」

「それって誰？」

「セッちゃんは、運龍寺の住職。僕のじいちゃんの幼馴染《おさななじ》みなんだ」

「お母さんは、住職から今夜のことを『大人も参加する、自立を支援するキャンプです』って聞いたみたい。だから、咲真君は住職に嘘をついたのかもしれない」

石田さんがいるから「大人も参加する」というところは間違っていないけれど、セッちゃんが報復ゲームの内容を聞いたら、絶対に止めていただろう。

ふたりでいるのに慣れたのか、今度は彼女が質問した。

「さっき『報復ゲームに参加するのは自分のため』って言っていたけど、どういう意味？」

「二学期に転校してきてから……僕も虐められてるんだ」

青柳は「えっ！」と今までいちばん大きな声をだした。

その声には驚きだけでなく、歓喜や安堵が含まれている。少し気持ちが沈んだけれど、すぐに仕方ないという心境になった。自分と同じ辛い境遇の人間に会えば、誰だって孤独感が薄らいで、緊張が緩むはずだ。

青柳は不思議そうな顔で訊いた。

「でも、咲真君は虐められていないのに、どうして？」

林の外を気にかけながら、僕は小声で伝えた。

「前に彼は『生きてると無性に正しいことがしたくなる』って言っていた」

「正しい……」

青柳は反芻《はんすう》したあと言葉を継いだ。「でも報復って、本当に正しいことなのかな」

それは僕の胸に潜んでいた疑問でもあった。

やられたらやり返す、同害報復は正しいのだろうか。これまで幾度も頭の中であいつらを殺してきた。けれど、それを実行に移そうとした途端、良心が邪魔をしてくる。

「報復が正しいのかどうか、僕にもわからない」

「お前らの正義なんてクソみたいだな」

突き刺すような言葉が降ってきて、僕らは弾かれたように顔を上げた。

全身から血の気が引いていく。茂みの向こうに、ぬいぐるみを抱えた咲真が冷笑を浮かべて立っていたのだ。

「道徳の授業が好きみたいだから、議題を投げてやるよ」

ゆっくり近寄ってきた咲真は、心底呆《あき》れた顔をしていた。

「他人を傷つけるのは罪で、家族を殴ることは正しいのか？　家に引きこもるのが素晴らしい生き方なのか？　自殺をするのが正しいのか？」

青柳は自分のズボンを強く握り締め、悔しそうに視線を落とした。彼の問いかけてくるような眼差しに堪えられなくなり、僕も顔を伏せた。

「面を上げて、一度くらい闘え。理不尽に傷つけられたら怒りを見せろ。お前らは、どうしようもない状況なんかじゃない」

　感情を排した口調のせいか、咲真の言葉は余計に胸に響いてくる。

　地面に描いた絵に、彼女の大粒の涙がこぼれ落ちていく。ズボンを握り締めている手が小刻みに震えているのに気づき、もう何も言葉にできなかった。

　ぱきっという音が響き、視線を向けると、石田さんが歩いてくる姿が見えた。

「一円にもならないしさ、喧嘩はやめようよ。それよりも一緒に見たいものがあるんだ」

　石田さんは笑顔を作ると、林の外へ誘うように手招きした。

　咲真は、後を追うように歩き始めた。細い背中が遠ざかっていく。

　僕が立ち上がると、青柳は横に並ぶように近寄ってくる。身体は大きいのに、幼い子と一緒にいるような奇妙な気分になる。

　導かれるように歩いていくと視界が開け、見晴らしのいい場所にたどりついた。目の前には雄大な山脈が連なっている。空は白み始め、朝の気配が漂ってきていた。

　石田さんと咲真はゆっくり地面に腰を下ろし、遠くを見つめている。

　次の瞬間、山の稜線《りょうせん》に沿うように黄金色の光が走った。直後、目を射るような光が飛び散る。

　首の辺りがじんわりあたたかくなり、思わず唇を引き締めた。

　姿を現した太陽は生物のように脈打ち、強烈な光と熱を放っている。一気に視界の色が一変した。降り注ぐ光の矢に貫かれ、僕は身動きひとつできないまま、放心したように立ち尽くしていた。隣にいる青柳の頬は赤味がさし、陽光を受けた瞳は鮮やかに輝いている。

ふと、咲真に視線を移したとき、胸が波立ち、なぜか泣きたくなった。

こんなにもあたたかい光に照らされているのに、彼の横顔には寂しそうな翳が宿っている。ぬいぐるみを抱え、少し目を細め、薄い唇をぎゅっと引き結んでいた。いつもの鋭い雰囲気は一切なく、陽光と一体となり、真っ白な世界に消失してしまいそうな儚さが滲んでいる。視線を落とすと、ぬいぐるみを抱きしめている指先が細かく震えていた。

4

僕は木の陰に身を隠し、物音を立てずに息を潜め、計画を頭の中で再確認した。

そっと腕を持ち上げ、腕時計を確認する。針は約束の時間を示していたので、木の陰から首を伸ばして海賊山の広場を覗き込むと、薄気味悪い笑みを浮かべた絹川淳也の姿が見えた。一旦《いったん》帰宅してから来たのか、淳也は制服ではなく、ボーダーカットソーに黒のチノパン姿だった。私服のせいか、普段よりも少し幼く見える。

淳也は今にも歌いだしそうな晴れやかな表情をしていた。その間抜けな様子に笑いが込み上げてきそうになり、僕は慌てて口元を手で塞いだ。

二日前、身を粉にして、海賊山の広場の中央付近に深い穴を掘った。掘り終えたあと、穴を塞ぐように薄い発泡スチロールの板をのせ、その上から土をかぶせて落とし穴を完成させた。ほとんど人が訪れない場所だったが、念のため、ついさっきまで穴の周りにロープを張り、『危険』という看板を立てておいた。

右隣の幹には、髪をベリーショートにした青柳が隠れている。美容師だった母親に頼み、ばっさり切ってもらったようだ。髪を短くした青柳は、怯えて萎縮《いしゅく》している少年のように見える。いくら覚悟を決めても、実際に虐めの加害者を目にすると、恐怖心が目を覚ましてしまうのかもしれない。

緊張している彼女とは違い、左隣には涼しげな顔でクマのぬいぐるみを抱えている咲真がいる。木の陰に身を隠し、標的をじっと見据えていた。彼の足元には、三人分のスコップと鞄が置いてあった。

「どこまでもおめでたい奴だな」

笑いを堪えているような咲真の声が聞こえてきて広場に目を向けると、ちょうど淳也が手櫛《てぐし》で髪を整えているところだった。なぜか青柳も自分の髪に触れながら、標的を睨んでいる。

「本気で告られると思ってるのかな」

僕が小声で訊くと、咲真は笑いを含んだ声で返した。

「お前らの憎しみを告白してやればいい」

今日の六限目は音楽だったので、教室には誰もいなかった。その時間を利用し、遅刻してきた咲真が事前に用意しておいた手紙を淳也の机に忍ばせた。

——今日の午後五時、どうしても伝えたいことがあるので、ひとりで海賊山の頂上まで来てください。誰にも知られたくないので、他の人には言わないでください。お願いします。

校長の名前は知らなくても、淳也が安藤菜々子を好きだということはクラスメイトなら誰でも知っている。だから手紙の最後に彼女の名前を付け加えておいたのだ。

淳也が足を前へ踏みだすのを、僕らは息を詰めて見守った。嫌がらせを受ける側ではなく、実行する側になった途端、奇妙な優越感が芽生えてくる。

もう少し、二歩、あと一歩、そう内心で祈りながら熱い視線を注いだ。

広場から淳也が姿を消す。直後、小枝が割れるようなバキバキという音のあと、重いダンボール箱が落下するような音が響いてくる。

周囲の木々から一斉に鳥が飛び立ち、辺りは再び静寂に包まれた。

一瞬、理解が追いつかず目を疑った。

いちばん最初に広場に飛びだしたのは青柳だったのだ。彼女は足元に置いてあるスコップを手に駆けだし、中央付近で立ち止まる。彼女は肩で息をしながら穴の中を覗き込んでいた。

僕はしばらく放心したあと、はっと我に返り、スコップをつかんで広場に向かった。

彼女の横に並び、穴の中に目を落とすと獲物が一匹かかっている。教室ではあれほど怖かったのに、こうして見下ろしてみると弱々しい小動物のように映った。

自分の置かれている立場をまったく理解していないのか、淳也は鋭い目つきで「何これ？　どういうことだよ」と声を荒らげている。

「報復ゲームの開始だ」

近寄ってきた咲真はそう宣言すると、藤色のデイパックとスコップを地面に置いた。

もうひとりの仲間のことを思いだし、僕は周辺を見回した。クマのぬいぐるみは大木の根本に座り、瑠璃色の目で報復現場を静かに見守っていた。

未だに恐怖の呪縛《じゅばく》から抜けだせないのか、青柳は警戒しながら声を上げた。

「嫌がらせが趣味の男子が、菜々子ちゃんに好きになってもらえるわけないじゃん」

「はぁ？　ふざけんなよ。デカブスのザコは黙ってろ」淳也は穴の中から叫んだ。

「ふざけてるんだよ」

咲真が半笑いで返すと、淳也は低い声で訊いた。

「まさか……あの手紙、お前なのか？」

強気な態度を演じているけれど、淳也の瞳は揺れ、目尻が微かに痙攣《けいれん》している。

「お母さんを……殴りたくなかった。殴るたび……死にたくなって……」

青柳は抱えていた苦しみを吐きだしながらスコップで地面を掘り、穴の中に土を投げ入れた。

「冗談だろ。やめろよ」

淳也は咄嗟に身を縮め、両腕で自分の顔をかばった。

青柳は何かぶつぶつ唱えている。次第に声は大きくうねり、爆発するように叫んだ。

「暴力なんてふるいたくなかった。学校にも行きたかった！」

青柳は素早い動きで地面にスコップを突き刺すと土を盛り、躊躇《ためら》うことなくターゲットの顔面に叩きつけた。目に入ったのか、淳也は顔を歪めて目元を手で押さえている。

「ちょっと待って、意味がわからない。俺はお前の母親に暴力なんてふるってない」

ようやく自分の置かれている状況を理解したのか、淳也は必死に弁解し始めた。けれど、青柳は感情を持たないアンドロイドのように、綺麗なフォームで土を放り込んでいく。

淳也は救いを求めるように、僕の顔を見た。瞬時に激昂《げっこう》が腹の底から込み上げてくる。媚《こ》びへつらうような眼差しに怒りが増していく。どれだけ謝っても、泣いても服を剝《は》ぎ取られ、スマホで動画を撮影された。そのときの屈辱がよみがえり、敵愾心《てきがいしん》が強くなる。

スコップを握り締め、僕も穴の中に土を入れていく。土で埋まっていく姿を見るたび、抱えていた憎しみが薄らぎ、心身ともに軽くなっていくのを感じた。

「ごめん……やめろって、謝るから」

口の中に土が入った淳也は、何度も唾《つば》を吐きだしている。

まるで誰かに操られているみたいだった。怒りに突き動かされるように機械的に土を入れていく。机に『自殺望む』と書かれていたこと、投げつけられた暴言の数々、読めなくなるほど落書きされた教科書。失った自尊心を一つひとつ取り戻すように土を投げ入れていく。

ふたりで力を合わせ、どんどん埋めていく。これまでの恐怖と屈辱、どうすることもできなかった思いのすべてをぶつけ、淳也と共に埋めてしまいたい。

「おい、これって犯罪だぞ。やめろよ……やめろって」

青柳は手を止めると失笑し、強い口調で言葉を放った。

「だったら許し方を教えて」

「許し方?」淳也は上擦った声で訊き返した。

「許したくても、許す方法がわからない。身体が大きいから虐めたの？　性格が暗いから？　それとも外見？　どこが嫌だったのか教えて」

青柳は逃げずに、真っ直ぐな視線を送っている。

「どこがって……それは……」

淳也は思案顔になり、少し目を伏せた。しばらく待っても、彼の口から答えが出てくることはなかった。

なぜ傷つくのを承知で彼女が疑問をぶつけるのか、僕には理解できた。嫌がらせを受けている最中、自分自身を責めて、ずっと何が悪かったのか考え続けていたのだろう。

穴の中から返答はなかったので、今度は僕が疑問を投げた。

「前に『お前、何考えてるかわからないからムカつくんだよ』って言っていたよね。だったら、他の人が考えていることは理解できるの?」

「それは……」

淳也は消え入りそうな声でつぶやいたが、その先の言葉は続かなかった。

咲真は穴に土を入れながら吐き捨てた。

「自分が傷ついたときは周囲を巻き込んで大騒ぎするくせに、他人の痛みにはどこまでも鈍感でいられる。お前みたいな奴は、相手と同じ痛みを受けなければ、他者の苦しみを理解できない」

淳也が声を張り上げた。

「成瀬の親父が悪いんだよ！」

思わず呼吸を止め、身構えた。

僕の動揺を見て取ったのか、淳也は勝ち誇ったように言葉を継いだ。

「原因は、お前の親父だろ。恨むなら俺じゃなくて、安藤にセクハラした親父を恨めよ」

初耳だったのか、隣で青柳が息を吞むのがわかった。

惨めな気持ちが押し寄せてくる。何も反論できない。僕は顔を上げることもできず、スコップの柄を強く握り締めた。

「あいつがセクハラしなかったら、お前に嫌がらせなんてしなかった。どこいったって虐めなんかあるし、多い時代だしさ、そういう親を持つとやっぱり俺だけじゃなくて誰だって——」

咲真は歪んだ顔に土をかけた。

淳也は口に入った土を必死に吐きだしている。

「そうじゃなくても、お前はやるよ。明確な理由もないのに、青柳を追い込んだだろ」

咲真が毅然《きぜん》と言い放つと、淳也は悔しそうに唇を引き結んだ。

「青柳の母親は、毎日うちの寺に来て、泣きながら祈っていた。祈ることしかできない自分を呪っていた」

無表情の咲真は、また標的の顔めがけて土をかける。まるで殴りつけているようだった。

淳也は鼻水を啜《すす》り、震える声で言った。

「青柳の母親が苦しんでいるなんて、そんなの知らなかった」

「人を追い込んだくせに、気づけないことが罪だって言ってるんだよ。お前は周りの人間を煽って、クソみたいな噂流して、大多数で叩きのめそうとする。そこまでするってことは、テメェの命賭ける覚悟ができてるってことだよな」

咲真はどんどん穴の中に土を入れていく。もう膝上まで埋まっていた。

「成瀬は、河で死のうとしていた」

それを聞いた青柳の目に哀しみが滲んでいく。

「さっき、虐めが多い時代だって言ってたよな」

咲真の声はどこまでも澄んでいた。「今はやられた人間がやった奴に報復する時代でもある」

淳也の目から大粒の涙がこぼれ落ち、土で汚れた顔に哀しみの線が描かれていく。

穴の中から嗚咽《おえつ》が聞こえてきたとき、悔しいほど彼も弱い人間なのだと思い知った。けれど、咲真はその弱さを気に留めることなく続けた。

「理不尽に人を追いつめるときは、自分の命を賭ける覚悟が必要だ。なぜかわかるか？　人間の命は平等だからだ」

「ごめん……何もわかってなかった。青柳の母親が苦しんでいるのも、成瀬が自殺しようとしたことも……」

淳也は本気で反省しているようだった。けれど、咲真はスコップを動かす手を止めない。穴の中にいる罪人は、どんどん埋まっていく。もう諦《あきら》めたのか、それとも心の底から反省しているのか、淳也は身動きひとつしない。目を閉じて涙を流し、自分の運命を受け入れているようだった。

「最後に、俺から質問してもいいか」

咲真はそう尋ねると、目を開けた淳也の顔を覗き込んだ。

「死ぬ間際ってさ、どんな感じ？」

そのとき始めて咲真を恐ろしいと感じた。質問を投げた彼の瞳は輝き、頬は上気している。もう一度、彼は楽しむように訊いた。

「ねぇ、どんな感じ？」

泣いている淳也の息づかいは荒かった。子どものように鼻水を垂れ流している。

「もっと……ちゃんと、もっと、ちゃんと人の気持ちを……生きればよかった」

咲真は感情の宿らない声で「へぇ、そんな感じなんだ」と言い、また土を入れていく。もう太腿まで埋め尽くされていた。

土が放り込まれるたび、鼓動は速まり、焦燥と恐怖が全身を駆け抜けていく。このままいけば本当にひとつの命の火が消える。淳也への憎しみは深いのに、良心がうずく。それなのに、咲真は土を入れるペースを上げていく。次々に土が放り込まれる。啜り泣く声が響くたび、淳也の身体はどんどん埋まっていく。

「もうやめて、もういい」

青柳は動揺した声で制した。けれど、咲真は意にも介さず、スコップで土を投げつける。狂ったように次々とリズミカルに土を入れていく。

「これ以上はやばいよ。もうやめよう」

僕も声を上げて、彼の腕をつかむと、乱暴に振り払われた。

身体が寒くなり、背に震えが走った。

咲真は鮮やかな笑みを浮かべ、僕らを楽しそうに交互に見つめてきたのだ。

淳也の呼吸が浅くなっているのに、咲真は土を入れる手を止めない。焦燥感に駆られ、もう一度、腕を伸ばそうとしたとき肩に激痛が走り、僕は地面に横転した。衝撃で頭が真っ白になる。

咲真にスコップで殴られたと認識するまで数秒かかった。肩がじんじん痛んで、視界が霞んでいく。青柳に目を向けると、彼女は逃げるように後ずさりしている。

僕はずっと勘違いしていたのかもしれない。小野寺を救ったときと同じように、安全な方法で報復できると思い込んでいた。気持ちが揺らぎ始め、頭が混乱してくる。

僕は倒れた姿勢のまま、懇願するように言葉を投げた。

「これ以上、傷つけることは望んでいない。だからやめてよ」

渾身《こんしん》の力で立ち上がり、咲真の腕をつかもうとした直後、今度はスコップが腹にめり込んだ。激痛に堪えられず、腹を押さえて地面に膝をついた。酸っぱい胃液が口からこぼれ落ちる。次に背に衝撃が走り、僕はあっという間に地面に倒れていた。全身に痛みが駆け抜けていく。足に力を入れようとしても、うまく立てない。

何かが壊れている――。

見上げた咲真の顔は、哀しいほど無表情だった。

サクッ、サクッ、土を掘り、穴へ投げ込む。咲真は細い腕で、容赦なく土を放り込んでいく。

遠くにいる青柳は、泣きだしそうな顔で身を強張らせていた。彼女の後方は、下山する道に繋がっている。薄暗い絶望が胸に広がり、徐々に浸食していく。

僕が犯罪者になれば、家族に迷惑がかかる。ぼやけた視界の中、幼い頃の弟の泣き顔が浮かんできた。人を殺す痛みより、自分が死ぬほうがよほど楽だと気づいた。今更ながら、この場に大人がひとりもいないことに愕然《がくぜん》とさせられる。

――評判がよくないみたいよ。

――情緒不安定で、怒らせると怖いみたい。

母と青柳の不穏な声が耳に戻ってくる。

みんなが噂するように、月島咲真は関わってはいけない人物だったのだ。

なぜこんなにも彼は復讐心に支配されているのだろう。

疑問が芽生えたとき、殺害された三芳茉里奈の記事が頭の中に流れた。娘を虐待する母親。キッチンカーの傍で泣いている女の子。神様からの質問——。

——あなたはどちらかひとりを救えます。どちらを助けたいですか?

犯行時、同じ部屋にいた五歳の娘は、見知らぬ若い男の姿を見たと証言していた。まさか、あの母親を殺害したのは、咲真ではないだろうか。その可能性が胸中で濃くなっていく。彼は次々に復讐すべき人間を選別し、罰を与えているのかもしれない。

焦れば焦るほど思考が闇に滲んでしまい、何をすべきなのか見失ってしまう。

咲真はスコップを放り投げると、地面に置いてあるデイパックの中から何か取りだした。手には大きな瓶を持っている。物理室の薬品棚に置いてあるような薄茶色のガラス瓶だ。

「この瓶の中の液体はなんだと思う?」

咲真は興奮した口調で訊いた。

しばらく待っても、答えは返ってこない。聞こえてくるのは泣き声だけだった。

「ヒントは、この液体をかぶったら皮膚と肉が焼けただれて、ゾンビみたいになる」

「やめて……ごめん」

穴の中から弱々しい謝罪と泣き声が聞こえてきた。

「違う。答えは『やめて、ごめん』じゃない。硫酸。不正解だから、これからお前に一生消えない罰を与える。鏡を見るたび、自分の罪と向き合うんだ」

僕は必死に声を振り絞った。

「やめろ。もう淳也に恨みはない」

恨みは完全に消失してはいないけれど、口から嘘がこぼれた。

見透かしたかのように、咲真は瓶の蓋を開けると、僕を睨んだ。濁った泥のような瞳だった。完全に正気を失っている。ここで止めに入れば、彼は迷わず、僕に液体をかけるだろう。恐怖心に支配され、少しも身体を動かせなかった。

「やめてください……ごめんなさい」

その泣き声は自分の口からもれているようで、誰のものなのかわからなくなる。咲真は瓶を掲げ、今にも液体を穴の中に向かって注ごうとしていた。大火傷《おおやけど》を負ったクラスメイトの姿が脳裏をかすめ、全身の震えが止まらなくなる。

お願い、神様助けて、助けてください——。

首を巡らすと瑠璃色の目と視線がぶつかった。

次の瞬間、うぅぅ、という地響きのような唸《うな》り声が耳に飛び込んできた。

何かが突進してくる姿が目に入る。大きな身体がタックルするようにぶつかると、咲真の身体が宙を舞う。彼の手から瓶が放たれ、液体が周囲に飛散した。飛び散った液体は、雨のように降り注ぐ。

咲真の華奢な身体が地面に叩きつけられた直後、ガラス瓶が割れる音が響いた。

誰かの悲鳴が聞こえ、重い沈黙が霧のように立ち込め、砂埃《すなぼこり》が舞い上がり、景色が霞んでいく。

自分の鼓動音が煩《うるさ》くて、外界の音がまったく耳に入ってこない。

僕は必死の思いで呼吸を繰り返し、首をねじって周囲の状況を確認した。

地面には、倒れているふたりの姿があった。よく目を凝らすと、咲真の左手が赤く染まっている。青柳は自分の顔に手を当て、ぶるぶる震えていた。

「青柳……咲真……」

僕はふたりの傍に這《は》うようにして近寄っていく。

「馬鹿……」

苦しそうに言葉を吐きだしながら、咲真は地面に右手をついて上半身を起き上がらせた。彼は飛び散った瓶の破片を強く握り締めている。その手から真っ赤な血が溢れていた。

「お前らの憎しみなんて、薄っぺらくて笑えるよ。そんな安っぽい憎しみで、何度も母親に暴力をふるって苦しめてきたのかよ」

青柳は顔を伏せて肩を震わせている。

「成瀬もそうだよ。その程度の憎しみで自殺しようとしたのか」

咲真の問いかけに、何も返答できず、僕は黙ったまま彼の細い背中を見つめることしかできなかった。

「瓶の中身は、ただの水だよ。なんなんだよ。馬鹿……お前らなんか、みんな死ねばいいのに」

凛とした咲真の輪郭がぼやけていく。もう敵でも味方でもない。泥だらけの彼はとても脆《もろ》く、庇護《ひご》すべき幼子のようだった。折れそうなほど細い腕で、彼は自分の身体を支えている。その姿を見ているうち、気持ちが高ぶって視界が滲んだ。

青柳は声を押し殺して泣いている。さっき彼女は、許す方法を教えてほしい、と訴えた。その答えは、恐ろしく難解だと気づいた。復讐しても爽快感《そうかいかん》なんて味わえないからだ。

咲真は力なく笑うと、声を振り絞った。

「絹川淳也、聞こえるか？　こいつらは異常なんだよ。自分の命は殺せるくせに、恨んでる相手の命を奪うことはできない。愚かで、弱くて、クソみたいな……でも、お前はそういう奴に救われたんだ。やっぱり、お前らなんか、みんな……」

返事をするように、穴の中から啜り泣く声がもれてくる。

咲真の言う通り、僕らなんか、みんな死ねばいいのかもしれない。だから生きる理由が欲しかったんだ。だから友だちがほしかった。だから仲間が——。

上空では鳥たちが仲間に合図を送るように、誇らしげに鳴き声を上げている。かつて化石が発掘された海賊山に、いつまでも愚かな人間たちの泣き声が響いていた。

第四章　世界に告ぐ

TELL THE WORLD

1

昔から僕は物に対する執着心が薄い子どもだった。

買ってもらったばかりのミニカーを弟に奪われても心は乱れず、他の玩具《おもちゃ》を持ってきて静かに遊んでいた。それを優しいと解釈する大人もいたけれど、ただ単に興味を惹《ひ》かれる玩具がなかっただけだ。けれど、今はどうしても手に入れたい物がある。

コンビニの入り口で、はたはたと風に吹かれている幟旗《のぼりばた》。そこにはハート型の中華まんを翳《かじ》っているアイドルの姿がプリントされていた。今なら五十円引きらしい。値引きなんてどうでもいいし、笑顔の可愛《かわい》いアイドルにも興味はなかった。

なにがなんでも手に入れたいのは、あの長いポールと旗だ。

窃盗容疑で捕まりたくないから、絶対にミスは許されない。コンビニの建物の陰に身を潜め、僕は慎重に入口付近の様子を窺《うかが》った。あまり時間がないのに、なかなか実行に移せないでいるのは、幟旗の近くに作業着姿のおじさんがいるからだ。

おじさんは空を見上げ、白昼夢に浸っているような雰囲気で優雅にペットボトルのコーヒーを飲んでいる。早く会社に戻れ、と念を送ってみるも、一向に動く気配はない。じりじりしながらチャンスを待っていると、足元に座っている咲真が眠そうな顔つきで言った。

「絹川淳也を埋めてから学校生活は順調？」

「殺したみたいな言い方しないでよ」

僕は周囲に目を走らせ、誰《だれ》もいないのを確認してから声を潜めて続けた。「残念だけど、虐《いじ》めは今でも続いてるよ」

「だろうな。ゴキブリと同じだ。一匹駆除しても効果はない」

「でも、淳也は嫌がらせに参加しなくなった」

報復ゲームの日から、もう一週間が過ぎようとしているのに、あの日の出来事を思いだすだけで、ざわざわと胸が騒ぐ。クラスメイトの哀《かな》しい過去を知ってしまったからだ。

小学五年の頃《ころ》、淳也の母親は他に好きな男ができて蒸発したそうだ。学校で母親の噂《うわさ》が広がると、心無い言葉を投げられるようになり、「ジョウハツ」という渾名《あだな》をつけられ、彼は辛《つら》い経験をしたという。けれど、他のクラスメイトが嫌われ始めると、淳也への嫌がらせは軽減していった。それが成功体験となり、淳也は自分が狙《ねら》われないために標的を作って嫌がらせをするようになったようだ。

報復ゲームの実行日、淳也の身体《からだ》を半分ほど埋めてから、僕は穴の中にスコップを入れた。本気で反省しているように見えたからだ。彼は必死になって周囲の土を掘り、穴の外に向かって放《ほう》り投げた。土が取り除かれたあと、咲真は穴の中にいる淳也に服を脱げと命じ、彼の裸体を動画撮影した。

あの日、淳也と交わした約束はふたつ。ひとつは、二度と虐めに参加しないこと。もうひとつは、僕の裸体の動画をすべて消去すること。約束を破ったときは、「お前の惨めな姿をネット上に晒《さら》す」と脅した。

報復ゲームのあと、咲真と青柳は相変わらず学校を休み続けていた。ふたりとは違い、淳也は意気消沈しながらも、ちゃんと教室に姿を現した。そのうえ、約束も守っている。他のクラスメイトが僕をからかっているときは、黙って教室を出ていくようになった。自分の惨めな動画を晒されたくないだけなのか、真意はわからないけれど、彼は立派な傍観者へと変貌《へんぼう》を遂げたのだ。

咲真が学校を休んでいる間、何度もゴーストリバーや海賊山に行ってみた。けれど、彼の姿はどこにもなく、ひとり置き去りにされた心境になりかけたとき、スマホに一通のショートメールが届いた。

——今日の昼一時、公園の近くのコンビニ、盗む。

万引き？　突然届いた咲真からの奇妙なメールに翻弄《ほんろう》され、ほとんど国語の授業が頭に入らなかった。けれど、戸惑いよりも好奇心のほうが勝り、僕は腹痛を理由に学校を早退し、コンビニまで自転車を走らせてきたのだ。

先に到着していた咲真は、僕の姿を確認すると、薄い唇に笑みを刻んで手招きした。これから盗みを働くコーディネイトではなく、彼は白いセーターにデニム姿。僕はもっと最悪で、すぐに身元がバレる制服だった。

互いに顔を合わせてからしばらくは気まずい空気が漂っていた。けれど、くだらない会話を繰り返し、彼の企みを聞いているうちに、ふたりの間にあった違和感のようなものは消え失《う》せ、気づけば新たな目標を共有していた。

「おじさん、やっといなくなったよ」

僕がそう声をかけ、走り去るおじさんの車を見送っていると、足元から指示が飛んできた。

「店員の様子を見て、大丈夫だったら合図を送るから、お前は旗を盗んで自転車まで走れ」

秋の心地よい気候なのに、店員に捕らえられる自分の姿を想像すると全身が汗ばんでくる。

僕は店内の様子を窺いながら、忍び足で幟旗まで近づき、身を屈《かが》めて合図を待った。動悸《どうき》が激しくなり、喉《のど》の渇きを感じた。恐怖に搦《から》め捕られ、うまく走れるか不安になる。

そのとき、咲真が親指を上げて合図を送ってきた。

僕はコンクリートの台に挿さっている幟旗を引き抜くため、手に力を込めた。冷や汗が噴きだしてくる。深く挿しこまれているのか、ポールはびくともしない。コンクリートの台は重く、このまま持っていくのは無理だ。頭が真っ白になり、手が震えてくる。

咲真は駆けだし、自転車の傍《そば》で待っていた。助けを求めるように視線を送ると、彼は手でねじるジェスチャーをしている。はっと気づき、棒の部分をくるくる回転させながらコンクリートの台から引き抜き、自転車に向かって駆けだす。

いつか教科書で見たフランスの七月革命をモチーフにした絵画が頭に浮かんでくる。民衆を導く女性のように幟旗を掲げ、もつれる足で自転車までたどり着いた。

咲真にバトンのように幟旗を渡すと、急いでサドルにまたがった。前カゴにはふたり分の鞄《かばん》が入っている。猛スピードで道を走りだす。今にもコンビニの店員が追いかけてきそうで怖くてたまらなかった。心の中で「盗んだのではなく、お借りするだけです。すぐに返却します」、そうつぶやきながらペダルを踏み締めた。

「間に合うかな?」

僕は後ろに乗っている咲真に声をかけた。

「もう間に合わないから公園には寄らないで、このまま目的地に行こう」

彼の指示に従い、線路沿いの一本道に向かった。足に力を込め、太腿《ふともも》の筋肉が切れそうなほど全力で自転車を走らせていく。

そのとき、道の先に人影が見えた。ひらひらした水色のスカートを穿《は》いた女性だ。距離が縮まるほど、嫌な予感は確信に変わっていく。

前方から歩いて来るのは、間違いなく母だった。

今は授業時間、自転車のふたり乗り、盗んだ幟旗、これだけ揃《そろ》えばレッドカード、一発退場だ。

母は歩を止め、前方からやってくる僕らを不審な目で見ている。すぐにUターンして逃げだしたいのに、足は力強くペダルを漕《こ》ぎ続けていた。

「ちょっと航基、何やってるの？　どういうこと」

横を通り過ぎるとき、母の甲高い声に殴られた。けれど、僕は自転車を止めず、もっとスピードを上げていく。

「あれって、成瀬のマザー？」

咲真が珍しく、動揺を滲《にじ》ませた声で訊《き》いた。

「知らない人だから大丈夫」

自然と嘘《うそ》が口からこぼれた。

少しも大丈夫な状況ではないけれど、よく考えると完全に嘘でもない。咲真と一緒にいるとき、いつもより恐怖心は和らぎ、大胆になれる。

僕らはこれから悪事を働くわけではない。けれど、帰宅後のことを考えると憂鬱《ゆううつ》な気持ちになる。それでも学校へ行って学ぶよりも、今はずっと大切なことがあるような気がした。たとえ、大人になってからなんの意味もなさないものだとしても。それをどれだけ長い時間かけて説明したところで、母と僕が理解し合う日は永遠に訪れないだろう。

目的地に到着すると、咲真は鞄から画用紙とガムテープを取りだした。旗の上に画用紙を貼《は》っていく。その上に、青い油性ペンで大きな文字を書き込んだ。筆で書いたような躍動感のある美しい文字。文字というより、芸術的な絵に見えた。

書き終えた言葉を目にした瞬間、奇妙な感情が込み上げてくる。

咲真はどんな思いで書いたのだろう——。それは好奇心とは違い、どこか切なくて落ち着かなくなるような心境だった。

「時間だ」

自分の腕時計に目を向けながら、咲真は硬い声をだした。

僕は自転車に乗り、隣を走る線路の先を見つめた。幟旗を持った咲真が後ろに座る。スタートを待つランナーのように前屈みになって体勢を整えた。

心臓が脈打ち、全身が熱くなる。

線路に三両編成の電車が現れた。並行するように自転車を走らせていく。

青柳は転校が決まり、単身赴任の父親がいる東京に引っ越すことになった。僕らは友だちと呼ぶには浅く、クラスメイトよりは深い関係だった。あの夜、一緒に穴を掘り、クラスメイトを埋めようとした仲間。言葉にすれば、ただそれだけの関係だ。けれど、高校時代の僕にとって、彼女は必要な友だちだった。

咲真は幟旗を高く掲げた。

青柳に想《おも》いが届くように祈りながら、僕は電車に負けないように全力でペダルを漕いだ。

そのときだった。三両目の車窓から手を振る青柳の姿が見えた。窓から身を乗りだして、必死に手を振っている。嬉《うれ》しくて僕も手を振り返した。彼女の隣にいる母親が、あの夜と同じように何度も頭を下げていた。僕らの奇行に、頭を下げてくれる大人がいることが嬉しかった。

ヤバいと思ったときには自転車はバランスを崩し、左側に傾いていく。

慌ててブレーキレバーを握り締めたが、もう遅かった。タイヤの摩擦音が響き、気づいたときには身体は宙を舞っていた。そのまま広大な畑に投げ飛ばされて地面に叩《たた》きつけられ、左肩を強打し、呼吸ができなくなる。外界の音が遠のいていく。

しばらくしてから、ゆっくり目を開くと、澄んだ水色の空が広がっていた。

肩に痛みを覚えながら上半身を起き上がらせ、僕は慌てて辺りを見回して友の姿を探す。

目の前の光景に愕然《がくぜん》とした。

仰向《あおむ》けに倒れている咲真のシャツに赤い染みが広がっている。真っ白な頰《ほお》が土で汚れていた。

匍匐《ほふく》前進で近づくと腕を伸ばし、彼の細い首に触れてみる。震えている指先が、脈を感じ取った。なぜか、耳の奥でぬいぐるみの心音のリズムと重なる。

「成瀬」

そう呼ばれ、はっとなり、触れていた手を引くと、咲真は目を開けて穏やかな声で言った。

「さっきの、おもしろかったな」

「怪我《けが》とか……大丈夫？」

「平気」

冷静になって見回すと、地面には潰《つぶ》れたトマトがへばりついている。ここはトマト畑だと気づき、僕は胸を撫《な》で下ろした。

「俺《おれ》は神に嫌われているのかな。最近、吹っ飛ばされてばかりいる」

咲真の言葉に、僕は噴きだしたように笑ってから訊いた。

「別れの挨拶《あいさつ》……どうしてわざわざ横断幕なんて作ったの」

昨日、咲真のスマホに、青柳から引っ越しをするというメールが届いたようだ。

「スマホで返しても、あまり記憶に残らない。少しだけ、人の記憶に残ることがしたかった」

咲真は仰向けのまま言葉を継いだ。「それに、小学生の頃に観《み》た映画に同じような場面があって、一度やってみたかったんだ」

「もしかして、映画が好きなの？」

「好き。映画を観ているときだけは自由になれるから」

「自由？」

「映画は自由な世界だ。ただ眺めているだけで、どんな場所にも、存在しない世界にも行ける。時々、心から信じられる人間にも出会える」

咲真はひとりごとのように続けた。「現実の世界では、たった一ドルで命がけの依頼を受ける弁護士はいない。しかも依頼人は、金のない子どもだ。でも映画の中では存在している」

「それって、グリシャム原作の『依頼人』のこと？」

「お前、よく知ってるな」

「僕もその映画が好きで、弁護士役のスーザン・サランドンが持っていたコンパスのペンダントが欲しかった」

「俺も同じ。あの映画を観てから欲しくなった」

急に親近感が湧《わ》き、心の距離がぐっと近くなった気がする。

突然、足音が聞こえてきて顔を上げると、通りすがりのおばさんが、泥だらけの高校生を不思議そうに眺めていく。眉間《みけん》にシワを寄せているおばさんの顔がスーザン・サランドンに似ていて、反射的に咲真の顔を見た。

ばっちり目が合う。嬉しい偶然に堪《こら》えきれなくなり、トマトの青臭い匂《にお》いが立ち込める中、僕らはいつまでも声を殺して笑っていた。


コンビニに幟旗を戻しに行くと、二十歳《はたち》ぐらいの体格のいい金髪のバイトが待ち構えていた。僕は一発殴られるのを覚悟で謝罪し、状況を説明してぺこぺこ頭を下げ、もう二度としないと誓った。謝罪している間、咲真は我関せずという態度で「お前、首振り人形みたい」とつぶやいて忍び笑いをもらしていた。

運よく店長は休みで、やる気のない金髪は、「まぁ、返してくれたからいいや。店長に連絡しようかどうか迷ってたんだ。連絡するの面倒だし」と薄い笑みをこぼした。

優しい金髪の時給が上がりますようにと祈りながら、僕は最後にもう一度頭を下げてから店を後にした。

空はもう暮れ始めている。けれど、母の鬼のような形相を思いだすと、意気揚々と家へ帰る気にはなれず、ふたりでゴーストリバーまで向かった。

土手を下りて、ちょうど河辺に座ったとき、咲真のスマホにメールが届いた。

——嫌な思い出しかなかったから、嬉しかった。ずっと忘れない。ありがとう。

青柳からのメールを読んだあと、少しだけ感傷的な気分になり、僕は本音を口にした。

「せっかく仲よくなれたのに、引っ越しちゃうなんて残念だね」

「この先も生きるなら、別れを経験し続けることになる」

咲真の悟ったような物言いは好きじゃない。好きじゃないけれど、よく考えると正しいと思う。

僕は近くにある小石に手を伸ばし、強く握り締めた。

「そうだね。家族になっても……離婚してばらばらになるし」

「結婚して相思相愛でも、どっちかが先に死ぬ」

たしかに、生きることは別れを経験することでもある。もしも僕が死んだら、咲真は哀しんでくれるだろうか。急に湧き上がってきた疑問を素直に言葉にはできず、遠回しに訊いた。

「僕が死んだら、家族以外で哀しんでくれる人はいるかな」

珍しく咲真は思案顔になり、少し目を伏せてから答えた。

「誰かの栄養素になるだけだ」

「栄養素?」

「お前が死んでも、クラスメイトたちは泣きながら『命を大切にし、成瀬くんの分まで輝いて、これからもがんばって生きていきたいです』って、思いを新たにするだけだ」

咲真は小石を拾い、河に向かって投げた。「なぜ他人の死を、自分の生きるチカラに変えられるんだろう。誰かの栄養素になるために死んだんじゃないのにな。笑えるよ」

ふいに、青柳の顔が浮かんだ。彼女も僕の死を栄養素にするだろうか——。

「青柳さんの夢、知ってる?」

僕の質問に、咲真はあっさり答えた。

「漫画家だろ」

「なんで知ってるの」

「教室で嫌なことがあるたび、ノートに絵を描《か》いていた」

もしかしたら咲真は他人に興味のないふりをしているだけなのかもしれない。僕の痛みに気づき、手を差し伸べてくれたのも彼だった。

青柳の今後が気になった。車窓から身を乗りだした彼女は、くしゃくしゃに顔を歪《ゆが》めて泣いていた。新しい場所に引っ越しても、幸せになれる保証はない。だからこそ僕は祈るような思いで訊いた。

「東京に行けば、田舎にいるよりも夢に近づけるかな」

「それはわからない。でも、青柳の漫画が出版されたら買うよ」

「僕も買う。もしも連載されたら、雑誌に付いてるハガキに絶賛するコメントを書いて送る」

「絹川淳也は、反省料として千通だな」

咲真の顔を目にした途端、込み上げてくる笑いがさっと引いた。彼の顔は青白く、唇は乾燥して紫色に変色している。

「もしかして、体調が悪いの?」

僕が尋ねると、咲真は鬱陶《うっとう》しそうに眉根《まゆね》を寄せて答えた。

「死のうとしていた奴《やつ》に心配されたくない」

どうして急に不機嫌になるのだろう。彼の苛立《いらだ》ちの根源に何があるのかわからない。考えるほど次の言葉が見つからず、気まずい沈黙が流れた。

両親がいない——母から聞いた情報が頭を駆け巡る。咲真は遺児なのだろうか。それとも、誤った情報が流れているのだろうか。

「咲真君って……親がいないの?」

真実を知り、もっと距離を縮めたいという気持ちが、僕の重い口を動かした。

彼の長い睫毛《まつげ》が小刻みに揺れている。一秒、二秒、三秒、時間が経《た》つごとに後悔が押し寄せてくる。自己嫌悪が大きくなる頃、咲真は静かな声で簡潔に答えた。

「親はいるよ」

僕は無言のまま瞬《まばた》きを繰り返した。やはり、母が間違った噂を聞いてきたのかもしれない。そう思ったとき、彼は自嘲《じちょう》気味に笑いながら言った。

「だって、両親がいなきゃ俺は生まれてないだろ。祖父が……養子縁組してくれたから、今の俺の親はセッちゃんだけど」

「本当の親は？」

「父親のことは知らない。母親は、生まれてすぐに俺を運龍寺の敷地に捨てたんだ」

咲真は妙に明るい声で続けた。「笑えるだろ？　いらないなら……捨てるくらいなら、必要ないなら産まなきゃよかったのに身勝手だよな」

僕は膝《ひざ》を抱えている腕に力を込めた。哀しくて、悔しくて、腑《ふ》に落ちない苛立ちめいた感情が込み上げてきて、思わず本音がもれた。

「必要だよ」

咲真の華奢《きゃしゃ》な肩が少しだけびくりと揺れた。

僕は何かに急《せ》かされるように言葉を続けた。

「必要な人間だよ。咲真君はいらない人間なんかじゃない」

「どうして断言できる？」

「だって、綺麗《きれい》な名前だから」

彼は嫌悪感を隠しもせず、眉間にシワを寄せて睨《にら》みつけてくる。その危険な雰囲気に気圧《けお》されそうになりながらも、僕は持っている知識をフル動員して言葉を紡いだ。

「前に本で読んだことがあるんだ。今は使われていないけど、『咲』は『笑』の古字なんだ。だから『笑う』という意味がある。きっと、咲真君の親は『偽りなく、いつも真《ま》っ直《す》ぐな心でたくさん笑っていてほしい』と願いを込めて名前をつけたんだと思う」

咲真は急に立ち上がり、ポケットから封筒を取りだした。

表書きには『遺書4』と書いてある。

「遺書四、仲間がいないから、孤独だから死にたい」

咲真は遺書の内容を暗唱すると、河に向かって歩きながら言葉を継いだ。「短い期間だったけど、青柳とお前は仲間だった。報復ゲームに参加したとき、ふたりは孤独じゃなかったはずだ」

咲真は身を屈め、遺書を水に浸し、そっと流した。

四通目の遺書を見送ったあと、ずっと気になっていた疑問が口を衝《つ》いて出た。

「なんの得にもならないのに、どうして僕と青柳さんのために復讐《ふくしゅう》してくれたの」

「俺は自分のためにしか動かない」

「淳也を恨んでいたってこと?」

「そういうこと」

「どんな恨みがあったの」

振り返った彼の目に、哀しみの色が滲んでいた。その眼差《まなざ》しが何を意味しているのかわからず、胸が波立ってくる。

咲真はポケットから『遺書5』と書かれた封筒を取りだし、近寄ってくると目の前に差しだしてきた。最後の遺書を書いたとき、怯《おび》えていたのだろう。字のバランスが崩れ、線がひどく乱れている。

「これは自分で解決しろ。生と死の間に、無数の選択肢を作ればいい。その中のひとつが、お前を助けてくれるかもしれない」

咲真の冷たい声が降ってきて、僕は顔を上げた。

「最後まで助けてくれないの」

「なんで俺がそこまでしないといけないんだ。もうそんな時間はない」

「だって今まで一緒に——」

一瞬、頭が混乱し、すっと体温が下がった気がした。

彼は目を細め、蔑《さげす》んでいるような笑みを浮かべたのだ。こちらの苛立ちを楽しむように、切れ長の目でじっと見つめてくる。

「俺は絹川淳也以外に恨みはないし、他にやりたいこともあるから忙しいんだ」

どうして急に冷淡な態度を取るのだろう——。

最初から僕の命なんてどうでもよかったのかもしれない。筋違いだと理解しているのに、落胆は強い怒りに変わっていく。けれど、感情を露《あら》わにするのは格好が悪い気がして、僕は不安を押し隠しながら訊いた。

「やりたいことって何？」

「世界報復デーは、十一月二十五日。これから世界の友へメッセージを送る」

彼は柔らかい笑みを湛《たた》えて答えた。

前に彼は、パソコンを借りたいから、僕に声をかけてきたと言っていた。彼が僕を助けてくれた理由は、パソコンを借りるためだ。最初から友情を築こうという気持ちは微塵《みじん》もなかったのだ。

虚《むな》しさが胸に満ちていく。想像以上に彼に期待している自分がいた。すべては寂しさが作り上げた幻想だったのかもしれない。本当はどこかでヒーローが現れると信じていた。そのヒーローを彼に投影し、勝手に期待を膨らませ、寄りかかっていたのだ。

目の前にある遺書を、僕は奪うようにつかんだ。

——自分がいなくなれば、家族は幸せなままでいられるから、この世から消え去りたい。

五通目の遺書に書いた卑屈な思考を消去できたとしても、継父の忌まわしい事実だけは抹消できない。それなのに、どうやってひとりでクリアしろと言うのだろう。

突然、放りだされたせいか、身勝手な怒りが湧いてくる。見捨てられた僕は、当てつけるように宣言した。

「この遺書の内容はクリアできない。継父がやったことは消せないから」

「親のことは、お前には関係ない」

「みんなは関係あると思ってる。でも、継父には忠告できない」

「どうして」

「弟は医学部を目指しているんだ。大学に行くために金が必要だし……すべてうまくいってるんだ。僕以外、家族としてうまく機能している」

心の奥深くに「そんなに家族をばらばらにして楽しい？」という母の悲鳴が突き刺さっていた。深く打ち付けられた呪《のろ》いの釘《くぎ》は、僕の胸を錆《さ》びつかせ、ますます家族との関係を悪化させていく。

咲真は非難めいた口調で訊いた。

「新婚の継父が、生徒にセクハラをする理由はなんだ？　ブラックな学校でストレスが溜《た》まったからか？　若い子が好きだから？　それならどうして同級生と結婚した？　ひとつの感情に支配されるな。常に真実に目を向けろ」

「無理だよ。僕が継父に歯向かえば、弟は大学に行けなくなる。母の心だって壊れちゃうから」

「それなら、お前は壊れてもいいのか？　誰かひとりでも壊れていたら、それは家族なんかじゃない」

唇がわななき、視界が滲んだ。何も反論できず、虚しい言葉が口からこぼれた。

「咲真君はいつも正しいし、立派で……強い。でも、僕にはできないこともあるんだ」

卑屈な態度に苛立ったのか、彼は声を尖《とが》らせた。

「それを優しさとは呼ばない。この先、誰かと、自分と闘うときが来たら、まずは真実に目を向けろ。痛みを伴うような真実だとしても目をそらすな。そのとき、自ずと行くべき道が見えてくる。お前の抱えている問題は改善できるから」

気づけば、胸が圧《お》され、涙が頬を伝っていた。

他人事《ひとごと》だから簡単に、そんなふうに言い切れるんだよ——。

「自分はいつも逃げてるくせに」思わず、僕の口から暴言がこぼれた。

「矛盾しているな。お前はさっき、俺のことを強いと言った」

混乱した僕は目を伏せて、震える声で必死に言葉を振り絞った。

「強いというのは撤回する。君はいつも学校を休んで逃げてるじゃないか。僕は辛い日でも登校した」

「だから何?」

冷徹な声に我に返り、顔を上げると、彼はぞっとするほど冷たい微笑を浮かべている。

「俺は、お前みたいに弱さを武器にしない」

武器? 僕はいつだってひとりで乗り越えようとしてきた——。そう思った途端に胸が苦しくなる。それは嘘だ。咲真に助けてもらわなければ生きることさえ放棄していた。

彼は薄い笑みを残し、土手のほうに向かって歩きだした。どんどん遠ざかっていく。土手をのぼっていく細い背中を、僕は縋《すが》るように見つめた。

視線を引き剝《は》がし、手に持っている遺書に目を落とすと、絶望的な気分になる。

人間は訪れる試練をすべて乗り越えていけるのだろうか。それならなぜこんなにも自ら命を絶つ人が多いのだろう。僕は君ほど頭がよくないし、選択肢なんて思い浮かばない、そう胸中で繰り返し叫ぶことしかできなかった。

継父のいない食卓は、幸せに満ちているはずだった。

血の繋《つな》がった家族しかいないのに、どうしてこんなにも息苦しいのだろう。じいちゃん、母、弟は黙々と箸《はし》を動かし、機械的に食事をしている。まるでお通夜《つや》のようだ。

継父がいるときの楽しそうな会話や雰囲気は作られたものだったのだろうか――。

壁時計に視線を送ると、もう夜の八時半を過ぎている。いつもなら帰宅している時間なのに、継父は定席に座っていなかった。学校で何か問題でも起きたのだろうか。胸の辺りに虫が這《は》うようなざわざわした感触が走り、落ち着いて食事ができない。

「あいつはどうしたの?」

僕は堪えられなくなり、沈黙を破った。

悠人は鬱陶しそうに顔を歪め、ハンバーグをナイフで切っている。その挑発的な態度に軽い苛立ちが込み上げてきたとき、じいちゃんが「部活のミーティングで遅くなるそうだ」と教えてくれた。

パシッという音が聞こえてきて目を向けると、箸を置いた母と目が合った。

「お父さんのことを『あいつ』と呼ぶのはやめなさい」

「たしかに、あいつというのはよくないが、急に『お父さん』と呼ぶのも難しいよな」

じいちゃんが助け舟をだすと、母の表情が曇った。

「揚げ足取らないでよ。親子の問題に口を挟まないで」

「俺も家族なんだけどな」

「ねぇ、お父さん、何が言いたいの?」母は呆《あき》れ顔で訊いた。

じいちゃんは聞こえないふりをして、卵焼きを口に放り込んだ。しれっとした態度に腹がたったのか、母は爪《つめ》でコツコツとテーブルを叩きながら激しい口調で迫った。

「お父さん、航基を甘やかさないで。もしかしたら、離婚した私に文句があるの」

気配を感じて机の下をちらりと覗《のぞ》くと、じいちゃんは右手で自分の太腿を撫でている。それは困っているときにやる癖だ。申し訳ない気持ちで胸がいっぱいになる。

「今回の再婚は、あなたたちのことも考えて決断したのよ」

「ぼくは賛成だよ」

母の怒りが爆発しないように、悠人は明るい声で賛同した。けれど、母の甲高い声は止まらなかった。

「お父さんはくだらない発言ばかりするし、航基はいつもネガティブ、何が望みなのよ」

「だから僕は賛成だよ。頼りないカズちゃんより、今のお父さんのほうが何倍もいいもん」

「悠人の気持ちはわかってる。私はこのふたりに訊いてるの」

母は唇を噛《か》んで、冷たい視線を僕らに投げてくる。

高圧的な態度に怯《ひる》むことなく、じいちゃんは笑顔で言った。

「子どもが暗い話をするときは、それなりに原因があるもんだ」

母は頬を紅潮させせながら低い声で尋ねた。

「原因？　これからいい家庭を築きたいと思っているのがそんなに気に入らないなら、はっきり言葉にしなさい」

悠人は険悪な空気を和ませるように、わざと弾むような声で話し始めた。

「そうそう、びっくりしたんだけどさ、ゴーストリバーにいる幽霊の話なんだけどね」

もしかしたら弟は、実父にいちばん似ているのかもしれない。場の空気が悪くなると、無関係な話題を持ちだして、対立を収束させようとする。大抵、母の怒りを助長するだけなのに一方的に喋《しゃべ》りまくるのだ。

「友だちから幽霊を呼びだす方法を教えてもらったんだけど、ゴーストリバーの水面は霊界へ繋がるドアなんだって。ドアを七回叩くと幽霊が姿を現す。やり方は、水面に石を投げて、水切りを七回成功させると開くらしい。マジで怖くない？　友だちは幽霊が見たくて水切りを練習したみたいだけど、五回目で怖くなってやめちゃったんだって」

母も父の悪い癖を思いだしたのか、眉をひそめた。

「関係ない話はやめて。今日はちゃんと航基と話がしたいの」

悠人は顔に笑みを刻んだまま、少し目を伏せた。手に持っているナイフが微《かす》かに揺れている。

母が責めるような口調で切り込んだ。

「航基、あなたは学校にも行かず、何をやっているの？　学校をサボって、自転車をふたり乗りして、変な旗を持って、何をしていたのか教えて」

想定内の質問なのに、なぜか準備した言葉がうまく口から出てこなかった。僕は唇を引き結んで黙っていた。

「答えられないの？　これだから悪い噂がある子とは付き合ってほしくなかったのよ」

僕は母を睨みながら訊いた。

「それって誰のこと？」

「あの子に決まってるでしょ。月島咲真君。あなた、ときどき学校を早退しているそうね」

「たまには、怠ける時間も必要さ」

じいちゃんが呑気《のんき》な口調で言うと、母の顔が不快そうに歪む。

「ねぇ、お父さん。気持ちが悪いわよ。そんなに若者に理解のある年寄りだと思われたい？　ある程度、大人が監視して子どもを守らなければ、どんどん悪いほうに堕《お》ちていくのよ」

母は、こんな苦しい生活になったのは父が悪いと言い続けてきた。そして今度はじいちゃんが悪いと責める。どろりとした苦い感情が胸の底に溜まり、心を黒く染めていく。

目の前の皿をすべてひっくり返し、継父の本性をぶちまけてやりたくなる。継父の卑劣な行為のすべてを暴露して、父が悪い、僕が悪い、じいちゃんが悪い、と罵《ののし》る母に真実を突きつけてやりたい。

「うるせぇんだよ！」

決意を固めたとき、食卓に誰かの怒号と皿が割れるような音が響いた。

身を強張《こわば》らせ、僕は周囲に目を這わせた。

テーブルの上に置かれた悠人の握り拳《こぶし》がぶるぶる震えている。ナイフを叩きつけたのか、サラダボウルが割れていた。顔を伏せているため、弟の表情はわからない。よく見ると頭が細かくわなないているのに気づいた。

次の瞬間、衝撃のあまり息を呑《の》んだ。

食べかけのハンバーグの上に、悠人の大粒の涙が次々に落下していく。

初めて目にする、弟の涙――。悠人は哀しみを表にださないタイプだった。飼い犬のルイが死んだ日も、父と別れた日も、気丈に振る舞っていた。だから悠人は強い人間だと思い込んでいた。

「勝手だよ。あなたたちのためを思って再婚した？　ふざけんなよ、自分のためだろ。カズちゃんも最低だよ」

丸くて大きな目からぼろぼろ涙がこぼれているのに、悠人の口元は笑みを刻んでいる。そのアンバランスさに視界が滲んでいく。

「兄貴は人の不幸をひとりで背負ったような顔してさ。悲劇の主人公のつもり？　じいちゃんは、兄貴に気を遣ってばかりいるし……うんざりなんだよ。お前ら、気色悪いよ」

悠人は生気を失ってうなだれていた。壊れたように「本当の家族はルイだけだった」と繰り返しつぶやいている姿を見ていると、堪《た》え難い自責の念が込み上げてくる。

ルイがいちばん懐いていたのは、悠人だった。家族全員で「ルイ」と呼ぶと、必ず弟の元へ駆けつけた。ルイが死んだ日、悠人が不自然なほど明るく振る舞っていたのは、哀しんでいる家族を励ましたかったからだ。その後、自室でひとり、涙を流す弟の姿を今なら想像できる。

ゆっくり立ち上がったじいちゃんは、「ごめんな」と口にしたあと、悠人を宥《なだ》めるようにそっと抱きしめた。悠人は肩を震わせ、声を殺して泣いている。

これまで自分の痛みばかりに敏感で、弟の苦しみなんて見ようとしてこなかった。悠人は器用で世渡り上手な人間だと勝手に決めつけて安心していた。

咲真が言う通りだ。僕はいつも真実から目をそむけ、大切なものを見落としている。

父は最後に「器用そうに見えるけど、結構不器用だったりするややこしい奴だからさ、悠人を頼むな」と言い残した。その言葉が現実味を帯びて胸に迫ってくる。

弟の弱々しい泣き声が響く中、愚かな兄は奥歯を噛《か》み締めることしかできなかった。

2

弟の泣き声と同時に、家族という絆《きずな》に亀裂《きれつ》が走る音が聞こえた。

朝まで眠れず、僕はベッドの上で寝返りを打ちながら自責の念に苦しんでいた。

長い時間一緒に過ごしてきたのに、悠人が孤独の中に身を置いていたことに気づけなかった。もしかしたら、父だけは気づいていたのかもしれない。それならば、どうして家族を捨てられたのだろう。答えを得られない疑問は、亀裂を深めていくだけだった。

夕食のときは取り乱していたけれど、翌日からはアウトローになることもなく、悠人は明るいキャラを貫き通している。弟の健気《けなげ》な姿を目にするたび、兄としてのプライドが萎《しお》れていく。

僕も反抗的な態度を改め、できるだけ目立たないように気をつけながら過ごしていた。家族だからといって、遠慮なく振る舞うのは間違いなのかもしれない。他人だけでなく、身内に対する接し方までわからなくなる。

咲真と最後に会ってから、彼は一週間ほど学校を休み続けていた。

授業中、誰もいない隣席を眺めるたび、胸が痛んで自己嫌悪が強くなる。咲真にぶつけた「自分はいつも逃げてるくせに」という言葉がよみがえってくるからだ。

——母親は、生まれてすぐに俺を運龍寺の敷地に捨てたんだ。

彼が背負っているものを想像すると、余計に自分が情けなくなる。

学校が終わると全力で自転車を走らせ、海賊山やゴーストリバーを探し回ってみるも、咲真の姿は見つけられず、水切りばかりが上達していく。

小石を回転させ、六回跳ねさせることに成功した。

ゴーストリバーの水面は、霊界へ繋がるドア。石で水面を七回叩くと、ドアが開き、幽霊が姿を現す。それが嘘だということを知っている。

僕が河で自殺しようとした日、咲真は水切りを七回成功させたからだ。

幽霊が見たくて、咲真も練習を重ねたのだろうか——。

翌朝、いつもより一時間早く家を出て、学校に行く前に運龍寺に寄ることにした。そうしなければ、もう二度と彼と会えないような予感がしたのだ。

冷たい空気を吸い込み、深呼吸したあと、腹を決めて長い石段を上がっていく。息を切らしながら最後の石段をのぼり、思い切って境内《けいだい》に足を踏み入れた。

早朝のせいか、辺りは澄んだ空気に包まれている。

逃げだしたくなる気持ちを堪え、玄関を真っ直ぐ見据え、僕は庫裡《くり》に向かって歩を進めた。

一段高くなっている玄関ポーチに上がり、チャイムに手を伸ばそうとしたとき、後方で砂利を踏む音が響いた。慌てて振り返ると、袈裟《けさ》を着たセッちゃんが微笑《ほほえ》んでいる。

「航基君、おはようございます」

セッちゃんは竹箒《たけぼうき》を片手に、丁寧に深々と頭を下げた。

僕も倣《なら》って頭を下げたあと、訪問の理由を告げた。

「あの、咲真君、ずっと学校を休んでいるみたいで――」

そこまで言ったあと、慌てて口を噤《つぐ》んだ。学校を休んで石田さんのところに遊びに行っている可能性も捨てきれない。もしそうだとしたら、完全に告げ口になってしまう。自分の愚かさに嫌気が差した直後、頭の中で必死に言い訳を探し始めていた。

「ズル休みではないですよ。咲真は少し体調が優れなくて、自室で休んでるんです。せっかく来てくれたのに、ごめんなさいね」

内心を見透かしたのか、セッちゃんは二階を見上げながら教えてくれた。

玄関ポーチを出て、僕も二階を見上げると青いレースカーテンが風に揺れている。窓が開いている部屋が、彼の自室なのかもしれない。

「咲真君の体調、すごく悪いんですか」

「少し休めば、また元気になると思います。心配してくれてありがとう」

頭を下げるセッちゃんの姿を見た途端、居たたまれない気持ちになる。僕が暴言を吐いたせいで、体調を崩してしまったのかもしれない。

「あの、咲真君はいつ学校に来られるようになるんですか」

一瞬、住職の瞳《ひとみ》が揺れた。すぐに表情を戻すと、セッちゃんは穏やかな声音で答えた。

「熱が下がれば再び登校できると思います。あの子はとても強い子ですから、あまり心配なさらないでくださいね」

丁寧な口調なのに、優しい笑みの中に不穏なものを感じた。セッちゃんの充血した目が、少し潤んでいるように映ったのだ。

そんなに体調が悪いのだろうか――。

喉まで出かかっていた疑問をどうにか呑み込んだ。これ以上追及したら、セッちゃんを追い詰めてしまう気がしたのだ。

思い返せば、咲真はいつも心配されるのを嫌がっていた。真意が知りたくて心の中を探ろうとすると、彼は怒りを露わにして姿を消してしまう。

何か気配を感じて本堂のほうに目を向けると、職員らしき人が長い竹箒を片手に掃《は》き掃除をしていた。長居するのは迷惑なのではないかと思い、僕は「また来ます」と頭を下げた。

「航基君、ありがとう」

セッちゃんはそう言うと、職員に呼ばれて本堂のほうへ歩いていく。

僕も石段に向かって歩きだそうとしたとき、澄んだ声が降ってきた。

「成瀬」

空耳かと思うほど透明な、風のような声だった。

周囲を見回してみたけれど、林がさわさわ揺れているだけで、人の気配はどこにもなかった。

幻聴かと思ったとき、上空から何かが舞い落ちてくるのに気づいた。

神様の瞳の色に似ている、瑠璃色《るりいろ》の紙飛行機——。

導かれるように腕を伸ばすも、僕の手をすり抜けて、紙飛行機は少し離れた砂利の上に着陸した。拾い上げると指先がじんわりあたたかくなる。よく見ると、美しく整った紙飛行機だった。翼は左右対照で、極めて正確に丁寧に折られている。

境内に風が吹き抜け、髪が舞い踊った。木々のざわめきに誘われるように、僕は目を凝らして二階を見上げる。部屋の中に人影はなく、レースカーテンが静かに揺れているだけだった。


相変わらず教室にいる時間は苦痛でしかなく、つい期待を込めて窓の外に目を向けてしまう。ゆったりとした足取りで、咲真が登校して来るかもしれない。

一限目、二限目、三限目、ずっと眺めていても期待は叶《かな》わなかった。

四限目の体育は持久走で、ひたすらグラウンドを走っていた。途中で足を引っ掛けられて転倒したにもかかわらず、タイムが以前よりも大幅によかった。田舎道を自転車で走り回り、海賊山をのぼっているうちに筋肉がついたのかもしれない。

美術室で弁当を食べ終えると教室に戻り、僕は誰もいない隣席を眺めた。机と椅子《いす》が寂しそうに佇《たたず》んでいる。窓の外に視線を移しても、やっぱり彼の姿はなかった。

鞄の底から紙飛行機を取りだし、そっと机に置いたとき、額に冷たい衝撃が走った。

直後、教室にどっと笑い声が響いた。

即座に視線を落とすと、茶色い物体が床を転がっていく。丸い唐揚げは前転を繰り返し、咲真の机の下で停止した。額にぶつけられたのは、唐揚げだったようだ。

警戒しながら顔を上げると、意地悪そうな笑みを浮かべている男子の姿が目に入った。利久斗、学《まなぶ》、拓海《たくみ》の三人だ。彼らと同じグループに属しているのに、自分は関係ないというアピールなのか、淳也は気まずそうに目を伏せている。

利久斗はミニトマトを口に放り込むと、咀嚼《そしやく》しながらこちらに向かってきた。嚙み砕くたび、彼の薄い唇が虫のように蠢《うごめ》く。胃が痛くなる。

利久斗はクラスでいちばん背が高いせいか、目の前に立たれると威圧感を覚えた。

「前から訊きたかったんだけど、お前の母親って変態なの？」

周囲から「あ～あ、訊いちゃった」という茶化す言葉が飛んでくる。

利久斗は片頰を歪めて言葉を吐きだした。

「だって、あの変態教師と結婚するなんて異常だろ」

「だったら？」

僕が小声で返すと、利久斗は周囲の賛同を煽《あお》るように声を張り上げた。

「だったら変態だよな」

下品な笑いが教室に伝播《でんぱ》していく。

今の会話に笑える要素はあるだろうか。まったく面白くない。普段なら恐怖心が募り、膝が震えだしているのに、今日の僕は何かがおかしかった。

どうしてこいつらは健康で、咲真は病気なのだろう。なぜ青柳が転校し、こいつらは笑って楽しそうに生きているのか。不条理、不合理、不正義だ。今まで堪えていた激しい怒りが込み上げてきて、つい本音が口からもれた。

「お前も変態だろ」

利久斗の「は?」という尖った声が眼前で響いた。

僕は寂しそうに転がっている唐揚げを見たあと、利久斗を見据えて口を開いた。

「鶏を殺して食って生きながらえているのに、食べ物を平気で投げつけるなんて、お前も立派な変態だろ」

急に奴隷に反論されて怒りが爆発したのか、利久斗は近くにある椅子をガタンと蹴《け》り飛ばす。ぶつかりそうになった女子が悲鳴を上げた。

「馬鹿じゃない。何こいつ、何言ってるの?」

早口に捲《まく》し立てる利久斗は、完全に動揺していた。その怯えを感じ取った僕は無表情のまま、咲真が言いそうな言葉を吐きだした。

「小学校で『食べ物を無駄にしてはいけません』って教わらなかったか? もうひとつ、危ないから椅子は蹴るな。さっき女子に当たりそうになっただろ。大事なことがわからないお前も低レベルの変態なんだよ」

数人のクラスメイトが噴きだしたように笑う。形勢は完全に五分だ。

「ふざけんなよ。俺は、お前の親父《おやじ》が変態だって言ってるんだよ」

「何度も言わせるな。気づいていないだけで、お前も同類なんだよ」

言い負かされるのが嫌で、慎重に言葉を選んでいるのか、利久斗は真っ赤な顔で唇を震わせている。あっ、と思ったときには宙に浮いていた。利久斗が両手で襟を締め上げ、後方にあるロッカーに僕の背を強く打ち付けた。

「おい、お前ら何をやってるんだ!」

隣のクラス担任が教室に飛び込んでくる。先生の近くには、泣きだしそうな安藤菜々子が立っていた。もしかしたら、彼女が助けを求めに行ったのかもしれない。

利久斗はつかんでいた襟を放し、とびきりの笑顔を作ってみせた。

「先生、そんな怖い顔しないでよ。ちょっと遊んでただけじゃん」

隣のクラス担任は信じていないのか、僕に向かって尋ねてくる。

「成瀬、大丈夫か?」

僕は敢《あ》えて利久斗の顔を見ながら答えた。

「本当に遊んでいただけです」

ここで騒ぎを大きくしても得はない。原因を追及され、継父のことが公になれば、小さな田舎町だから噂はどこまでも広がり、弟まで虐められる可能性がある。

僕は紙飛行機と鞄をつかむと教室を飛びだし、廊下を駆けていく。階段をのぼり、上階を目指す。また長い廊下を走り、突き当りにあるドアを開けて美術室の中に駆け込んだ。

美術室はひんやりして、哀しいほど静まり返っている。

次の授業はないようで安心した。今日の自分はどこかおかしい。制御不能なほど、怒りが心を支配していた。

気を鎮めたくて窓を開けると、青色に染まった花壇が見えた。リンドウの花だ。

以前、緑営係の安藤菜々子が楽しそうに花に水をあげている姿を見たことがあった。なんの気なしに眺めている僕に、彼女は笑顔を浮かべながら「これ、リンドウの花」と教えてくれた。あのときの優しい笑みを思いだすたび、継父への憎しみが増していく。

安藤菜々子はいつも優しく接してくれた。

彼女の真意はどこにあるのだろう――。

常に善人でいたいタイプなのかもしれない。それとも、過去に虐められた経験があるのだろうか。そう思ったあと、すぐに考え直した。彼女は、僕と同じ匂いはしない。

窓際の机の上に、鞄と紙飛行機を置くと、ポケットからシワだらけの封筒を取りだした。封筒には『遺書５』と書いてある。

――自分がいなくなれば、家族は幸せなままでいられるから、この世から消え去りたい。

最後の遺書だ。どうクリアすればいいか教えてよ。

精巧に作られた紙飛行機を手に取ると、腕を伸ばして上空に掲げた。

咲真は折り紙が得意なのだろうか。それともジェット機が好き？　何ひとつ知らない。相変わらず、僕らは微妙な関係を維持していることに気づき、紙飛行機をそっと飛ばした。

凛《りん》とした美しい飛行を続け、真っ直ぐ飛んでいく。なんとなく咲真に似ていると思った。最後は壁に当たって落下してしまったけれど、遮るものがなければどこまでも飛んでいく勢いがあった。

拾いに行こうと歩きだしたとき、ドアノブの回る鈍い音が響いた。咄嗟《とっさ》に咲真だという予感が走り、嬉しさで胸が高鳴った。

ドアが開いた瞬間、全身の血の気がさっと引いていく。

後をつけられたのかもしれない。薄気味悪い笑みを浮かべ、三人の猛獣が教室に入ってくる。利久斗、学、拓海だ。彼らは全身から暴力的な気配を放っていた。

壁時計に視線を移すと、あと一分で授業が開始される時刻だった。もう彼らは授業にでる気はないのだ。胸に恐怖と絶望が広がっていく。

三人は五限目の授業を欠席し、僕を叩きのめした。三対一では勝ち目はない。

両腕を押さえられた瞬間、腹に痛みが走る。崩れるように床に膝をつくと、顔面を蹴られて鼻血が飛び散った。指先が血で滲む。休む暇もなく脇腹に激痛が走り、視界がぼやけていく。殺気立った利久斗は「みんなの前で恥かかせやがって」と何度も口にしていた。クラスメイトの前でメンツを潰されたら、ヒエラルキーに影響が出る。それが我慢ならなかったのだろう。

以前、高校生たちが校内で、ある少年を集団リンチし、殺害してしまう事件が起きた。その事件を聞いたとき、加害者の高校生たちは普通とは違う、特別問題のある人間だと思っていた。けれど、それは間違いだったのかもしれない。

報復ゲームのときもそうだ。もしも青柳が止めていなければ、咲真はクラスメイトの命を奪っていたかもしれない。未成年の僕らでも、人を簡単に殺せるのだから――。

痛みが駆け抜けるたび、どうせロスタイムのような人生だったのだ、という思いが強くなる。あの日、本当は河で死ぬ運命だった。少しだけ命の期限が延びただけ。

僕は蹴られながら笑みをもらした。拓海と視線がぶつかる。一瞬、はっとした表情を見せたあと、彼は蹴る足を止めた。

「もうやめよう。これ以上やるとヤバいよ」

我に返ったのか、拓海の声は微かに震えていた。

「さっき三組の担任にも気づかれたし、何かあったら俺らが疑われるよ」

今度は学の保身の声が響く。まだ苛立ちが収まっていないようだったが、利久斗はふたりに説得され、生身の人間ではなく机を蹴った。

「早く死ねよ。今日死ね。今すぐ死ね」

利久斗はそう言い残し、教室を出ていった。

自分では殺せないから、自ら死んでくれ。その発想は、あまりにも傲慢だ。自分の人生を棒に振って、お前の手で殺せよ、と内心で毒づいた。

起き上がれるようになったのは、窓から西日が射《さ》し込む頃だった。

右腕で身体を支え、教室の隅に落ちている紙飛行機に手を伸ばす。踏み潰されて汚れていた。あと少しで届く。身体中が痛くて、吐き気がした。激痛を堪えて匍匐前進する。もう一度、腕を伸ばして瑠璃色の紙飛行機をつかんだ。握り締めると涙がこぼれた。泣くのは悔しいのに、どうしても止められなかった。

――この先、誰かと、自分と闘うときが来たら、まずは真実に目を向けろ。痛みを伴うような真実だとしても目をそらすな。

咲真はどこにもいないのに、殴られている最中、彼の言葉が耳の奥で鳴り響いていた。

ひとりで立ち向かうのは、怖いよ。潰れた紙飛行機に語りかけると、薄《うっす》ら文字が透けてみえた。

血のついた指で広げていく。

折り紙に書いてある文字を目にした瞬間、口から嗚咽《おえつ》がもれた。

――お前に、いらない人間じゃないって言われたとき、本当は嬉しかった。

幟旗に書いたときと同じ、躍動感のある美しい文字だった。初めて彼の心に触れられた気がして、胸が苦しくなる。

僕は右手を上方へ伸ばし、近くの机をつかんだ。手に力を入れ、一気に起き上がる。

窓越しに、脈打つような真紅の夕日が見えた。

あの日、海賊山で見た朝陽《あさひ》と重なった。心に光が射し込んでくる。

ふらつきながら前へ進み、ドアノブを強く握り締めた。

力強くドアを開け放ち、頼りない歩みで廊下を進んでいく。授業が終わっていたため、生徒の姿はほとんど見当たらなかった。どんどん前へ、前へ足を動かす。

瞼《まぶた》が腫《は》れているのか、視界が狭くてぼやけている。階下ですれ違う生徒たちの視線が痛い。まるで化け物を見るような目だ。

青い紙をお守りのように握り締め、廊下の先を見据える。

――殴る相手を間違えると、心の傷は永遠に治らない。

まるでエールのように咲真の言葉が胸を叩く。リズムに乗るように前へ、前へ、行くべき場所まで足を進めていく。


心の中で決意を固めると、今抱えている問題はそれほど複雑ではないと気づかされた。

真実を知りたい。その思いが恐怖を打ち砕き、足をグラウンドへ向かわせる。

広大なグラウンドには、健全な高校生のあるべき姿が広がっていた。

汗を流してランニングしている陸上部員、T字型のレーキで幅跳びの砂を均《なら》している女子、奥のほうには投擲《とうてき》の練習をしている男子がいた。グラウンドの左端に目を向けると、上体を曲げてストレッチをしている安藤菜々子の姿があった。

目を凝らしてみるも、探している人物はどこにも見当たらない。

僕は周囲を慎重に見回したあと、グラウンドに隣接しているプレハブ小屋に視線を据えた。忌々《いまいま》しい体育倉庫——。継父が、指導という名の仮面をかぶり、マッサージと称して女子部員にセクハラをした現場だ。

ふらふらと吸い寄せられるように、犯行現場まで進んでいく。歩く振動で殴られたときの傷が痛みだす。それでも歩を速めていく。

体育倉庫の鉄扉の前に立つと、僕は荒くなった呼吸を鎮めるために深呼吸した。心臓の鼓動が煩《うるさ》いほど耳の奥で鳴り響き、緊張感に拍車をかける。

扉の横には、事前に用意されていたかのように槍投《やりな》げの棒が立て掛けてあった。そっと腕を伸ばし、細い棒をつかむ。槍の先端は鋭く尖り、怪しい光を放っている。

今、犯行現場を目撃したら、暴走する感情を止めることはできないだろう。覚悟を決め、扉に顔を近づけて、耳を澄ました。

「ほら、動くなって」

視界が仄暗《ほのぐら》くなり、胸に絶望がじわじわと広がっていく。

中から聞こえてきたのは、間違いなく継父の声だ。少し甘えたような、優しい声音だった。目の前が真っ暗な闇《やみ》に埋め尽くされたとき、怒りの炎が心に灯《とも》った。

扉の隙間《すきま》から中を覗くと、豆電球に照らされた白い太腿が目に飛び込んできた。槍を持つ手が震え、じっとりと汗ばんでくる。心拍数が上昇していくのを感じながら、手に力を込めた。

今日、決着をつけてやる。

突然スプレーを噴射するようなシューという音が聞こえてきた。慎重に中の様子を窺うと、黒いジャージ姿の継父がスプレー缶を手に持ち、誰かの腿に吹きかけている。

「たぶん肉離れだな。アイシングしたら、すぐに病院に行ったほうがいい」

マットに横たわっている部員が顔を上げたとき、その光景に放心した。

沈んだ様子で「はい」と返答する声は、紛れもなく男子部員のものだった。よく見ると、継父は黒ではなく、深緑色のジャージだ。

「処置すれば問題ないかもしれない。だから泣くなよ。がんばってきたもんな」

継父の励ましの声が響いたあと、男子部員の泣き声がもれてくる。

僕は手に槍を持ったまま、後退《あとずさ》りするように扉から離れ、混乱状態でグラウンドを歩き始めた。顔を上げたとき、幅跳びの砂場の近くで、談笑している女子部員の姿が目に映った。

彼女たちがいる場所まで歩を進めていく。

さっき体育倉庫で目にしたのは、家では知る由もない優しい陸上部顧問の姿だった。

「成瀬先生は」

僕が砂場の近くにいる女子部員に声をかけると、ふたりはぎょっとした顔でこちらに目を向けた。ひとりは髪が長く、もうひとりはライトブラウンのショートボブだった。

大人っぽい雰囲気の髪の長い部員が口を開いた。

「顔、腫れてるの気づいてる？」

「気づいてます。あの……成瀬先生なんですが」

うまく言葉にできず、僕が一旦《いったん》口を噤むと、ボブの部員が先を促すように訊いた。

「先生がどうしたの？」

「あの、成瀬先生にマッサージされたことありますか」

一瞬、ふたりの顔に警戒の色が滲んだ。

傷だらけの男子が怪しく映ったのか、それとも嫌な思い出があるのか判断がつかない。僕が黙ったまま答えを待っていると、髪の長い部員が口を開いた。

「何それ？　社会科の変態、マスカワとは違うし」

マスカワ先生は変態なのだろうか？　意味がわからない。僕はもう一度質問した。

「成瀬先生にセクハラとか、気持ち悪い行為をされたことはありませんか」

「マスカワは変態だけど、ナルっちは、かなり性格いいよ」ボブが怒り気味に答えた。

マスカワ先生がヤバいのは理解した。僕は核心に迫る質問を投げた。

「成瀬先生に陸上部の女子部員がセクハラをされているという噂を聞いて、もっと詳しく知りたいと思ったんです」

髪の長い部員が微かに溜息《ためいき》をもらすのを見逃さなかった。すかさず僕は懇願するように訴えかけた。

「もし知っていることがあったら、教えてもらえませんか」

「君、何年生？」

髪の長い部員からの問いかけに、僕は戸惑いながら答えた。

「一年です」

「陸上部以外にも広がってるんだ」

「え、何？　私は知らないけど」

ボブの部員が興味津々に言うと、髪の長い部員が半笑いで答えた。

「あの子、『先生にセクハラっぽいことをされた。でも勘違いかもしれないから大事にしないでほしい』って言ってるみたいだけど、先生はそんな人じゃないよ」

「それなら、どうしてそんな嘘をついたんですか」僕は語気を強めた。

「先生が好きだったみたい。でも結婚が決まって、しかも相手は年増《としま》のバツイチで、許せなかったのかも」

ボブの部員は声を弾ませて割り込んでくる。

「振られた腹いせってやつ？　それより、あの子って誰？」

「菜々子」

「嘘。菜々子って、三上《みかみ》部長のことが好きなんじゃないの」

「それ逆。三上部長が菜々子を好きなんだよ」

「え？　私、三上部長好きなのに」

ボブの突然の告白を無視し、僕は混乱した頭を整理したくて尋ねた。

「つまり、彼女は嘘をついたということですか」

「普段はいい子だから、出来心だと思うけど」

グラウンドの奥で安藤菜々子と高身長の爽《さわ》やかな男子部員が楽しそうに話をしていた。たぶん、あれが三上部長なのだろう。

彼女のとびきりの笑顔が目に飛び込んできた瞬間、周囲の音がすっと遠のいた。

部長と話しているふたりの姿がぼやけていく。正義感の強い優等生だと思っていた彼女の輪郭が歪み、噂の真相がはっきり見えてくる。嫌がらせを受けているとき、安藤菜々子はいつも庇《かば》ってくれた。それを僕自身も周りも、彼女が優しいからだと捉《とら》えていた。

虐めの原因は継父だと恨み、これまで反抗ばかりしてきた。それは逆恨みだったのだ。

スクールセクハラの被害で苦しんでいる生徒がいるという内容をネットの記事で読んだことがある。だからこそ、やってはいけない嘘なのだ。

僕の心に消えない傷を負わせた犯人が、善人ヅラして笑っている。

槍を強く握り締め、笑顔の彼女を凝視した。微笑むたび虫酸《むしず》が走る。深い憎しみと悔しさが感情を搔《か》き乱していく。

もうどうなってもいい。一緒に奈落《ならく》の底に落としてやる。

槍を握り締め、僕は標的を目掛けて駆けだした。ターゲットを見据え、投擲の選手のように槍を構え、走るスピードを速めていく。もう身体の痛みは感じなかった。まるでエールのように、耳の奥で「変態、変態、変態」というクラスメイトの声が響いていた。

槍を持つ右腕を後ろに引き、彼女の胸を深く突き刺す。どくどくと真紅の血が溢《あふ》れてくる。走りながら、彼女を殺害する想像を膨らませているとき、どこからか透明な声が響いた。

「成瀬」

声が聞こえてきた方角に顔を向けると、ひとりの少年が立っている。

子ども？　まだ五歳くらいの少年だ。突如、景色がモノクロに変わっていく。不敵な笑みを浮かべ、少年は小さな唇を動かす。何を言っているのかわからない。耳に意識を集中し、彼の口元を凝視する。

——ひとつの感情に支配されるな。

耳の奥に響く声。外見は少年なのに、口調はひどく大人びている。しかも聞き覚えのある声だった。少年の姿はぼやけ、徐々に月島咲真へと成長していく。

自分の頰に涙が伝う感触が走った。

瑠璃色の影が視界をかすめる。目を凝らすと、まるで行く手を阻むように、目の前を紙飛行機が浮遊していく。直後、胸中で「やめろ」という強い感情が爆発した。けれど、勢いを増した足はもう止められない。僕はスライディングするように転倒し、胸を強打した。その衝撃で、手から放たれた槍は安藤菜々子に向かって飛んでいく。

彼女は短い悲鳴を上げる。足元に飛んできた槍を飛び跳ねるようにして避《よ》けた。

胸を強打したせいか、息が苦しくて呼吸ができない。仰向けになり、僕は陸に揚げられた魚のように口を開け、空気を吸い込もうとするも、酸素が足りない。空がぐるぐる回っている。真っ白な雲が、少しずつ変色していく。

空から紫色の雨が降り注ぎ、濡《ぬ》れた大地からチグリジアの花が咲く。そのとき人間はようやく気づくんだ。『今は苦しんでいる人が多い時代だ』って——。

雲、空、校舎、世界が紫色に染まるたび、徐々に息苦しさから解放され、呼吸が楽になっていく。肉体が安堵《あんど》した途端、一気に虚しさが込み上げてきた。

「大丈夫?」

霞《かす》んだ視界の先に、端整な顔立ちの男子部員が見えた。

おとぎ話の王子様は、こんな感じなのかもしれない。三上部長が、無様な僕を見下ろしている。すぐに思い直した。違う、彼は心の底から心配しているようだった。

僕はゆっくり上半身を起き上がらせ、安藤菜々子に視線を据えた。

彼女は硬い表情で唇を震わせている。

「ひどい怪我だよ。保健室まで運ぶから、僕の背中に乗って」

三上部長は屈むと、背をこちらに向けた。高校生ではなく、大人のような頼りがいのある広い背中をぼんやり見つめた。

安藤菜々子は、本当に好きな先生に振り向いてもらえなかった。憎しみから生まれた軽い嫌がらせだったのかもしれない。けれど、噂は広がり、クラスメイトはそれを信じた。僕も同じだった。真相には目を向けず、噂に踊らされ、継父への感情を悪に染めた。虐められている原因をすべて継父の責任に転嫁したのだ。

母は純粋な気持ちで、やり直したかったのだろう。たくさんの夢と希望を抱いて、本気で子どもの幸せを願って再婚したのかもしれない。

嗚咽が聞こえてきて顔を上げると、安藤菜々子が両手で顔を覆って泣いていた。

同情はできないし、許せない。この先も許すことはできないだろう。けれど、死ねばいいとは思えなかった。やっぱり、僕は弱いのかもしれない。

三上部長は現状を把握できず、僕らを交互に見やったあと戸惑いながら口を開いた。

「とにかく保健室に行こう。早く先生に診てもらわないと。僕が運ぶから」

「そういうの気持ちが悪い」

なぜか咲真が言いそうな台詞《せりふ》が口からこぼれた。「ホームドラマの父親みたいで」

僕は震える足で立ち上がり、グラウンドの外に向かって歩きだした。

自分の心なのに、どんな感情が潜んでいて、何がしたいのかわからない。ひとつだけわかるのは、咲真に会いたいという思いだけだった。

体育倉庫から出てくる継父の姿が目に入る。直後、逃げるように走りだしていた。

グラウンドを抜け、自転車置き場まで駆けていくと、鍵《かぎ》を解き放ち、サドルにまたがった。

風が頬を叩く。身体中が痛い。小さな呻《うめ》き声が口からもれた。涙で視界が滲む。呻き声はどんどん大きくなり、気づけば訳のわからない奇声を上げていた。

猛スピードで田舎道を走り抜け、ゴーストリバーを目指して進んでいく。過ぎ行く人が不審な目で見ている。もう人の目なんてどうでもよかった。普通じゃないと思われてもいい。自らのエンジンで、ただ走りたかった。ペダルを踏み締め、全力で自転車を走らせていく。足がちぎれてもいい。もっと、もっと速く走りたい。

誰もいないゴーストリバーを通過し、次に海賊山を目指して走っていく。

コンビニの横を通り過ぎるとき、盗んだ幟旗が目に飛び込んできた。

あの日、咲真が書いた言葉が瞼の裏によみがえる。

——生き抜け。

風が味方をするように、咲真の言葉を次々に運んでくる。

——お前の抱えている問題は改善できるから。

彼の抱えている問題は解決できないのだろうか。いつも僕の先を歩いていると思っていた彼の背中が、小さく頼りなく、霞んでいく。

——お前が神なら、どんな世界を創《つく》った？

今ならその質問に答えられる。もしも彼が苦しみの中に身を置いているのなら、咲真の抱えている問題をすべて取り払う。世界中の人間なんて救えなくてもいい。ただひとり、たったひとりだけ救いたい。それだけを願いながらペダルを漕ぎ続けた。

自転車を走らせ、繁華街に到着したとき、強い違和感を覚えた。

街中のいたるところに制服姿の警察官が立っていたのだ。彼らは険しい顔つきで、周囲に目を光らせている。大通りにはパトカーが数台停《と》まっていた。

要人でも来ているのか。それとも何か事件が起きたのだろうか——。

自転車を路地裏に停めようと思ったけれど、路上駐輪して撤去されたら困るので慎重に行動すべきだと考え直し、駅の駐輪場に置くことにした。

振り仰ぐと、空は夜闇に染まっている。スマホを取りだし、母に少し遅くなるというメッセージを送った。

歩道は街灯や店の照明で明るかったので、僕は少し顔を伏せて歩いた。警察官に傷だらけの顔を見られたら、職務質問されそうで怖かったのだ。

悪いことはしていないのに、鼓動が速くなる。なるべく人混みに紛れて足早に進んでいく。時々、周囲に目を配り、記憶を頼りに古い雑居ビルを探していると、数メートル先に見覚えのある建物を発見した。四階建ての細長い形が印象的なビルだ。

ビルの中に駆け込むと、エントランスの横に設置されているエレベーターに乗り込んだ。目的の階のボタンを押す。鈍い音を立てて扉が閉まり、エレベーターが動き始めると不穏な振動が足元から這い上がってくる。

四階に到着し、ゆっくり扉が開いた瞬間、『石田調査事務所』という所名が目に飛び込んできた。ドアに書いてある所名を見て、一気に緊張が緩んだ。一度訪れた場所だったけれど、自分の記憶が正しいかどうか不安だったのだ。

エレベーターを降りるとドアの前に立ち、大きく深呼吸する。二度ノックしてから、ドアを引き開けて中を覗いた。前に来たときと印象は変わらず、室内は殺風景だった。

狭い部屋には、背の低い棚、事務机、パソコン、ソファとテーブルが置いてある。いちばん奥の席に石田さんがいるだけで、他に人はいないようだった。

「成瀬君？　すごい怪我。ここ病院じゃないよ」

こちらに気づいた石田さんは立ち上がると、困惑顔で首をひねりながら言った。

「自転車で派手に転んじゃって……」

恥ずかしくてクラスメイトに殴られたとは言えず、僕が嘘を口にすると、石田さんは柔らかい笑みを湛えながら訊いた。

「そんな傷だらけの顔で街を歩いて、警察に職質されなかった?」

「顔を伏せていたので、大丈夫でした」

僕は気まずくなり、苦笑いを浮かべながら尋ねた。「この近くで何かあったんですか」

「前に、女性が殺害される事件が起きたんだけど、ネットの情報によると、さっき逃走していた犯人が捕まったみたいだね」

瞬時に、キッチンカーの近くにいた母子の姿が頭に浮かんだ。

「それって、三芳茉里奈という女性が殺害された事件?」

「そうそう、よく知ってるね」

「殺されたのは、母の同級生だったんです。犯人は誰だったんですか」

「被害者と同じ店で働いていた十九歳の少年だって。数日前、店のオーナーに会ったとき聞いたんだけど、加害者の少年は、彼女から金を借りていたようで、どうやら金銭トラブルが原因だったみたいだね」

以前、咲真が犯人なのではないかと疑ったことがあった。それを思いだすと、申し訳ない気持ちで胸が重くなる。

「成瀬君、そういえば前に事務所に来たときも怪我してたよね」

棚から救急箱を取りだすと、石田さんは笑いながら指示した。「患者は、ソファに座って」

勧められるまま、僕はソファに腰を下ろし、傷ついたところを消毒してもらった。過酸化水素水を薄めた消毒液をかけられるたび、傷口からシュワシュワと泡が出て痛みが強くなる。初めてこの事務所に来た日、今と同じようにソファに座り、傷の手当てをしてもらった。咲真は傷から溢れる泡を見て、「炭酸みたい」と無邪気に笑っていた。

「石田さんは……チグリジアの花を知っていますか」

気づけば、僕は衝動的に質問していた。

室内に消毒液の匂いと沈黙が漂っている。

棚に救急箱を戻すと、彼は自分の席に腰を下ろし、ビジネス口調で訊いた。

「あなたの依頼内容を詳しく話してもらえませんか」

「咲真君について……知りたいんです。前に彼に『お前が神なら、どんな世界を創った?』って訊かれたんです」

「サクちゃんらしい、面白い質問だね」

「僕は答えられなくて……質問を投げ返すと彼は、『俺が神なら、雨に色をつける』って答えたんです。苦しんでいる人間が増えるたび、世界中に紫色の雨が降り、あらゆるものを紫に染める。すべてが変色したあと雨は種になり、大地からチグリジアの花が咲く、って答えたんです」

石田さんはキーボードを叩いてから口を開いた。

「どうして紫色の雨なんだろう」

「彼に尋ねたら、『紫は痛みの色だ』って言っていました」

「チグリジアは検索してみた？」

「はい。夏に花を咲かせる多年生植物で、三枚の花弁があって、色は赤、黄色、白、オレンジとか色々あるみたいで」

「花言葉をググってみたらわかるかも」

僕はポケットからスマホを取りだし、すぐに検索してみる。いくつか花言葉があるようだ。一つひとつ順に目で追っていく。

――私を助けて。

最後に書かれていた花言葉を読んだあと、僕の口から核心に迫る質問がこぼれた。

「咲真君の病気のこと、知っていますか？」

「うん。まぁ、知ってる」

「本人に教えてもらったんですか」

「いや、そうじゃない」

石田さんは少し視線を落とすと言葉を継いだ。「サクちゃんって、不思議な子だよね。聡《さと》い子なのに、ひらがなやカタカナの書き順がめちゃくちゃなんだ」

「どうして」

「不思議だったから、セッちゃんにこっそり尋ねてみた」

石田さんから教えてもらった話は、想像以上に重かった。

咲真は五歳の頃に病気に罹《かか》り、何度か手術をして悪い部分を切除したようだ。けれど、数年後に再発し、再び入院した。手術や放射線治療を受け、その後は何年も病状が安定していたが、去年の秋頃から貧血や発熱に悩まされることが増え、欠席が多くなり、高校を留年したという。

僕にとって、自ら選ぶ死は身近なものだった。けれど、向こうからやってくる死は、とても遠い存在に思えた。だからこそ、咲真の抱えている痛みに気づけなかったのだ。

石田さんは懐かしむように目を細めた。

「小学生の頃、サクちゃんは入院生活が長かったみたいで、どうせ死ぬなら好きなことをやるって決めて、院内学級には通わず、視聴覚ルームで映画ばかり観ていたらしい。台詞をしっかり聞き取るため、邦画でも字幕を流しているうち、自然に言葉や文字を覚えたみたいだね。だから書き順とか、幼稚園や小学校低学年で習う基礎学習は身についていないんだ。でも、時々、流暢《りゅうちょう》なフランス語やイタリア語で映画の台詞をつぶやいたりする。本当におもしろい子だよ」

気づけば、僕は目を伏せていた。河辺で投げた自分の言葉が痛みを連れて胸に戻ってくる。

——君はいつも学校を休んで逃げてるじゃないか。

心の痛みに堪え切れず、僕は懺悔《ざんげ》するように吐露した。

「何も知らなくて、彼にひどい言葉を……暴言を吐いてしまったんです」

「人間関係なんて、そこからなんじゃないかな。人は常に聖人君子のようには生きられない。完《かん》壁（へき）ではない。ひどい言葉を投げても、それでも諦（あきら）めず相手と繋がっていたいと思えたとき、親しくなれるんじゃないかな」

「彼にとって僕は、友だちではなかったと思います」

「一緒にいると、たまにサクちゃんを怖いと思うときがあった」

脈絡のない言葉を投げられ、僕は「怖い？」と訊き返した。

「なんて言えばいいのかな。まだ高校生なのに、とてつもなく深い闇を見たような目をしているときがあってね。蔑まれた者だけが知る深い絶望」

石田さんは遠くを見つめながら微笑んだ。「でも、成瀬君と出会ってから、楽しそうに見えたよ。サクちゃん、この事務所に来てよく話してた。まるで親友のことを語るように『成瀬は水切りが一回もできなくて、奥歯を強く嚙みしめて悔しがるんだ。あいつ、ヘタレなくせに、意外と負けず嫌いなんだ』って。本人がいないところで、誰かの話を楽しそうにするのは、相手が好きな証拠だと思う」

石田さんは慌てて「いやいや、俺はね、成瀬君はヘタレじゃなくて、優しくて立派な人間だと思ってるよ」と取り繕った。

「咲真君は、どうして病気のこと教えてくれなかったんだろう」

「彼の口から『僕は重い病気を抱えて生きています』って聞けば満足だった？」

質問の意図がわからず、黙ったまま石田さんを見ていると、彼は小さく息を吐いてから言った。

「成瀬君には同情されたくなかったんだよ。前にサクちゃんとファミレスでお茶を飲んでいたとき、隣のテーブルにいた可愛い女子大生が『男は健康的でガタイがいい人が好き』って話していたんだ。そのとき、サクちゃんは少しだけ目を伏せた。もちろん彼女に悪気はない。正直な気持ちだからこそ、苦しかったんだろうね。中学の頃、身体に手術痕《こん》があるから、水泳の授業を嫌がっていた時期もあったんだ」

彼の勝ち気な姿しか思いだせない。だから繊細な咲真を想像できなかった。想像できないことが悔しくて、哀しくて、感情が高ぶって鼻の奥がつんとした。

咲真は河辺で「俺は絹川淳也以外に恨みはない」と言っていた。あのときは判然としなかったけれど、なぜ彼に恨みを抱いていたのか今ならよくわかる。クラスの男子たちが期末テストで学年トップだった佐藤君の噂話をしていたとき、淳也は暴言を吐いた。

——殺してぇ。マジで死んでくれないかなぁ。

——あいつキャンサーになればいいいんじゃない。

あのとき咲真は暴力的な気配を放っていた。彼にとっては、ただの冗談では済ませられなかったのだろう。咲真の不自然な言動の根源が明らかになるたび、痛みを伴うような哀しみが胸に広がっていく。けれど、まだぼやけていることもあった。

「咲真君の実像がつかめなくて……時々、僕のことを嫌っているように見えました。でも、救いだそうとしてくれているようにも思えて、彼との関係がよくわからなくなって」

「そのどれもが真実だったんじゃないかな。きっと、様々な姿を見せられる相手が成瀬君だったんだよ」

それは善意に満ちた解釈だ。彼の本心はもっと違う場所にあるような気がしてしまう。

「どうしてセッちゃんが咲真君を育てているんですか」

「両親に関しては、俺も知らないんだ。彼の親について尋ねると、セッちゃんは寂しそうな顔で口を噤んでしまう。おそらく、簡単には語れない事情があるんだろうね」

「石田さんは、クマのぬいぐるみについて何か知っていますか」

なぜか咲真についてすべて知りたいという欲求が溢れてくる。

「もちろん。ふたりはいつも一緒だったからね。入院中、同じ病棟にクマのぬいぐるみを抱えた女の子がいたんだって。体調がいい日は、彼女と一緒に映画を観て過ごしたみたい。でも、サクちゃんが退院してから、病気が悪化し、女の子は亡くなってしまった」

「なぜ咲真君が彼女のぬいぐるみを持っているんですか」

「女の子の母親が、ぬいぐるみを供養するため寺に持ってきたとき、サクちゃんは彼女の母親に頼み込んで、譲ってもらったようだよ。ぬいぐるみを譲り受けたとき、サクちゃんは深い絶望の底を見たって言っていた。そのとき『神と闘う』って決めたらしい」

石田さんは、溜息をもらしてから重い口を開いた。「ずいぶん壮大で無謀な闘いだね、って言ったら、サクちゃんは『そうでもない。神は時々悪に加担する』って不敵な笑みを浮かべていたけれど、本当にそうなのかもね。この前、再発が確認されたって、セッちゃんから聞いた。今度は難しい手術になるみたいで……明日から入院するらしい」

どれだけ待っても、石田さんはそれ以上、何も語ろうとしなかった。

僕も語れる言葉を失い、必死に喉の奥に力を込めた。


なんの変哲もない純白のテーブルクロスをぼんやり眺めた。

引っ越しが決まった日、母がデパートで悩み抜いて買ったものだ。母は「どれがいい？」と、僕に尋ねながら真剣な表情でテーブルクロスを選んでいた。あのときの姿を思い返すと、じくじくと胸が痛くなる。真実と向き合った後遺症かもしれない。今まで見えていた景色が表情を変えるたび、自分が幼稚だったと認識させられる。

目の前のダイニングテーブルには、一人前の夕食が並んでいた。ポテトサラダ、鮭《さけ》のバター焼き、きんぴらごぼう、八宝菜、ナスの漬物。青臭いものが苦手な悠人のために、ポテトサラダには胡瓜《きゅうり》の代わりにキャベツが使われている。じいちゃんの好物だから、八宝菜には鶉《うずら》の卵がたくさん入っていた。僕が子どもの頃から好きだった鮭のバター焼き。料理を眺めていると、ふいに視界が滲んだ。

顔を上げると正面に座っている継父と目が合った。

「本当に自転車で転んだのか？」

僕が黙ってうなずくのを見届けたあと、継父は小さく息を吐きだしてから声を上げた。

「今日、陸上部の部員から報告があったんだ。槍を持ってグラウンドを走っていたそうだね」

「報告した部員って、誰ですか？」

僕は怯えを悟られないよう平静を装って訊いた。

そんなに難しい質問ではないのに、継父は少し考えたあと口を開いた。

「現場を目撃した部員たちが何人もいたんだ」

グラウンドは広い。はっきり顔を確認しなければ、他のクラスの生徒や先輩の部員たちには、槍を持って走っていたのが誰なのか明確にはわからないはずだ。僕は核心に切り込んだ。

「告げ口したのは、安藤菜々子？」

真実を語らなければ話が進まないと思ったのか、継父は難しい顔で首肯した。それを確認してから、僕は相手の魂胆を探りたくて尋ねた。

「彼女は、どんなふうに話したの」

「安藤からは『前に成瀬君から槍投げをやってみたいと言われたから、陸上部の練習に参加させた』と聞いている」

それは嘘だ。あのとき安藤菜々子は僕の殺意を感じ取っていたはずだ。故意に人を傷つけようとしたことが明らかになれば、退学では済まない。安藤菜々子が嘘をついたのは、せめてもの罪滅ぼしだったのだろうか——。

この先の高校生活を考えると、ぞっとする。卒業を迎えるまで、彼女と僕は適切な距離を保ち、互いに気まずさを覚えながら学校生活を送るしかない。大人になってから、これを青春と呼べる日は来るだろうか。

僕は八宝菜の鶉の卵を見つめながら、嘘を吐きだした。

「テレビで世界陸上を観ていたら、急に槍投げをやってみたくなって、練習に参加させてもらったんだ」

張り詰めた継父の表情が、少しだけ和らいだように見えた。

彼の隣にいる母は、泣きだしそうな顔でじっと息子を凝視している。すでに夕食は終わっていたため、じいちゃんと悠人はリビングにいなかった。

「でも、自転車で転んだだけで、そんなにひどい怪我になる？　この前だって、怪我をしていたじゃない」

母が追及するような口調で言うと、珍しく継父が口を挟んだ。

「この前と違って、今日はちゃんと『遅くなる』という連絡をくれたんだから」

継父は微かな成長に気づいていてくれた。それが少しだけ嬉しくて、僕は本音を口にした。

「今まで、真実を見ようとしてこなかった」

「真実って？」

そう訊く母の瞳は赤く充血している。テーブルの上の彼女の手は、関節が薄《うっす》ら白くなり、手荒れがひどかった。急に申し訳ない気持ちが込み上げてきて、僕はこれ以上心配させたくなくて嘘をついた。

「体力をつけたくてランニングを始めたんだ。走っているとき階段から足を踏み外して転げ落ちて……ごめん。本当のことを言うのが恥ずかしかったんだ」

今度は継父が不思議そうな顔で質問した。

「どうして急に体力をつけようと思ったの？」

「もっと強くなりたくて……もう少し生きたいんだ。最後まで生き抜きたい」

母の唇が震えているのに気づいた。

重い空気を消すように、僕は笑いながら言った。

「小さい夢でしょ」

「でかい夢だよ」

継父はエールを送るように声を張り上げた。

父子の穏やかな会話が嬉しかったのか、母は目を潤ませながら宣言した。

「成瀬家の目標は、『最後まで生き抜く』にしましょう」

小学生が考えそうな目標を聞き、思わず僕と継父は目を合わせて苦笑した。

いつか苦境に立たされたとき、くだらない家族目標を思いだして踏ん張ることができるのなら、それでいいじゃないかと思った。たとえ、また離れ離れになる日が来たとしても——。

夕食を済ませてから、咲真にショートメールを送ろうとして、手を止めた。どれほど考えても、彼にかける言葉が見つからない。入院することを僕が知っていたら、彼は不快な気分になるだろう。話してくれた石田さんにも迷惑をかけてしまう気がして、結局、何もできないままベッドに横になっていた。

ぼんやり天井を見つめながら、しばらく悩んだ末、ゆっくり起き上がった。

自室のドアノブをつかみ、思い切って引き開ける。階段を下りると、廊下のいちばん奥にある部屋の前で足を止め、目を伏せて自分の手元を見つめた。

「じいちゃん、入ってもいい?」

覚悟を決めた僕は、ドアを軽くノックしながら声を上げた。

すぐに中から「どうぞぉ」という軽快な返事が響いてくる。

初めて入る祖父の部屋は、想像以上にカラフルだった。床は木目のフローリング。壁に沿うようにオレンジとグリーンの棚が並び、小説がぎっしり詰まっている。蛍光色のボックスの上には高そうなオーディオセットが置いてあった。部屋の中央にはダークブラウンの大きなテーブルが陣取っている。

「航基が部屋に来るなんて珍しいな。飲み物でも持ってくるよ」

パッションピンクのリクライニングチェアから立ち上がろうとするじいちゃんを手で制し、僕は「いらない」と伝えた。

「この部屋、カラフルな図書館みたいだね」

知りたいことは山ほどあるのに、何から質問していいのかわからなくなり、僕は意味もなく棚に並んでいる小説のタイトルを眺めた。恋愛小説が多いのは、なんとなくじいちゃんらしくて安心する。

「じいちゃんに訊きたいことがあって……咲真君のことなんだけど」

棚に目を向けたまま動揺を気取られないように続けた。「彼は、どうして親がいないのか気になったんだ」

思い切って振り返ると、じいちゃんの顔には戸惑いの色が表れていた。迂闊《うかつ》に訊いてはいけないことだったのかもしれない。なんとなく噂好きの浅はかな人間に成り下がった気がして、気持ちが萎縮《いしゆく》してしまう。

じいちゃんは、困惑した表情で言った。

「本人に教えてもらえばいいじゃないか。友だちなんだろ」

「向こうは友だちだと思っていないかもしれないし……うまく質問できなくて……」

僕の口から言い訳がこぼれ落ち、部屋に気まずい沈黙が降り積もっていく。

しばらくしてから、じいちゃんは珍しく神妙な面持ちで尋ねた。

「航基は、最後まで咲真君の味方でいられる自信はあるか？」

「味方？　どういうこと」

「他人の苦しみや弱さを知りたいなら、相手の苦悩を受け入れる覚悟が必要だ。たまには喧嘩してもいい。だが、最後は裏切らず味方でいてあげてほしい」

僕は目に力を込めて答えた。

「味方でいる自信がある。だから約束する」

じいちゃんは何度かうなずいたあと、重い口を開いた。

「セッちゃんの母親は、とても厳格な人だったんだ。子どもの頃、俺が遊びに行ったときは優しく接してくれたが、セッちゃんの奥さんの千夏《ちか》さんとは相性が悪くてね。子どもが生まれたあと、嫁姑《よめしゅうとめ》問題が大きくなり、檀家さんを巻き込んだ喧嘩に発展して、セッちゃんと千夏さんは、子どもが三歳の頃に離婚したんだ」

じいちゃんはリクライニングチェアに背を預け、静かな声で続けた。「セッちゃんは寺を守らなければならなかった。三歳の娘さんは『ママと一緒にいたい』と泣いたそうで、親権は千夏さんに渡して離婚が成立したそうだ」

離婚後、千夏さんは娘を連れて神奈川県に引っ越した。娘が小学校に入学するくらいまでは連絡を取り合っていたが、しばらくすると再婚が決まった千夏さんから、『養育費はいらないから、もう連絡しないでほしい』と頼まれたそうだ。セッちゃんの母親が死去したあと、一度だけ連絡してみると、千夏さんは引っ越したようで、住所も電話番号もわからなくなっていた。新しい家庭を築き、幸せに暮らしていると思っていたセッちゃんは、千夏さんを探しだし、娘に会いたいとは言えなかったという。

「ずっと会えなかったのに、セッちゃんはどうして孫を育てているの?」

僕が頭を整理したくて尋ねると、じいちゃんは続きを話してくれた。

「セッちゃんの娘さんは成人してから外資系の有名な企業に勤めていたようだが、悪い男に惚《ほ》れ込んでしまってね。男は結婚をチラつかせて、娘さんから多額の貯金を巻き上げた。けれど、子どもができた途端、新しい恋人を作り、行方をくらましてしまった。運が悪いことに不況の煽りを受け、娘さんが勤めていた会社は倒産してしまい、再就職の道も厳しかったようだ。貯金も使い果たしてしまったが、母と義父を事故で亡くしていたから、娘さんは頼れる相手がいなかったんだろうね」

咲真の哀しそうな声がよみがえってくる。

——母親は、生まれてすぐに俺を運龍寺の敷地に捨てたんだ。

「それで……咲真君を捨てたの?」

「たしか、秋晴れの暖かい日だった。庫裡の玄関先に細長いカゴが置いてあり、毛布が敷いてあるカゴの中には、鮮やかな紫色のおくるみに包まれた生後間もない赤子がいた」

じいちゃんは、どこか遠くを見つめながら思いだすように語った。

赤ちゃんを発見したセッちゃんは、カゴを抱きかかえ、急いで交番に届けた。けれど、交番には誰もいなかったという。同時刻、ゴーストリバーで女性の水死体が発見されたため、警官は出払っていたのだ。

　死体で発見されたのは、神奈川県在住の小宮山幸子《こみやまさちこ》という三十二歳の女性だった。警察署に呼ばれ、小宮山幸子という名前を耳にした瞬間、セッちゃんはすぐに誰なのか気づいたという。娘と同じ名前だったのだ。泣きながら赤ちゃんを抱きかかえたとき、セッちゃんはカゴの中から母子手帳を見つけた。子の氏名の欄には、綺麗な文字で『咲真』と記してあったという。

　自殺か事故か判断がつかず、住民たちの間では旅行客が河で溺《おぼ》れたという情報が流れた。けれど、親族の多くは幸子さんの哀しい境遇を知っていた。

　十数年後、お盆の時期に親戚《しんせき》が集まり、夜は酒席になった。そのとき、酒気を帯びた親族のひとりが口を滑らせて幸子さんの話題を持ちだしてしまい、咲真は母の哀しい出来事を耳にしてしまったという。

　夕食のとき、悠人はゴーストリバーで亡くなった女性の話をしていた。水面は異界へと続くドア。水切りを七回成功させると幽霊が出てくるという。

　僕が自殺しようとした日、咲真は「まだ七回できないんだ」と笑った。けれど、あれは嘘だったのではないだろうか。本当はその噂を知っていて、彼は密《ひそ》かに水切りの練習をしていた。幽霊でもかまわないから母親に会いたい。だから、あの日も見事に成功させたのだ。

　母親が身を投げた河。そこで自殺しようとした僕に会ったとき、彼の中でどんな想いが生まれたのか想像もできない。

――いらないなら……捨てるくらいなら、必要ないなら産まなきゃよかったのに身勝手だよな。

未《いま》だに咲真の痛々しい声が耳の奥に残っている。

以前、彼は「セッちゃんに金を使わせるのは好きじゃない」と言っていた。使い古されたデイパック、色褪《いろあ》せたジーンズ。母親の身勝手を恨み、身体の弱い自分は必要ない人間だと思い込み、祖父に迷惑をかけないよう努力していたのだ。

前に彼は、「紫は痛みの色だ」と言っていた。それは、自分が捨てられたとき、鮮やかな紫色のおくるみに包まれていたからだ。

気づけば、僕の身体は冷たくなっていた。凍りついた指を動かし、拳を固く握った。

「何も知らなくて……僕が咲真君を振り回したから、彼の病気が悪化してしまったのかもしれない」

「それは見当違いだ」

じいちゃんは強い口調で否定すると言葉を継いだ。「セッちゃんは嬉しそうだった。最近、咲真は明るくなったって、そりゃ喜んでいたんだ」

「僕の遺書を――」

じいちゃんは言葉を遮り、立ち上がると深く頭を下げた。

「勝手に部屋に入り、セッちゃんに見せたことは謝る。でもな、それでよかったと今は思っている」

じいちゃんは涙目で微笑んだ。「咲真くんは『失敗するかもしれないけど、あいつは遺書を克服してるところだ』と、時折報告してくれた。あの子の傍にいると不思議な気持ちになる。凛とした真っ直ぐな眼差しを向けられるたび、胸があたたかくなった」

以前、僕が「正直に生きて、人に嫌われるのが怖くないの」と訊いたとき、彼は静かな声で「怖くない」と言っていた。理由を尋ねると、彼は答えた。

——もっと怖いものを知っているから。

幼い頃から彼は、自分の力では太刀打ちできないような恐ろしいものと闘ってきたのだ。

ゴーストリバーで会ったとき、間違いなく僕のほうが重い苦しみを背負っていると思い込んでいた。何ひとつ真実が見えていなかった。具合が悪そうなとき心配すると、彼はいつも不機嫌になった。なぜあんなにも暴言を吐いたのか腑に落ちた。

彼の苦しみが、難解な問いの答えを炙《あぶ》りだしてくれる。

「じいちゃん、もしも僕が神様なら……」

目から涙がこぼれ落ちた。「もしも神様なら……自分の命をあげたい」

彼に会わなければ死ぬはずだったのだ。唇がわななき、伝えたい言葉は最後まで続かなかった。

「そう思える相手に出会えるのは、とても幸せなことだよ」

じいちゃんの優しい声が響いたあと、冷え切った背中に体温を感じた。祖父は大きな手で、何度も背を擦《さす》ってくれた。

3

翌日、学校へ登校した僕は、自分の机に鞄を置き、ポケットからお守りを取りだした。

お守りは、ある法律事務所の名刺だった。名刺に書かれている氏名の上には『弁護士』という肩書きが記されている。左側には、聡明そうな男性の顔写真が写っていた。これは石田さんから貰《もら》ったものだ。

昨日、石田調査事務所から帰ろうとしたとき、石田さんは突如、僕の身体の傷を何枚もスマホで撮影し、証拠写真を残した。詳しくは何も訊かず、彼は名刺を一枚差しだしてきた。

文具店のおばさんの息子が弁護士をしているそうで、虐め問題の力になってくれるという。情けないけれど、咲真から僕の現状を聞いていたようだ。

黒板の近くで立ち話をしている利久斗、学、拓海の三人の姿に視線を据えると、僕は名刺を片手に立ち上がった。そのまま彼らに近づいていく。クラスメイトたちが注目しているのがわかり、動悸が激しくなる。

「どうしたの？　傷だらけじゃん。不細工な顔。笑える」

利久斗がとぼけたような口調で言うと、学と拓海が苦笑いを浮かべた。

震えている足に力を込め、僕は声を張り上げた。

「転校を考えたけど、親に迷惑をかけたくないんだ。できれば、この学校にいさせてほしい。もしも不快な思いをさせてしまったのなら、心から謝罪します。申し訳ありませんでした」

頭を下げて顔を上げると、目の前の三人は瞬きもしないでこちらを眺めている。

僕は名刺を彼らの前に差しだし、石田さんから叩き込まれた台詞を口にした。

「病院で怪我の証拠写真を取り、診断書を作成してもらった。今度暴力をふるわれたときは、迷わず警察に告訴する。そうなったら、あなたたちは警察で取り調べを受け、家裁に送られて審判を受けることになり、もしも刑事処分相当と判断された場合、少年院に行くことになるかもしれない。そうなれば、あなたたちの家族にも迷惑をかけることになるから、もう争いたくないんだ。この先も、僕を嫌ってくれてかまわない。一生嫌いのままでかまわないので、どうか、今後は無関心でいてください」

彼らの頰から笑みは消え失せ、みるみる血の気が引いていく。

「この名刺に書いてある弁護士に相談しているので、嘘だと思うなら電話をかけて確認してほしい。今後、僕に何かあれば、法を司《つかさど》る大人たちが動くことになる」

誰も名刺を受け取ろうとしない。三人は悔しそうに顔を歪め、じっと黙っていた。

彼らは己の身を守ることには長《た》けている。それはこちらにとっても都合のいい能力だ。くるりと向きを変え、僕が自分の席に戻ろうとすると、クラスメイトたちはモーゼの十戒のごとく両脇《りょうわき》にわかれて道を開けた。みんな腹の中を探るような眼差しをしている。

その日から、虐めは驚くほどあっさり終わった。

クラスメイトが虐めから手を引いたのは、警察に告訴されるのを恐れたからだけではない。安藤菜々子が「セクハラは完全に勘違いだったのに、話がどんどん広がって否定できなくなってしまった」と、クラスメイトに謝罪したからだ。彼女に失望した者、僕に同情する者、勘違いさせた成瀬先生が悪いと言う者、どうでもいいと思っている者たちで、クラスメイトの意見は散らばった。

結局、成瀬先生が好きだったけれど、結婚してしまったため、嫌がらせをしたという真実は秘して語らなかったようだ。嘘の言葉で逃げるのは卑怯《ひきょう》だ。けれど、本物の悪人ならば自分の非を認めず、いつまでも被害者ヅラしていただろう。だからこそ複雑な心境になり、虚しさに搦め捕られて身動きできなくなる。

しばらくすると、数人のクラスメイトが「今までごめん。成瀬は悪くないよ」と声をかけてきた。やろうと思えば、安藤菜々子に仕返しすることができるかもしれない。湧き上がる自分の悪意に対抗できたのは、苦しいときに支えてくれた人がいたからだ。たったひとり、いつも真実に目を向け、彼は静かに寄り添ってくれた——。

咲真は入院していると頭では理解しているのに、足は幾度も運龍寺に向かってしまう。微かな希望を胸に抱きながら訪れても、セッちゃんに会うことさえ叶わなかった。

静寂に包まれた庫裡の玄関を目にするたび、じいちゃんの声がよみがえり、哀しい予感が胸を締め付けてくる。

――たしか、秋晴れの暖かい日だった。庫裡の玄関先に細長いカゴが置いてあり、毛布が敷いてあるカゴの中には、鮮やかな紫色のおくるみに包まれた生後間もない赤子がいた。

咲真はひとつ年上だから、産まれたのは十七年前くらいだ。

哀しい予感の正体を確かめるため、僕はある記事を調べた。ネットで検索してみたけれど、それらしき記事はヒットしなかったので、今度は地元のニュースが詳しく載っている地方紙を調べることにした。

過去の地方紙を保存している市立図書館に電車で行き、館内の端末で目的の記事を検索すると、書庫に縮刷版が置いてあったので、受付の人に頼んで用意してもらった。

空いている窓際の席に座り、分厚い地方紙を捲《めく》っていく。ページを捲るたび、胸騒ぎが大きくなり、手が汗ばんでくる。

探していた記事にたどり着いたとき、指が微かに震えた。

そこには、小宮山幸子さんの死亡記事が掲載されていた。現場の状況などから、事故と自殺の両面で調べ、近く遺体を司法解剖し、詳しい死因を調べると書いてあった。

小宮山幸子さんが死亡した日は、十一月二十五日――。

それは、咲真が制定した世界報復デーと同じ日だった。

もしかしたら彼は、運龍寺に子どもを捨て、河に身を投げた母親のことを恨んでいたのかもしれない。毎年、どんな心境でその日を迎えていたのか、想像しようとすると息が詰まって胸が苦しくなる。一度覚えた痛みを完全に消すことはできない。次第に捨てられた日は、憎しみの日に変わったのではないだろうか――。

もうひとつの謎《なぞ》を解くため、僕は図書館の棚から、実話に基づく怪談話が載っている本を集めた。髪が伸びる市松《いちまつ》人形、目と口を動かすぬいぐるみ、悪魔が宿った西洋人形、捨てても戻ってくる呪われた人形。閉館の時間になるまで、世界で起きた人形にまつわる怪奇現象を調べたけれど、鼓動を刻むぬいぐるみの話はどこにも載っていなかった。

当たり障りのないショートメールを送っても、咲真からの返事はなく、電話も一向に繋がらなかった。いるはずはないとわかっていても、僕は学校帰りに海賊山やゴーストリバーに足を運んだ。ひとり虚しく河辺に立ち、水切りが上達していく。

十一月二十五日まで、あと十日――。

僕は授業も上の空で、教室のカレンダーをぼんやり見つめていた。

学校に登校すると、相変わらず誰もいない隣席と窓の外とを眺める日々だった。

一限目が終わった休み時間も、教室に誰かが入ってくるたび、期待を胸にドアのほうに目を向ける。また口から溜息がもれた。これで何度目だろう。送信メールが増えるばかりで、スマホは静まり返っていた。

授業が開始される五分前。鞄から国語の教科書を取りだそうとしたとき、教室の前方のドアから担任が入ってくるのが見えた。

僕は嫌な予感を覚え、即座に手を止めた。

一瞬ざわついた室内がしんと静まり返る。すぐにクラスメイトたちの揶揄《やゆ》するような言葉が飛び交った。

「先生、次は数学じゃなくて国語だよ」

「おもいっきり教室間違えてるし」

「笑える。寝不足なんじゃない」

「しかも、まだ五分前なんだけど」

笑い声が響く中、僕だけ身を固くしていた。担任の顔が青ざめていたからだ。

「早く席に着け。今日は大事な話がある」

異変を感じ取ったのか、クラスメイトたちはぶつぶつ文句を言いながらも各々の席に腰を下ろした。担任は全員が席に着くのを待ってから、怒気を含んだ声で告げた。

「昨日の深夜、月島の体調が悪化し……今朝、残念だが息を引き取ったそうだ」

室内に「マジかよ」「嘘でしょ」という囁《ささや》き声が響いた。

あまりにも現実味がないせいか、口元に笑みを浮かべて周囲を見回しているクラスメイトもいる。前の席の女子の肩が微かに震えているのに気づいた。

「家族葬にするそうだから、みんなも葬儀に行くのは控えてくれ。これから一緒に黙禱《もくとう》してほしい」

誰かの押し殺した泣き声が聞こえてくる。どこか遠くで泣いているような無責任な声――。鼻をすする音が響くたび、身体中から怒りが溢れてくる。

お前らはいつも、咲真の存在を幽霊みたいに扱っていた。それなのに、なんで泣いているんだよ。深い繋がりなんてないのに、死んだら急に哀しくなるのかよ。生きているうちに、もっと彼に声をかけてあげてほしかった。

そのとき、椅子の脚が床に擦《こす》れる音が響いた。

立ち上がっていたのは、僕だった。誰かに操られるように歩きだし、教室のドアを開けて廊下に出た。ドアノブをつかんだはずなのに、手に感覚が残っていなかった。

背後から「おい、成瀬！」という担任の声が追いかけてくる。けれど、立ち止まれない。足は廊下の床を蹴り、走りだしていた。

きっと、咲真はゴーストリバーにいる――。

現実を受け入れられず、廊下を駆けているとき、後方から強く肩をつかまれた。眉根を寄せて振り返ると、ノートパソコンを抱えた淳也が立っている。

「月島に頼まれていたんだ」

淳也は逃げるように視線をそらすと、目の前にノートパソコンを突きだしてくる。ノートパソコンの上には瑠璃色の紙飛行機が置いてあった。

「月島に『もし俺が死んだら成瀬に返してほしい』って頼まれてたから、ずっとロッカーに入れておいたんだ。あのときは冗談だと……まさか本当に死ぬなんて思わなかった」

ふいに恐ろしい予感が頭をもたげた。ゆっくり手を伸ばし、震える指で紙飛行機を広げると、昔話に出てくる言葉と簡単な地図が書いてある。

淳也は顔を伏せたまま声を上げた。

「お前らに復讐されたあと、月島に呼びだされたんだ。そのとき……月島が『もしも小学生の頃、同じクラスだったら、俺はお前の母親を悪く言った奴らを絶対に許さなかった』って言ってくれたんだ」

まさかふたりの間にそんな出来事があったなんて想像すらしていなかった。

淳也は鼻をすすりながら言葉を吐きだした。

「俺……もっとたくさん月島と話がしたかった」

身近な人間の死は、他人の心に変化を生じさせる。その事実に哀しい憤りを感じた。

死ぬまで彼の痛みに気づけなかった。死なきゃわからなかった。誰かの苦しみに気づけないのは、とても愚かで罪深いことなのかもしれない。だからこそ、自分には泣く資格がないと思った。

僕はパソコンを受け取ると、顔を伏せている淳也を残し、廊下を歩き始めた。足元がぐらぐら揺れているような錯覚に襲われ、気分が悪くなる。呼吸が浅くなり、息苦しくて目眩《めまい》がする。

どうにか駐輪場に駆け込むと、もう一度、紙に目を向けた。紙には、海賊山までの地図と大木の絵が描かれ、絵の下には「ここ掘れワンワン」と書いてある。

鍵を外し、サドルにまたがる。猛スピードで自転車を走らせた。

ペダルを漕ぐたび、彼の心の声がはっきりと聞こえてくる。なぜゴーストリバーで五通目の遺書を突き返してきたのか、僕はその理由をずっと探していた。

――死ぬなら暇なんだよ。

――誰の役にも立たなかった奴は天国に行けない。

――お前が神なら、どんな世界を創った？

――少しだけ、人の記憶に残ることがしたかった。

――俺は神に嫌われているのかな。

――この先も生きるなら、別れを経験し続けることになる。

――もうそんな時間はない。

彼に投げられた言葉を思いだすたび、胸の痛みが激しさを増す。あのとき「時間はない」と言ったのは、自分の死を予期していたからだ。彼の抱えている苦悶《くもん》など知らず、理解しようともしなかった。それどころか僕は、君に助けを求めたんだ。自分を救ってほしい、一緒にいてほしい、友だちになってほしい、それればかり願ってきた。そんな身勝手な相手を、友だちなんて呼べるわけがない。

海賊山の麓《ふもと》に自転車を置き、ノートパソコンを抱えて山道を全速力でのぼっていく。酸素不足で肺が微かに痛くなる。息苦しくて足元がふらつく。

どうにか頂上までのぼると、周囲を見回した。

静まり返った空間に、自分の荒い息遣いだけが響いている。いつも咲真が寝転がっていた付近に視線を走らせると、大樹の根方に墓標のように石が置いてあった。平たくて丸い石。大きくなければ、水切りに向いている石だった。

——ここ掘れワンワン。

ノートパソコンを地面に置き、石をどかし、素手で土を掘っていく。土は柔らかい。やっぱり、ここに何か埋まっているのだろう。手が汚れるのも気にせず、どんどん深く掘っていく。オレンジ色の物体が見えてきた。周囲の土を掘り進めていく。埋まっているのは大きな缶だ。すぐに缶を取りだし、そっと蓋《ふた》を開けると、瑠璃色の目と視線がぶつかった。

予想外の再会に、身体に震えが走る。

手の汚れを制服でふき落としてから、僕は子犬を抱くようにクマのぬいぐるみを取りだした。

缶の底に一通の封書があることに気づいた。

表書きには美しく整った文字で『遺書』と書いてある。頭上で鳥が羽ばたく音が響いた。

成瀬航基さま

成瀬がこの遺書を読んでいるってことは、俺は死んでいるんだろうな。お前、まさか泣いたりしてないよな？　テンションが下がるだけだから、涙は必要ない。俺はお前に感謝してるんだ。成瀬に出会えてよかった。

昔から生命力の強い生き物が苦手だった。だから、いつも隣に死を連れて歩いているお前と一緒にいると、驚くほど心が安らいだ。

お前のダサい遺書を初めて見たとき、俺の中で何かが爆発したんだ。あの日から、いつかお前みたいな遺書を書き残したいと思うようになった。そのとき、何も持っていないってことに気づいたんだ。この世に書き残したいことなんてひとつもなかった。俺の人生は、くだらないよ。だから、あの日から目標ができたんだ。

成瀬みたいな遺書を残したい――。

幼い頃、俺は重い病気にかかり、長い期間入院していた。けれど、院内学級には行かず、いつも視聴覚ルームで映画ばかり観て過ごした。どうせ死ぬなら勉強なんて必要ないと思ったし、映画を観ているときだけは辛い現実を忘れられ、どんな世界にも行けたから幸せだったんだ。

まだ幼かったから、難しい物語に出会ったときは、理解できるまで何度も同じ映画を流した。百回以上観た作品もある。

あの頃、同じ病棟で映画が好きな女の子と出会った。彼女は不思議な子で、いつも大切そうにクマのぬいぐるみを抱えていた。綺麗な瑠璃色の目を持つ、クマのぬいぐるみ。

仲よくなったある日、彼女から「この子は生きているの。心臓の音も聞こえる。でも、誰にも言わないで」と秘密を打ち明けられた。長期入院している子どもたちは病院ごっこが好きだったから、俺も自分の聴診器を持っていた。

秘密を打ち明けられたあと、病室に戻り、自分の聴診器を準備した。そして、促されるまま、彼女の抱えているぬいぐるみの胸に聴診器を当ててみた。すると、怖いくらいはっきりと心音が聞こえたんだ。

成瀬、ぬいぐるみの鼓動の謎は解けた？

俺が退院する日、まだ入院が必要だった彼女から「必ず、お見舞いに来てね」と言われた。もちろん、お見舞いに行くと約束した。けれど、再び彼女に会うことはなかった。俺が退院してからまもなく、彼女の体調が悪化し、死去したんだ。

しばらくしてから彼女の母親が、クマのぬいぐるみを供養してほしいと寺に持ってきた。俺はぬいぐるみが生きていることを知っていたから、「大切にします。ぬいぐるみをください」とせがんだ。彼女の母親は涙を浮かべて喜んでくれた。

すぐに自分の部屋に持ち帰り、ぬいぐるみの胸に聴診器を当ててみた。けれど、どれだけ耳を澄ましてみても、音はまったく聞こえなかった。

次の日も、その翌日も――。

最初は、ぬいぐるみは彼女と一緒に亡くなってしまったんだと思った。けれど、数日後、彼女が心臓疾患を抱えていたことをセッちゃんから教えてもらったとき、哀しい謎の答えに気づいた。彼女はいつもぬいぐるみを胸に抱いていた。あのとき聞いた音は、彼女の心音だったんだ。

どんな気持ちで自分の心臓の音を聞かせていたんだろう。

そう思ったとき、俺は神を呪いたくなった。だから、同じように神を恨んでいる連中を利用してテロを起こしてやろうと考えたんだ。どうせなら生きた証《あかし》もほしかった。善人としては難しいけど、悪人として名を残すのは簡単だと思ったんだ。それなのに、悪の道に突き進むことはできなかった。

あの日、「報復ゲーム」を決行しても俺の気持ちは晴れず、心は混乱をきたしていた。成瀬と青柳の泣き顔を見たからかもしれない。お前らの涙を目にしたとき、苛立ちと同時に、奇妙な夢が胸の奥で芽生えた。純粋に「苦しんでいる人を救いたい」と思うようになったんだ。

――偽りなく、いつも真っ直ぐな心でたくさん笑っていてほしい。

成瀬は、俺の名前の由来を勝手に想像した。最初は鬱陶しい奴だと思ったし、いい迷惑だったのに、なぜかずっと抱えていた母への恨みが姿を消したんだ。

子どもの頃から、いつも隣には死があった。だから常に覚悟は決めていたはずなのに、検査の結果が悪くなるにつれ、胸に怯えが生じ始めた。人生哲学みたいな本を読み漁《あさ》っても心は救われず、気持ちは荒《すさ》んでいった。

著名人の自殺が報道されるたび、哀しみよりも憎しみが増していく自分がいた。

――もしも健康なら、あなたの身体がほしかったな。

愚かで卑しいけれど、いつもそう思っていた。だから、お前らみたいな人間が苦手だよ。健康な身体があるくせに、死にたいってほざく奴らが憎かった。

それなのに、成瀬に出会ってから、俺の心は少しずつ揺らぎ始めた。お前の哀しみに触れるたび、痛みの深さは測れない、と気づかされたんだ。

お前も俺と変わらず、絶望の底でもがいているのを知ったから――。

あの日、成瀬に河辺で「必要な人間だ」って言われたとき、俺にも生まれてきた意味があったんだって少し嬉しくなったのを覚えている。本当は信じられないくらい、泣きたくなるくらい嬉しかった。

俺は、成瀬の遺書が好きだ。お前の遺書には、他人に向けた悪意なんて少しもなかった。そこには、自分の変わりたい目標が綴《つづ》られていた。だからこそ、お前みたいな人間に生きていてほしいんだ。

――誰の役にも立たなかった奴は天国に行けない。

恥ずかしいけど、その言葉にいちばん怯えていたのは自分自身だった。

成瀬、俺を助けてくれないか？

天国へ行くために、お前の役に立ちたいんだ。そして、あの子と俺に、この世界にある美しいものを、もっと見せてほしい。何度失敗してもかまわない。失敗したら、やり直せばいい。お前にはそれができる。

成瀬航基の人生、想い、夢、生き方、そのすべてを信じてる。心から応援している。


手紙は二度と読めないほど涙で滲んでいた。

ぬいぐるみを強く抱き締めると、あたたかい体温が伝わってくる。きっと、今も鼓動を刻んでいるはずだ。土で汚れた手で封筒を裏返し、左下に書かれた言葉を読んだとき、低い嗚咽がもれた。


――親愛なる友へ。


震える指でパソコンを起動させ、保存されているテキストファイルやメールに目を通した。

日が傾くまで、メールを一つひとつ確認していく。すべて読み終えたあと、彼の望みが色鮮やかに浮かび上がってくる。いちばん新しい日付のファイルを開くと、最後のメッセージが用意されていた。

僕は転げ落ちるように下山し、自転車を走らせてゴーストリバーへ向かった。

彼が死んだというのは絶対に嘘だ。すべては、咲真の悪ふざけで、騙《だま》されているような気がした。そうであってほしいと願い、ペダルを踏み締めた。

向かい風に負けないように、全力で自転車を走らせていく。

ブレーキレバーを握り、自転車を止めた。

河辺に目を向ける。どれだけ目を凝らしても、誰の姿もなかった。ただ水の流れる音だけが響いている。

自転車を降りると、前カゴからパソコンとぬいぐるみを取りだし、土手を下っていく。

河辺に立ち、辺りを眺めた。夕日を反射した水面《みなも》が、きらきら輝いている。

砂の上にパソコンを置き、その上にぬいぐるみを座らせた。

靴と靴下を脱ぐ。靴下を靴の中に入れ、きちんと揃えて並べた。

一歩、歩、河に近づいていく。ゆっくり右足を河の中へ入れると、水はあの日よりもずっと冷たかった。左足を前へだす。右、左、右、左、水深の深い河の中央に向かって、どんどん進んでいく。転んでも立ち上がり、また足を踏みだす。氷のような水が、足の感覚を奪っていく。

あの日のように、太腿に小石は当たらなかった。気持ちが焦り、視界が滲む。どこからも「邪魔」という澄んだ声は響いてこない。

彼の水切りが見たい。また七回できるか挑戦してみてよ。

お願い。もう一度、助けて。お願い——。

生きることに躓《つまず》いた僕の手をつかみ、咲真は淀《よど》みなく真っ直ぐ歩けるように導いてくれた。

一歩進むと石のぬめりに足を取られ、膝からくずおれた。

冷たい感触が両腕から這い上がってくる。溢れる涙が河の水に混じり、流されていく。次々に生みだされる雫《しずく》が「違う」と必死に叫んでいた。いくつもの後悔が、胸の奥に隠した本音を連れてくる。施され、与えられ、助けてもらうだけの関係なんていらない。

本当は君の心を救い、願いを叶えたかった。そう思った瞬間、呻き声を上げ、全身に力を込めていた。勢いよく立ち上がったのに、河に根付いた両足が動いてくれない。必死に首を回し、河辺に目を向けると、意思を持ったように瑠璃色の瞳が煌《きら》めいた。

——成瀬、俺を助けてくれないか?

これ以上、彼らに残酷な世界を見せてなんになる。込み上げてくる嗚咽を嚙み殺し、川底から足を引き剝がした。水飛沫《みずしぶき》を上げ、河辺へ向かって歩いていく。

これからやることは何かの罪になるかもしれない。警察に捕まってもかまわない——。

河から上がると、周囲にゆっくり目を這わせた。

腰をかがめ、なるべく平たくて、角のない丸い小石を探した。慎重に選び、手に取る。小石を持つ手が小刻みに震えていた。

あのとき、彼はどんな心境だったのだろう。

僕は天を振り仰ぎ、「もう六回できるようになったんだ」と報告するようにつぶやいた。

もしも七回できたら、君が残したメッセージを世界の友へ送る。そう決意を固めたとき、チグリジアの花言葉のひとつが胸の中で咲きこぼれた。

あなたを誇りに思う――。

唇を噛みしめ、水面を睨んだ。

大きく息を吸い込み、心を鎮め、低い姿勢から命の欠片《かけら》を放った。


――SAKUMAからメッセージを送る。

苦しんでいる世界の友へ。

世界報復デーに実行する内容が決定した。

十一月二十五日、勇気を持って身近にいる大人に助けを求めるんだ。

――辛い思いをしています。苦しいです。誰か助けてください。

泣いてもかまわない。醜くても、震えてもいい。できるだけ大声で叫び続けてほしい。

近くに信頼できる大人がいない者は、人の多い場所に行き、助けを求めてほしい。声にだせないときは、画用紙に苦しみを書きだし、それを高く掲げろ。

あなたたちが幸せになることが、憎んでいる相手への最大の報復になる。

誰も手を差し伸べてくれないかもしれない。それでも声を上げるんだ。もしかしたら、あなたの声に反応してくれる大人が、この世界のどこかにいるかもしれない。

聖職者、政治家、記者、ミュージシャン、教師、格闘家、医師、俳優、画家、警察官、コメディアン、誰かの父親、母親、この世界の誰かが立ち上がってくれるかもしれない。だから言葉にしてほしい。

この世に奇跡はないと言い切るのは簡単だ。信じている人間を馬鹿にするのは、もっと容易《たやす》いことだ。でもそんな世界には、絶望しかない。それなら浅はかだと罵られても、人間の優しさを信じていたい。我々は日本の東京タワーから声を上げる。

一生会えないかもしれないけれど、みんなの幸せを、心から祈っている。

最期に――。

神に告ぐ。

どうか、苦しみの中にいる少年少女へ、希望の光をください。

◇

【週刊ウォッシュ　一月二十八日号】
十一月二十五日、現地時間の午後五時頃、シドニーのオペラハウス付近で拳銃《けんじゅう》を持った少年が発見された。十四歳の少年は自分の頭に拳銃を突きつけ、学校で受けている虐めの現状を語り、

「逃げ道がない。助けてください」と大声で訴えていたようだ。

この少年は、十代限定の電子掲示板で虐めの相談をしていたという。彼に同情を覚えた者たちが少年の姿をドローンで撮影し、インターネット上でライブ配信した。視聴者のコメントには蔑む書き込みもあったが、「あなたには、世界中にたくさんの仲間がいる」という応援の言葉も多く寄せられたようだ。後に警察が調べたところ、少年の銃は玩具だと判明し、一見、騒動は収束したように思われた。しかし、同日、他国でも類似の出来事が発生した。

アメリカのセントラル・パーク、フランスのエッフェル塔、ドイツのケルン大聖堂、韓国のNソウルタワー、イギリスのビッグ・ベン、タイのパタヤビーチ、ニュージランドのオークランド博物館の付近で、十代と見られる少年少女が自分の望みを叫んでいたようだ。

十一月二十五日、この奇異な出来事は日本でも起きた。

日本時間の午後五時頃、東京タワー近辺で、高校生と思《おぼ》しき少年少女が「親愛なる友を天国へ」と、空に向かって声が嗄《か》れるまで叫んでいたという。

関係者への取材を進めるうち、苦しんでいる少年少女に助けを求めるようメールで指示した人物がいたことが判明した。その人物は自分の素性は語らなかったが、名は明かしていたようだ。世界のマスメディアは、この奇怪な出来事を取材し、同じような一文で記事を締めていた。

――あなたは、サクマという少年を知っていますか？

本書は書き下ろしフィクションです。

装画：大宮いお
装幀：かがやひろし

著者略歴

小林由香（こばやし・ゆか）
1976年長野県生まれ。2006年伊参スタジオ映画祭シナリオ大賞で審査員奨励賞、スタッフ賞を受賞。08年第1回富士山・河口湖映画祭シナリオコンクールで審査委員長賞を受賞。11年「ジャッジメント」で第33回小説推理新人賞を受賞。16年「サイレン」が第69回日本推理作家協会賞短編部門の候補作に選ばれ、連作短編集『ジャッジメント』でデビュー。他の著書に『救いの森』『罪人が祈るとき』『イノセンス』『まだ人を殺していません』などがある。

Kadokawa Haruki Corporation

小林　由香

チグリジアの雨《あめ》

*

2021年10月18日第一刷発行

発行者 角川春樹
発行所 株式会社 角川春樹事務所
〒102-0074 東京都千代田区九段南2-1-30 イタリア文化会館ビル
電話03-3263-5881（営業） 03-3263-5247（編集）
印刷・製本 中央精版印刷株式会社

ISBN978-4-7584-1395-4 C0093
http://www.kadokawaharuki.co.jp/